鍛冶屋
ではじめる
異世界
スローライフ
2

Samya
サーミャ
虎の獣人族で、
エイゾウに命を救われ、
一緒に暮らし始める。
エイゾウ
モノづくりが趣味な、
猫好きの元社畜。
リケ
ドワーフで、
エイゾウの腕に惚れ込んで
押しかけ弟子に。

鍛冶屋
ではじめる
異世界
スローライフ
2
[著]たまる
[画]キンタ

イラスト
キンタ

デザイン
AFTERGLOW

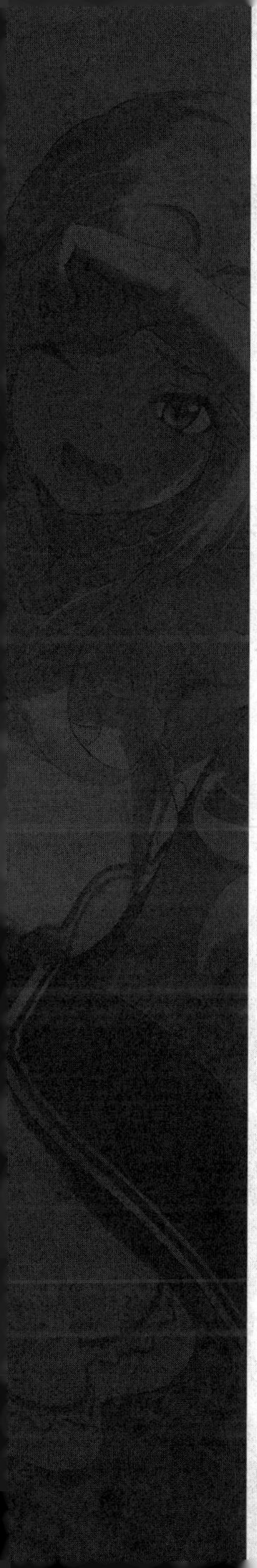

CONTENTS

Different world slow life begun at the Smith

プロローグ　とある貴族の言い伝え

ある貴族の邸宅。その中庭には春の優しい日差しが降り注いでいた。辺りには小鳥の声が響き、木陰に設《しつら》えられたベンチには男が座っている。

若い頃はさぞ色男として鳴らしたのだろう、端整な面立ちが見て取れるが、深い皺《しわ》と白くなった頭髪が男の人生を物語っていた。男――既に齢《よわい》をいくつも重ねた老人はベンチでうとうと舟をこいでいて、近くに小鳥が降り立った。

〝春の昼下がりの庭〟という題で絵を描けと言われた画家が、そのお題のとおりに絵を描いたような光景がそこにはあった。

そんなベンチに小さな影が近づいて、老人に話しかける。

「曾祖父様《ひいおじい》」

「なんだい？　エミリア」

老人は目を開けて微笑《ほほえ》み、エミリアと呼ばれた少女は負けず劣らず、天使のような笑顔を大好きな曾祖父様に向けた。

「曾祖叔母様《ひいおおおば》のお話を聞きたいわ！」

「お前は本当にあの話が好きだね」

「曾祖叔母様はお優しいのに、お強いから好きよ」

老人はため息をついた。血は争えない、ということだろう。妹が彼女くらいの歳《とし》の頃、確かにお転婆《てんば》だったように思う。それを思い出して、老人は再び笑った。

「それじゃあ、話をしてあげよう。約束は覚えているね？」

「もちろんよ！」

少女は胸を張って答える。

「我がエイムール侯爵家を助けた、エイゾウ・タンヤ様の功績を語り継ぐこと！」

「よしよし、偉いぞ」

老人は力強く曾孫《ひまご》の頭を撫《な》で、彼女はキャッキャとはしゃいだ。

既に家督は息子（曾孫から見れば〝お祖父《じい》さま〟だ）に譲り渡しているが、このことだけは様々な場で一家の長《おさ》として口を酸っぱくして言っている。老人に対して彼は事あるごとに「お互い様だから気にするな」と言ってくれるが、老人としては返しきれない恩があると思っている。

「さて、それじゃあ、どこから話すかな」

「エイゾウ様と曾祖叔母様の出会いから！」

「そこからかぁ」

「だって、曾祖叔母様、『恋する女は強いのよ』っておっしゃってたもの。わたしも強くなりたいから、曾祖叔母様の出会いから勉強するの！」

「そうかそうか」

老人は笑いながら、内心では喜びつつも頭を抱えていた。

孫に子供の教育はどうなっているのか聞いてみたいところだが、若い頃の自分に似ている彼はきっと「家系でしょう」の一言で済ませるだろうし、おそらく自分はそれで納得してしまうだろう。

内心を切り替えて、老人は記憶を掘り起こす。脳裡《のうり》に甦《よみがえ》ってくるのは懐かしくも輝かしい、決して色あせてはいない日々。

そして、向こうがどう思っているかは分からないが、自分にとっては親友と言っていい男の、素朴な笑顔と、それに並んだ幸せそうな妹の笑顔。

老人はそんな記憶に妹から聞いた話を織り込み、曾孫に話し始める。

「あれはそうだな、あまり天気がいいとは言えない日のことだった」

1章　怪しい雲行き

俺の仕事は何かと問われれば、俺自身もだが、俺を知る大多数は「鍛冶屋」と答えるだろう。ひょんなことで前の世界で命を落としてしまい、この世界へとやってきた但箭英造《たんやえいぞう》――つまり俺は、この世界ではエイゾウ・タンヤとして鍛冶屋をしている。

住んでいるのはこの世界で〝黒の森〟と呼ばれる、狼《おおかみ》や熊がうろつく危険な場所……らしいのだが、今のところ、凶暴な熊に一度出くわした以外に危険を感じたことはない。

そんな森の中にひっそりと佇《たたず》む工房、それが俺の暮らす家であり、鍛冶仕事をする場所でもある。

そして、俺は一人暮らしではない。

「エイゾウ、これはこんなもんでいいのか?」

そう言って話しかけてきた虎のような丸い耳と虎縞模様の髪をした女性、名前をサーミャと言って、見たそのまま虎の獣人である。

彼女は熊に襲われて大きな怪我《けが》を負い、倒れていたところを俺が助けて以来、家族としてうちで暮らしている。

サーミャが俺に見せているのは溶けた鋼を型に流したものだ。うちの炉は魔法で動く炉で、鉄石を入れてなんかこうグッと指先に集めた力を炉に移すようにすると、良い感じに温度が上がって鋼が出てくるという代物である。そいつを四角い型に流して固めることで板金《いたがね》を作るわけだ。

　溶けた鋼は言うまでもなく高温になっている。こぼれると大変なので型はやや深めになっている。そこにぎりぎりまで注いでしまうと、少し扱いづらいものができてしまうため、適量の見極めも必要なのだ。サーミャが聞いているのはその量の話である。

「ああ、大丈夫だ」

　チラッと見ると、量は問題なかったので、それをそのまま言ってやると、サーミャはホッとした様子で型を置いて、次の板金の製作に取り掛かった。


　もちろん、俺もサーミャに作業をやらせてボーッとしているわけではない。作り置きの板金をこれまた魔法で動作する火床で熱して、加工に適した温度に達したら金床に置き、鎚《つち》を振るって成形していく。

　今の温度はどれくらいか、どこを叩《たた》けば思った形になるのか、それが俺には〝分かる〟ので、それに従って作業を進めていく。鍛冶に関しては特に強力に働くこの力こそが、俺がこの世界に来たとき、助けた猫（のような、神様のような何か）がくれた〝チート〟である。

　そのチートを使って今作っているのが、このエイゾウ工房の主力製品であるナイフだ。一口にナイフと言っても大きさは様々だが、うちで作っているのは刃渡りがやや長めで、様々な用途に使えるものである。

　鎚を熱した板金に振り下ろす度、金属同士のぶつかるガキンという音が鍛冶場に響き、板金は徐々に形を変えていく。思えばこれがやりたくて、この能力を貰《もら》ったとも言えるかも知れない。

この世界で生きていくにあたって、俺を転移させた存在に望んだのは「物作りでのんびり暮らすこと」だった。今の暮らしがそれに合致しているかは若干怪しい面もあるが、折角《せっかく》貰った二回目の人生、ゆくゆく叶《かな》えていければそれでいい。


俺の能力をフルに使うと、ナイフでも岩を切断できるほどの性能になってしまう。そんなナイフは危なくて売るわけにいかないので、わざと性能を落として作るのだ。

しかし、それでも一般にはとんでもなくいい性能になる。うちにはその証拠がいる。

「親方、ちょっと見せていただいていいですか?」

俺に声をかけたのは、一見すると少女のようにも見える女性だ。名前をリケという。少女のようには見えるが、リケは少女ではない。ドワーフと呼ばれる種族であり、彼女の年齢で立派に大人であるらしい。

「いいぞ」

「では、失礼して」

そう言って、リケは製作途中のナイフを矯《た》めつ眇《すが》めつする。俺の作ったものから学び取れるものが少しでもないかを見ているのだ。なぜなら、リケは俺の弟子だからである。

なんでも、ドワーフは大人の年齢くらいになると家を出て、ここなら良さそうだと思った工房に弟子入りするのが習わしらしく、俺が市場で売っていた製品の出来を見て、弟子入りを申し入れてきたというわけだ。

彼女が俺をエイゾウと名前ではなく、親方と呼んでいるのはそういった理由である。

平均して普通の鍛冶屋よりも腕が良いドワーフから弟子入りを申し込まれるのは、腕の良い鍛冶屋の証明でもある。つまり、俺の腕は最低限そのレベルが保証されていることになる。

「やはり、親方のものはいいですね。もう一つ上を見ましたが、これでも十分最高級と言っていいと思います。私もここを目指さなければ……」

リケはうっとりした感じで、まだ仕上がっていないナイフの峰に指を沿わせた。

「リケなら作れるようになるさ」

「はい！」

俺の言葉に大きく頷《うなず》くリケ。俺の能力はチートなのでちゃんと教えることができない。見よう見まねでやってもらうしかないのが心苦しいが、彼女ならきっとやり遂げることだろう。


こうして俺とサーミャ、リケの三人で森の中で鍛冶屋として暮らしているわけだが、ある程度は自給自足と言っても、購入してまかなっているものもたくさんある。

当然ながらその金は何かで稼がないといけない。鍛冶屋なのでナイフや、あるいは剣なんかを作れば売れるが、今度はその売る先が必要だ。

その売る先も、どうやらやり手らしい、元行商人で今は街に店を構えるカミロという男と知り合うことで確保できた。ヤツのところには大体週に一回程度の頻度でうちの商品を卸し、必要なものを購入させてもらうことで日々の暮らしを成り立たせている。

この日はちょうどそいつのところへ品物を卸しに行く日だった。

朝から雲が天を覆い、それは森の中の光を一段と落とし、普段からあまり明るいとは言えない森の中を一層暗くしている。荷車（持ち手がついていて、人が引っ張るタイプのものだ）に卸す品物を積んだら、その森の中をゆっくりと進んでいく。

ゆっくりなのは狼の群れや、怒らせると厄介な鹿たちがいないか警戒をしつつだからである。森の獣たちもこちらにちょっかいをかけてくることはまずないが、無用のいざこざは相手が人だろうと獣だろうと避けるに越したことはない。

そうして森を抜けると今度は街道を進むことになる。今抜けてきた森と平野を区切るように踏み固められた道がずっと向こうまで続いていた。

当たり前ながら、森を抜けても天気は変わらずあまり良くない。いつもなら清々《すがすが》しい青空と瑞々《みずみず》しい草原のコントラストが美しいのだが、今日はその青空が鈍色《にびいろ》に沈んでおり、景色の素晴らしさをいくらか損なっていた。

その街道も街の衛兵が巡回しているとは言え、安全とは言い切れない。たまに野盗が出てくることもあると聞いてるし、ここも警戒しつつだ。

警戒はするが、普通は何も起きない。しかし、起きないからといって警戒を怠った瞬間に悪いことは起こるものだ。警戒は怠らずにゆっくりと街道を進むと、やがて街の壁が見えてきた。元はそこまでが街だったらしいのだが、今はさらにその周りに柵（と言っても人間の背丈よりも高い）が設けられ、そこまでが街になっている。

なので、街への出入りのチェックはその柵が途切れたところに立つ衛兵さんが行っていた。今日立っていたのは、何度か見かけたことのある衛兵さんだ。

向こうもこっちを知っているので、よほど不審な動きをしなければ見咎《みとが》められることはない。互いに会釈を交わして、そこを通り過ぎた。

以前は俺が作った製品を初めて買ってくれたマリウスという衛兵さんがよくいたのだが、その同僚氏によれば、今都に行って戻ってきていないらしい。その話を聞いたのもそこそこ前だし、ちょっとカミロに聞いてみるか。商人の彼なら耳ざといだろうし、何か掴《つか》んでいるかも知れない。

カミロの店は結構デカい。そんな店の裏手の倉庫に荷車を入れておく。この後は商談……と言っても、納品する数と欲しいものを言うだけだ。それが終わったら番頭さんが数の確認と、俺たちが買う品物を荷車に載せる指示をするために部屋を出て行くのが毎度のことだった。

普段はこのあと世間で起きていることの話や、その他ざっくばらんに雑談に興じるのだが、この日はカミロに聞くことがある。

いつものとおりに番頭さんが出て行った後の雑談の最中、俺は切り出した。

「ところでカミロ、都の方でなんか起きてるのか？」

「どうしてだ？」

「懇意にしている衛兵さんが、しばらく前から都に行って戻ってきてない、って聞いたからな。街を守る衛兵が都とは言え、他所《よそ》の街に行くの自体がそうあることじゃないし、それが里帰りだとしても、そんなに長くはならないだろ？　その人には俺のナイフとかを買ってもらったり、その他にも色々と世話になってるから、ちょっと心配でな」

「なるほど……」

俺の言葉に、カミロは考え込む。考え込んでる時点でどこまでかはともかく、何かを知っていると白状したも同然だが、彼は商人だし、その辺りは分かってやってるんだろう。

やや重い沈黙が部屋に充満する。やがて、カミロは少しだけ教えてくれた。

「今、都の方はきな臭いことになっている。国王陛下がどうこうというよりは、もう一つ下の上級貴族の連中だな、その辺で何か起きそうな感じだ。多分その衛兵さんはその辺りに関係があるんだろう。……これ以上はお前のためにも言うわけにはいかん」

「そうか。すまんな、ありがとう」

「気にするな。くれぐれも余計なことに首を突っ込むんじゃないぞ」

「分かったよ。それより、言われてないから情報料はタダで良いんだよな？」

「あっ、お前そういうところ商人よりえげつないな！」

そう言って俺とカミロは笑い合う。互いに互いがその都のゴタゴタには巻き込まれないように、そう祈りながら。

その他にも少しカミロと世間話をして、カミロの店を出る。外に出ると、垂れこめていた暗雲は数を減らし、太陽が顔を覗《のぞ》かせていた。今日はもうこのまま帰るだけだ。

マリウス氏の件は俺がどうにか出来るようなものでもなさそうだし。一介の鍛冶屋だからな。補給しないといけないものはカミロのところで揃《そろ》ったから、他所で買い込まないといけないものもない。畑に蒔《ま》く種やなんかを買うのは、畑がちゃんとしてからでいいし。

前に来てから二週間あいたから、鉄石なんかは二週間分かと思ったが、俺達が一週間しか鍛冶仕事をしていない、と言ったのをちゃんと考慮してか、荷車に積んである鉄石と炭は一週間分だ。こういう配慮ができるから、カミロは商人として成功しているのかも知れないな。

街を出る時に見てみると衛兵さんは朝に見た人だった。まぁカミロのところに行ってそんなに経《た》ってないから当たり前といえば当たり前なんだけど。会釈をしながら傍《そば》を通り過ぎる。

街道に出れば後はいつもと同じルートだが、警戒は怠らない。見渡す限りの大草原で、渡る風が荷車を引いて火照る身体《からだ》に気持ちいい。思わず気を緩めそうになるが、それをしては意味がない。

「こう気持ちがいいと、気が緩むな」

俺がそう言うと、

「安全なら、行楽に良さそうな日和ですしねぇ」

「エイゾウの気が緩むのも分かるよ」

リケもサーミャも同意してくれた。そうだよなぁ。

とは言え、そこらでのんびり昼飯でも、というわけにもいかないのが辛《つら》いところだ。せめて気持ちのいい日和を楽しみながら行こう。

そして、あと幾らかで森に入る、といったところで、サーミャが足を止めた。やや丸みを帯びた耳を忙《せわ》しなく動かしている様子からすると、何か聞こえているらしい。俺はサーミャに声をかける。

「賊か？」

「分かんない。でも争ってる感じの音だ。ちょっと先だな……」

サーミャはそう言って俺達をチラッと見ている。行くべきかどうか迷っているのだろう。

「よし、じゃあサーミャは先に行って様子を窺《うかが》ってくれ。賊や狼《おおかみ》が誰かを襲っているようなら、構わんから助太刀しろ。俺達もなるべくすぐに追いつく。危なくなったらこっちに逃げてこいよ」

「分かった」

サーミャは頷くと勢いよく走り出す。虎の獣人である彼女の本領発揮だ。なかなかの速度が出ているのにほとんど音がしない。

「さて、じゃあ俺達も急ぐぞ」

「はい！」

俺とリケは少しでも早くサーミャに追いつけるようにと全力で荷車を引く。

振動が大きくなるが、バランスを崩して横転したりするほどではない。街道で良かった。これが森や整備されてない道だとこのスピードは出せなかっただろう。

積荷は基本くくりつけてあるから、大丈夫だと信じて道を急ぐ。

時間にすればほんの僅《わず》かだろうが、俺には途方もなく長い時間のように感じた。俺の耳にも複数の人間が激しく争っているような物音が聞こえてきた。ええい、ままよ。

「リケ、こいつは一旦ここに置いていく。ついてこい」

「はい」

「ただし、現場に着いたら、少し離れた場所にいるんだぞ」

「分かりました！」

旅をしてきただけあって、リケも自分の身を護《まも》るくらいのことはある程度出来るのだが、それ以上となると厳しい。いくら俺の特注モデルのナイフを持っているからと言っても、当たらなければ斬りようがない。

なので、直接戦闘には関わらないようにしてもらう。俺とリケは荷車を置くと、音の方へと駆け出す。

走り出して間もなく、その光景が見えた。三人ほどの男が、サーミャと女性に襲いかかっている。サーミャが弓矢で、女性がロングソードで男たちを躱《かわ》しているが、女性の動きが鈍《にぶ》っているのが分かる。今にも女性が一撃貰ってしまいそうだ。俺は腰のショートソードを抜き放つと、

「何してんだ手前《てめえ》らぁ‼」

とあらん限りの声で叫ぶ。男たちの視線がこっちに逸《そ》れる。

「おい、あいつを片付けろ」

男の一人がそう言うと、俺に一人が向かってくる。俺はそいつに全力で上段から斬りつける。男はその俺の剣を自分の剣で受けるが、思ったよりも衝撃があったのだろう、弾《はじ》き返《かえ》したりできずに、一瞬動きが止まった。

そのスキを見逃さず、俺は斬りつけた時の勢いを生かして、男の胴をめがけて二撃目を放つ。対応出来なかった男の胴の中ほどまで刃が食い込んで、ゴボッと男は口から泡混じりの血を吐いた。

男の胴から剣を抜いた俺は、男が倒れるかどうかを見届けずに残る二人に向かって剣を構える。残る二人が逃げるなら逃げるでいい。数の優位は逆転したのだし、普通ならそうする。

「クソッ」

だが、残る二人はそうせず、悪態をついただけで片方が俺に向かってきた。女性は疲弊しているし、虎の獣人――つまりサーミャも女だから、俺さえ始末すればまだなんとかなると思っているのだろう。俺は相手が間合いを詰めてくる間に、片手でナイフを抜いた。片手にショートソード、もう片手にナイフである。

相手は俺が構えたナイフを警戒する様子もなく横薙《よこな》ぎを放ってきたので、それを身体から少し離れたところで、ナイフの刃が直交するように受けた。

いや、受けたというのはいささか語弊がある。相手の剣はナイフに触れた箇所からすっぱりと切り落とされているからだ。おかげで衝撃もなく空振りになってガラ空きの胴に、一人目の男と同じく剣を叩《たた》き込《こ》み、やはり胴の中ほどまで刃が食い込んだ。残るは一人だ。

どう、と倒れる音がしたのを聞いたのか、最後の一人が逃げようとしたが、そこへサーミャが矢を射掛け、放たれた矢は身体を貫き、そいつも地に伏すこととなった。普通ならああはいかないんだろうが、あの矢じりは俺の特製だからな。

意識を集中してみたが、他に気配は感じられない。残党がいたら面倒だったが、それもないようなので、俺はほっと胸をなでおろし、リケを呼んでから、サーミャと女性の元へと駆け寄った。

「怪我《けが》はないか？」

「ああ。アタシもこの人も大きな怪我はないよ」

「そうか」

俺はホッとしつつ、女性の方を窺う。思わず助けたが、この女性の方が何か良からぬことをしていて、俺が斬り倒した男たちこそ官憲のような何かだった可能性もなくはないのだ。

斬り倒した、か。俺は初めて自分で作ったものを、作られた意味に合う使い方をした。当然、前の世界で人を殺《あや》めた経験なんかない。

斬る前にもう少し何か葛藤が生まれてしまうかと懸念していたが、チートで貰《もら》った能力の助力もあるとは言え、あっさりと斬り捨ててしまえた。心の何処《どこ》かに鈍く重いものがあるのは確かだが、後悔や恐怖といったたぐいのものではない。

それが却《かえ》って俺には不気味に思える。自分が作ったものが知らないところで誰かを傷つけることには、あんなに呵責《かしゃく》があったのにな。

「どうした、エイゾウ。傷でも受けたか？」

サーミャが心配そうに俺の顔を覗《のぞ》き込《こ》んでくる。俺は、

「いや、俺も怪我はない。ありがとうな」

とぎこちない笑顔で返した。

「さて、お嬢さん」

俺は襲われていた女性に尋ねる。金色の髪が輝く頭には何も装着していなかったし、じっくりとは見てないので、パッと見は普通の旅装に見えていたが、マントで見えにくかっただけで、胸甲に脛当《すねあ》てもつけている。

いや、これはパッと見には普通の旅装に見えるように最低限の装備だけをつけていたのだろう。マントの前を閉めたら、装甲している部位はほとんど見えないからな。

「お嬢さんが何者で、なぜ襲われていたのか聞かせてもらえるかい」

「……」

「まぁ、事情があるのは一目瞭然だし、語りたくないのは分からんでもないんだが、これだけの人数を斃《たお》してしまった以上、そこに理由がないと俺達が衛兵にでも尋問されたときに困るんだよ。だから、俺達を助けると思って教えてくれないか」

女性は俺の目をじっと見つめている。綺麗《きれい》なブルーの瞳だ。目鼻立ちがしっかりしていて、俺から見ても、多分こっちの世界の人から見ても美人と言っていいだろう。

しかし面影に見覚えがあるな。前の世界で観《み》た洋画の女優かな。

「まず、助けてくださり、ありがとうございます」

ややあって、話す決心がついたのか、女性は語りだした。

「わたくしはディアナ・エイムールと言います。都に住んでいたのですが、色々あって、とある方のところに身を寄せることになったのです。しかし、そこへ辿《たど》り着《つ》くギリギリで追っ手に襲われてしまって。あなた達が駆けつけてくださらなかったらどうなっていたことか」

家名持ちか。だとすると、色々ってのはカミロが言ってた貴族のゴタゴタだろうか。

このお嬢さんが嘘《うそ》をついてないか、チラッとサーミャを見ると、横に首を振った。嘘がニオイで分かるらしい彼女が違うと伝えているということは、嘘はついてないようだ。

「なるほど。事情は分かった。となると、これをどうするかだな」

俺は少し離れたところに置いたままの死体を見やる。隠すなら隠すでグズグズしていると巡回が来るだろう。逆に知らせるなら巡回を待つ手もある。そう冷静に考えている自分が少し怖いが、そうも言ってられない。

「隠しましょう」

俺が逡巡《しゅんじゅん》していると、女性――ディアナがそう言ってきた。

「いいのか？　まぁ、普通の賊ではないんだろうが」

「ええ。追っ手ですから、撃退されたことが判明するまでは時間が稼げます」

「その間に〝とある方〟のところへ行けるはず、ってことか……」

「はい」

追っ手が悪いやつとは限らないが、ここまで来たら乗りかかった船か。

「よし、じゃあ森の中に入れてしまおう。リケ、すまないが荷車を引いてきてくれ」

「分かりました」

リケにはそう指示をしたが、別に死体を荷車に載せたいわけではない。リケが取りに行っている間に森に運び込んでしまうのだ。

「サーミャは手伝ってくれ」

「あいよ」

「すまんな」

「何言ってんだ。今更だろ」

俺達とディアナは死体の腕だけを持って、森に引きずっていく。こうすれば狼の仕業に偽装できるし、俺達に血がついたりもしない。

全力で引きずってしまえば、そんなに時間はかからない。ものの半時ほどで狼に出くわしたかのような状態になった。端ではあるが、森の中だ。巡回の衛兵も覗いたりしないだろう。終わった頃にはリケも荷車を引いて戻ってきていた。

「よし、じゃあ俺達は家に帰るが、その前にディアナさん。とある方ってのについて教えてくれないかい。何か力になれるかも知れない」

俺がそう言うと、ディアナは迷っている様子を見せた。まぁ、命を助けられたとは言え、知らんオッさんにホイホイと話せる事情なんてそうはない。だが、やがて口を開いた。

「その方は兄が教えてくれた方なんですが、辺鄙《へんぴ》なところに住んでおられるとかで」

ほほう。俺みたいな人っているもんなんだなぁ。

「最近になってこの辺りに住み着いたそうなんですが」

へぇ。俺と似た境遇なのか。ちょっと興味あるなその人。

「大変腕のいい鍛冶屋だと……」

ん？

「兄の愛用しているナイフも剣も、その方の手になるもので、今の件が片付いたらその方に調整してもらう、と言っていました」

俺の作ったナイフと剣の両方を愛用していて、彼女と同じ髪と目の色、そして整った目鼻立ちの男というと俺には一人思い当たる人物がいた。まさかなと思いつつ、

「あの、ディアナさん。もしかして貴方《あなた》のお兄さん、マリウスって名前でこの先にある街で衛兵をしていた方では？」

俺が思わず丁寧な口調で尋ねると、ディアナは、

「はい。マリウス・アルバート・エイムールがわたくしの兄ですが、なぜご存知《ぞんじ》なんです？」

とキョトンとした顔で返してきた。

おう……なるほど……。

「ディアナさん」

「はい」

「お兄さんの言う〝とある方〟ってのは、多分俺のことだ」

「えっ⁉」

ディアナは怪訝《けげん》な顔をしている。だよな。助けてくれた人が実は探してる人でした、なんて都合のいい話がそうそうあるわけがない。

俺だって同じ状況で言われたら、「おお、そうですか！　そいつぁ好都合ですなガハハ！」とはならないだろう。

でも、ほぼ間違いなくそうなのだから仕方ない。

「俺達の家ってのは、この〝黒の森〟の中にあってね。余程でないと来られないはずだから、ディアナさんが逃げていて、匿《かくま》うのなら一番いい場所かも知れない」

「その方に会うには、まずカミロという商人を頼れ、と兄は言っていました」

「じゃあ、間違いない。俺が商品を卸しているのはカミロのとこだけだし、うちの場所を知ってるのも、カミロともう一人だけだ」

実際にはもう一人――ヘレンは直接うちに来て、正確な位置を知っているから、彼女から漏れていれば話は別だ。

とは言っても、他人にホイホイ漏らすようなヤツではないと思うし、今言った二人だけと思っていいだろう。

「お名前を聞かせていただいても？」

ディアナがこちらをじっと見つめながら言った。そう言えば名乗ってなかったな。

「ああ、すまない。俺はエイゾウという。こっちの獣人がサーミャで、このドワーフはリケだ」

サーミャとリケが軽く会釈する。タンヤの方は今は名乗らない。

「エイゾウさん……」

ディアナは俺の名前を繰り返す。思案顔なのは思い当たるからなのか、それとも思い当たらないからなのか。見ているだけの状態では分からない。

「とりあえず、追っ手を倒してしばらくは時間稼ぎができてるんだろ？　だったら、今日の一日は一旦うちに来ておいても良いんじゃないか？」

俺はそうディアナに促す。あまりここでモタモタしているわけにもいかんのだよな。この状況で巡回が来ても説明は不可能じゃないが、そもそもそんなことになるのが面倒だし、なにかボロでも出したら目も当てられない事態に陥るのは確実だ。

「……分かりました。今日のところはお世話になります」

「よし、じゃあサーミャは周辺の警戒。俺とリケで荷車を引こう。ディアナさんは出来ればサーミャと一緒に周辺を警戒してくれ」

「分かりました。お願いしますね、サーミャさん」

「おう」

こうして俺達は移動を開始する。流石《さすが》にこのままここから森に入るわけにはいかないので、いつも通る辺りよりも更に一五分ほど進んでから森に入る。

そして、森に入ってから半時ほど経《た》ったとき、みんなに声をかけた。

「一旦休憩するか」

「おう」

「はい」

「分かりました」

三者三様の返事が返ってくる。俺はディアナに水を渡して、サーミャを呼ぶ。

「サーミャ、ちょっと」

「ん？　なんだ？」

サーミャはすぐにやってきた。

「後をつけられていないか分かるか？　俺は何も感じてないが」

小さな声でサーミャに聞く。

「んー……いや、そういうのはなさそうだぜ？　匂いも気配もない」

聞かれたサーミャは、集中して鼻をヒクヒクさせていたが、すぐにそう答えた。

「そうか、なら良かった」

遠くから監視してるやつがいて、尾行されていたらどうしようかと思ったが、どうやらそれはなさそうだ。

俺達が大人数で荷車もあるとは言っても、森の中で見通しがきかないし、尾行は相当困難だろうとは思うが、念には念だ。

その後も警戒しつつ進んだため、いつものたっぷり一・五倍は時間をかけて我が家に辿り着いた。

「ディアナさん、すまないが先に荷物を降ろさせてくれ」

「もちろん構いませんよ。わたくしも手伝いましょうか？」

「うーん……」

まぁ、客であって客でないようなものだし、それくらいは良いか。鍛冶仕事なんかはさせられないが、働かざる者食うべからず、だ。

「じゃあ、お願いしようかな。どれをどこに持っていけばいいかは教えるから」

「はい」


そうしてディアナにも手伝ってもらって、鉄石と炭を作業場に運び込み、塩やその他は家の方に運び込む。

ディアナの手伝いもあってか、いつもよりはやや早く片付いた。

寝室の荷物を自分たちの部屋に運び込む。そうしないと俺が寝室に移れなくて、客間にディアナを入れられないからな。

「狭い家だが、しばらくは我慢してくれ」

と俺がディアナに言うと、ディアナは、

「いえ、〝黒の森〟の中にこんな場所があったんですね……」

と感心した風に返してきた。

「まぁ、君のお兄さんが言っていたように、住み着いたのは割と最近だがね。……と、片付いたみたいだから、客間に案内しよう」

「はい」

俺はディアナを客間（元書斎）に案内した。貴族のお嬢様が滞在するのだ、ベッドを宮付きにしておいて良かった。

「そんなに豪華な部屋じゃないが、元々そんなに客が来ることは想定してなくてね。一介の鍛冶屋の家にしては豪華だと思ってくれるとありがたい」

「いえそんな。十二分に立派な部屋だと思います」

「とりあえず、装備を外して、旅の埃《ほこり》を落とすと良い。あとでサーミャかリケに湯を持ってこさせよう」

「すみません、助かります」

俺は手をひらひらと振って部屋を出た。


さて、これからどうしようかな。ディアナにもう少し詳しい事情を聞く必要はあるだろうが、聞いてしまうと多分戻れないよな。

あとは話だけ聞いているとディアナは貴族のお嬢さんっぽいんだが、俺みたいな鍛冶屋にも腰が低くて丁寧なのが気にかかる。お兄さん——マリウス氏に話を聞いていたから、というだけなんだろうか、あれは。

それにしてはサーミャにも丁寧に接してるしなぁ……。ともかく、晩飯が終わってからででも、ディアナに聞いてみないとな。

俺は旅装を解いて、四人分の湯を沸かした。それぞれ自分の部屋で身体を拭き清めたら、居間で夕食だ。

夕食はバラ（猪《いのしし》）の塩漬け肉とレンズ豆っぽい豆のスープに、無発酵パンとそれにワインである。うちだとそれなりに豪勢だが、はてさて、ディアナの口に合うかどうか。

「こういうものしかなくてすまん。口に合うといいんだが」

もう少し恐る恐る口に運ぶかと思ったが、ディアナは躊躇《ちゆうちよ》なく口に入れた。

「……どうだ?」

それを見てむしろ俺のほうが恐る恐るで聞いた。

「美味《おい》しいです！」

ブルーの目を輝かせて、ディアナが言う。

しかし、周りがビックリしているのに気がついたのか、

「あ、す、すみません……」

すぐにしょんぼりしてしまう。

「いや、口に合ったなら良いんだ。良いとこのお嬢さんの口に合うか、みんな心配してただけだよ」

「そんな、良いとこのお嬢さんなんて」

「まぁ、メシが美味《うま》く食えるのが一番だ。メシがマズいと何もする気が無くなるからなぁ」

俺はしみじみと言う。前の世界で仕事がツラい時でも、美味いメシが食えればなんとかなったもんだ。

ふと、前の世界で行きつけだった食堂のおばちゃんの顔が頭を過《よ》ぎった。前の世界に心残りがあるとしたら、あのおばちゃんにはもう二度と会えないことくらいだな。

「エイゾウもマズい飯食ったことあんのか？」

サーミャが話題に乗ってくる。

「そりゃぁ、何度もあるさ」

「そうなのか。アタシはエイゾウはずっと美味い飯しか食ってないもんだと思ってたよ」

「そんなことはないぞ。例えばだな……」

俺は前の世界の話を、それと分からないように話し始めた。

こうしてこの日の夕食は「今まで食べた中でマズかったもの」の話題で盛り上がる。ディアナも「珍味」と聞いて食べた、何か分からない肉が相当マズかった、という話をして場を盛り上げていた。

そんな楽しい夕食が終わった頃、俺は話を切り出した。詳しい事情を聞くかどうかは少し迷ったが、ここまで来たら今更だろう。

「さて、じゃあディアナさんが都を追われることになった理由について、教えてもらえるか？」

ディアナは少し躊躇していたが、すぐに、

「分かりました。それでは……」

と、訥々《とつとつ》と話し始めた。

◇◇◇

ディアナ（とマリウス氏）の実家は、俺達が行っている街の辺りも含めた領地を治めるエイムール伯爵家。エイムール伯爵には三人の息子と一人の娘、つまりディアナがいた。

三人の息子は長兄リオン、次兄カレル、そして三男のマリウスだ。当然、伯爵の家督を継ぐのは長兄のリオン、そのはずだった。

一ヶ月ほど前、エイムール伯爵とリオンは、国境付近に出たという魔物の群れを討伐するために、私兵を引き連れて出かけた。

本来であれば、リオンはともかく伯爵まで出ていく必要はなかったはずだが、そろそろ伯爵は完全に隠居し、リオンに実権の全てを引き継がせるつもりだったようで、そのデモンストレーションの意味もあったらしい。

逆に言えば、国軍は動かさずに私兵のみを動員し、しかも伯爵とその跡取り御自らの出陣である。その出現した魔物の討伐も大したことではない、という想定だったはずだ。

だが、そんな予想は完全に裏切られた。伯爵、リオン共に討ち死に、私兵も壊滅状態になって敗走、命からがら帰ってきたところによると、「やたら強い魔物が何もかもを倒していった」そうだ。

だが、その凶報を受け、慌てて実家に戻ったマリウスが調べたところ、不審な点がいくつもあった。衛兵として数々の〝斬られた〟死体を見てきたマリウスから見れば、伯爵もリオンも、受けた傷が爪や牙ではないように見えるし、そもそも「魔物の発生自体が本当だったのか？」というところから怪しい、というのがマリウスの見立てである。

さて、そうなると俄然《がぜん》怪しいのはカレルだが、当然簡単には尻尾を出さない。黙っていれば家督の継承権はカレルに移る……はずだった。

だが、そこに大きな問題が発生する。記録を調べたところ、カレルとマリウスの継承順位が逆だったのだ。カレルは妾腹《しょうふく》の子、マリウスは正妻の子であるため、マリウスが誕生した時点で継承順が変わってしまった。

その事実は記録官により記録はされたが、カレルを産んだときに母親である女性が亡くなってしまった。正妻もそれを気の毒に思ったのか、一人腹違いとなるカレルも平等に自分の子として扱い、育てたのである。

つまり、カレルが家督を継承するには、マリウスにあれやこれやをなすりつけ、継承の資格なしとするしかない。

が、マリウスは当然その前後はずっと街で衛兵をしていた。策略があったとして、馬車で半日ほどはかかる距離である。きめ細やかに指揮を執るなんてことは非常に難しい。

それで今のところは睨《にら》み合《あ》いが続いており、時々カレルがマリウスにちょっかいをかけているのが都の状況というわけだ。

ただ、これも長くかかりすぎて、エイムール伯不在が長期となると爵位剥奪《はくだつ》、とかもありえるので、そろそろどちらかが動き出す頃合い、でもあるようだ。

ディアナが狙われているのは、ディアナも正妻の子のため、例えば彼女がどこかの貴族の息子を婿にでもとれば、その時点で継承権が変わりかねないので、今のうちに排除しておこう、という目《も》論《く》見《ろみ》らしい。

そこでマリウスはディアナを（おそらくは）俺のところに預けて、自分がカレルをなんとかするまで安全を確保しておこうと送り出したのを、カレルが察知して襲わせたのがさっき、というのが事の全てである。


「ふーむ」

俺は考え込んだ。そうなるとディアナを預かるのは一週間や二週間ではないだろう。うちの懐事情的には全く問題ないのだが、ディアナがここの生活に耐えられるかどうかだな。てか、マリウス氏もディアナも伯爵家の人間かよ。

でもこれで、マリウス氏がただの衛兵にしては妙に目利きなのも、街の壁内の機微に通じているのも何故《なぜ》なのかは分かった。

「都……というか、マリウスさんの状況も、ディアナさんの状況も分かった。その上でだが、ディアナさんをウチで預かるのは問題ないが、ディアナさんはそれで大丈夫なのか？」

貴族と分かった以上、本来は腰を低くしたほうがいいのかも知れないが、いまさら態度を変えるのもなんなので、俺はそのままにする。

「大丈夫とはなんでしょう？」

「いや、事が終わったあとでも、一介の鍛冶屋のところに年頃の娘さんが、他に女性がいるとは言え、転がり込んでいるなんてのがバレたら、貴族的にはアウトなんじゃないか？」

「その辺りは兄がうまく処理してくれると思いますので、エイゾウさんはご心配いりません」

「あとはこの生活が一～二週間どころじゃなく続くかも知れないが、そっちも大丈夫か？」

「凄《すご》く短い間ですが、サーミャさんもリケさんもいい人なのは分かりましたし、私は心配していません。もちろん、エイゾウさんも」

「ふーむ……」

それなら、別にうちで預かる分には構わないか。

「じゃあ、あとは本当にうちで預かってくれ、という話なのかどうか、だな」

「ここに来て分かったんですけど、確かにここ以上に身を隠すのに適した場所もないようには思うので、ほぼ間違いないかと」

「まぁそりゃそうだが、一応、な」

渋るわけじゃないが、もし違うところだったらほとんど誘拐と変わらない。

「何か分かるようなものがあればなぁ」

ボソリと言った俺の言葉に、ディアナが反応した。

「あ、そう言えば、カミロさん宛の手紙を預かっていたんでした」

「それを読めば分かる……？」

「ええ、恐らくは」

「しかし、他人宛の手紙を覗《のぞ》くのはなぁ」

「いえ、私のことなんですから、構わないでしょう。持ってきますね」

さっと立ち上がり、客間に消えていくディアナ。

俺はそれを見て、もしかしてここの生活が気に入るのでは、などと呑気《のんき》なことを考えてしまった。

ややあって、ディアナが手紙を持ってくる。まぁ、この世界だと前の世界みたいに信書開封罪みたいなものはないだろうしなぁ。万が一を考えてか、封蝋《ふうろう》に紋章は入っていない。俺はナイフで封筒を開ける。

『カミロ殿　貴殿のことであるから、都で起きていることのおおよその状況は掴《つか》んでいることと思う』

という書き出しから始まった手紙は、さっき俺達がディアナから聞いたのとほぼ同じ内容が綴《つづ》られていた。

そして、最後の方に、

『ついては、私の妹、ディアナをある人物に預けたい。私は住んでいる場所を知らないのだが、私の剣を打った鍛冶屋だ。彼は辺鄙《へんぴ》な場所に住んでいると聞く。彼のところであれば身を隠すのも容易だろう。彼は貴殿のところに商品を卸しているというし、彼が来るまで妹を預かってはくれないだろうか』

とある。この後も多少続いているが、ここが読めればとりあえずは良い。

「これで確定したな。マリウスさんはディアナさんをうちに預けるつもりだった。だから一つ手間が省けた、ってことだ」

更に言えば、ディアナがカミロのところに行かずに済むということは、それだけ足取りが追いにくくなるので、これはちょうど良かったのかも知れない。追っ手の壊滅に気がついた頃には、痕跡はだいぶ消えてしまっているだろうし。

俺の言葉を聞いて、全員が頷《うなず》く。

「なので、ディアナさんにはしばらくうちにいてもらう。家の周りで木の生えてないとこまでなら、一人でうろつくのは構わないが、それより遠くの場合は俺かサーミャを連れていくこと。でないと狼《おおかみ》に食われかねん」

「分かりました」

「男に相談しにくいことは、サーミャかリケに相談してくれたら良い」

「よろしくお願いしますね」

ディアナがサーミャとリケに向かって頭を下げる。

「おう、遠慮なく聞いてくれよ」

サーミャが笑いながら返す。

「ああ、そうだ、ついでで悪いが聞いておこう。ディアナさんは何で俺達みたいな、普通の庶民にまで丁寧に接するんだ？　駄目というわけじゃないが、貴族なんだから、もっと砕けて接してくれていいんだぞ?」

俺は気になっていることを聞いてみた。こっちがめちゃくちゃに無礼なのは心の棚に上げておく。

「命の恩人だから……ですかね」

「うーん、もしかすると、これからここでの生活も長くなるかも知れないし、別に砕けた態度だからってスキあり！　とかは言わないから、出来れば砕けた態度にしてくれたほうが、お互い楽で円滑に暮らせると思うんだが……」

「分かりました……じゃない、分かったわ。貴方《あなた》がそう言うなら、そうする」

「おう、そうしてくれ」

「あ、でもね」

「うん?」

「それならこっちも厄介になるだけじゃ悪いと思うの。何かできることはない?」

「うーん……」

彼女はうちにとっては客ということになる。その客に労働をさせていいものか。俺は少し考え込んだ。

客とはいっても、特注品を頼みに来た客というわけではないし、であれば働かざる者食うべからずに則《のっと》って、何か手伝ってもらってもいいか。

「じゃ、うちの仕事の手伝いを」

「いいの?」

「簡単なやつだけな」

「やった！」

やれやれ、これで少しはのんびりした生活に近づけられるぞ。プチ亡命者みたいなのを匿《かくま》っておいて、のんびりも何もないもんだとは自分でも思うが。

「よし、じゃあ今日は疲れてるだろ。今日のところはさっさと寝ちまおう」

「はーい」

「おう」

「はい」

三者三様の返事が返ってくる。こうして盛り沢山な一日はようやく終わりを告げたのだった。

2章　ちょっと違う〝いつも〟

いつも、朝に一番早く起きるのは水汲《みずく》みに行く俺だ。一度リケが「そういうのは弟子の仕事」とやろうとしていたのだが、こういうのがないと身体《からだ》をあんまり動かさなくなるような気がして、ずっと俺が続けている。行って戻って三〇分ほどだ。帰りは瓶二つに水も入るから、それなりの運動にはなる。

帰ってきたら、サーミャとリケが起きてきているので、汲んできた水を使って三人で顔を洗うのが日常だったが、今日からはそこにディアナも加わって四人で顔を洗い、歯を清める。俺が朝食の準備をしている間に、女性陣が洗濯をする。

前の世界みたいに、トースターでパンを焼いてる間に卵料理なんてことは無理なので、準備の時間で十分に洗濯は可能だ。

洗剤は木炭を燃やしたときの灰をとっておいて、専用の瓶に水と一緒に入れておいたものである。前の世界でも洗剤に使ってたらしいし、それなりに理に適《かな》っているのだろう。

探せばムクロジみたいなサポニンを含んだ植物もあるに違いないが、それを探すのはだいぶ先の話だな。

朝飯は麦粥《むぎがゆ》と、塩漬け肉のスープだ。このスープは多めに作っておいて、昼飯、夕飯と具材が多くなっていくようにしてある。

これにより、調理の手間をなるべく少なくしているのだ。三人（今日からしばらくは四人）でワイワイと食事をとりながら、その日の予定を決めるのも、朝食時の大事な役割の一つである。

この日から三日はショートソードとロングソードの製作をすることに決まった。これならサーミヤがディアナに教えることも出来るからな。

サーミヤがディアナに教えるのは剣の型作りだ。剣の形に木で作った雄型に粘土を貼り付けて、乾燥したら二つに割って雌型にする。

そこに溶けた鋼を流して大まかな形を作ったら、型の継ぎ目から少し溢《あふ》れて出来たバリなどを取ったり、歪《ゆが》みが出ている部分を修正する。その後の最終工程として焼き入れをして研いで刃をつければ完成となる。

以前に俺がそう教えたのを覚えていたのだろう、サーミヤがディアナに教えながら、二人で木型に粘土を塗りつけて、型を作っていく。

粘土もそのうち仕入れるか探すかしないといけないかもなぁ。湖があってそこで水が湧いてるということは、水を通さない不透水層に挟まれて圧力のかかった地下水の層があって、そこから噴き出しているのだろう。

そこまで掘って粘土層があればそれを使うのはいけそうだ。粘土混じりの土、ってくらいの感じでも用途には十分だからな。まぁコレも今は後回しだ。

バリ取りまではサーミヤとディアナがやる。ディアナは貴族のお嬢さんの割に、ハンマーを振るう力はなかなかのものだ。

逃げてきた時に胸甲とかつけてたし、そもそも追っ手に襲われて俺達が駆けつけるまでは一人でなんとかしてたんだから、剣の腕に覚えがあるんだろう。

その後の工程は俺かリケで行う。もちろん、この段階でもある程度は修正がきく。しかし、型の時点でガタガタだと仕上げにはより時間がかかるので、型の出来というのは意外と大事なのだ。

そんな大事な次の型を、俺とリケが剣を仕上げている間にサーミャとディアナが用意する。


この日の出来はなかなか良かった。効率的には前と変わらないくらいだが、一人慣れてないのが入ってこれなら全然問題ない。ディアナが出来たばかりのロングソードに興味を示したので、許可して振らせてみる。

俺のチートと比べると落ちるようだが、それなりに剣術を習っていたようで、サマになっている。

「結構やるじゃないか」

「ありがとう。でも、まだあの時のエイゾウさんに勝てる気がしない」

あの時ってのは助けた時のことだな。

「エイゾウはこう見えて強いからな……」

サーミャが混ぜっ返す。

「こう見えては余計じゃないか？」

それを聞いて俺は口をとがらせて反論する。しかし、

「でも鍛冶屋があんなに強いって普通は思わないですよ、親方」

サーミャの肩を持つリケの援護射撃が飛んできたところで、俺はわざとらしく肩を落とし、みんなで笑うのだった。

◇◇◇

翌日。前の日に作ったのは俺もリケも一般モデルだったので、今日は俺が高級モデルで、リケは一般モデルを作ることにする。とは言っても手順や人員はディアナを含めて変わらない。四人で作業を分担して作っていく。

昨日何回かやったからか、ディアナの手際もだいぶ良くなっている。ディアナが流したほうのショートソードを見たが、ムラのようなものがかなり減っていた。

となれば、後は俺が慎重にこのムラを叩《たた》いて消し込んでいくだけだ。

難しいのはここで本気で消し込んでしまうと特注モデルに近づいてしまうということだ。それではおいそれと売るわけにもいかない。

なにしろ本気で作ったものに迫ってしまう。だから、高級モデルの範囲内でとどめておく必要がある。程々で叩くのを止《や》めて、焼き入れ、研ぎ・磨きの仕上げをした。

「ふむ」

出来上がりを確かめると、十分に高級モデルとしての仕上がりになっている。ディアナの作った剣の素材は昨日より大分いいとは言え、当然素人作業のものなわけだが、そこからでもチートの能力であれば、普通に高級モデルに持っていけるのか。凄《すご》いな。

そうやって高級モデルの出来を確かめていると、ディアナが話しかけてきた。

「あら、それは？」

「ああ、こいつは昨日作ってたのとは違う、少し良いショートソードだ。昨日のより値段も高く売れる」

「見てもいい？」

「ん？　ああ。構わないぞ。握りとか仕上げてないが」

ディアナが矯《た》めつ眇《すが》めつ高級モデルのショートソードを見る。リケに初めて見せたときがこんなだったな、確か。

「これは……凄いわね」

「でしょう？　私も最初見た時びっくりしたんですよね」

何故《なぜ》かリケが胸を張っている。

「ええ、都でも数えるほどしか作れる鍛冶屋はいないわね」

感心しながらディアナが言う。逆に言えば何人かは作れるやつがいるってことか。じゃあ市場に流れても「良い出来の武器」で済むってことだな。

実際ヘレンが持ってたのはウチの高級モデルに近かった。俺が作ったやつのほうが辛うじて良い……かも知れない、くらいだ。

とは言っても今後ガンガン増やすと、それはそれで「これを打ったのは誰だぁっ」ということになりかねないので、程々にしとこう。

昨日と同じくらいの数を作った頃、ディアナが切り出してきた。

「エイゾウさん」

「ん？」

「一回手合わせ願えない？」

「んん？　俺と？」

「ええ」

「剣で？」

「もちろん」

ディアナも戦闘民族なのかよ。まぁでも他に娯楽もない森暮らし。慣れない生活だろうし、気晴らしになるならいいか。

そう思って、ちらっと窓の方を見るとそこそこ日が傾いている。

「じゃあ、そろそろ暗くなってくるから一回だけな」

「ありがとう！」

にしてもなんでそんなに嬉《うれ》しそうなのかね……。一般的なお嬢様とは若干ズレているようなのだが、確証はない。

万が一があってもいけないので、一般モデルの刃を落とす。

鉄の棒で本気で殴られたら、どのみち無事では済まないので、気休めと言われてもあまり反論はできないけど、当たったときの怪我《けが》の度合いが全然違うからな。

さすがに作業場で丁々発止《ちょうちょうはっし》とやりあうのは色々問題があるので、外に出て二人で対峙《たいじ》する。サーミャとリケも出てきて見物だ。

剣の先を合わせて一礼し、距離を空ける。

「いつでもいいぞー」

俺は気楽に声をかけるが、ディアナの方は真剣な顔だ。剣を構えてジリジリと間合いを詰めてくる。俺も剣をダラリとした感じで構え、待つ。

突然、ディアナが姿が消えたかと思うほどの速度で突っ込み、その勢いのまま、首辺りを狙って剣を振るってくる。俺はだらりと下げた剣を跳ね上げるようにして弾《はじ》き、戻す勢いで突っ込んできたディアナの肩口を狙う。

「くぅっ！」

今度はディアナが弾かれた剣を戻す勢いで、俺の剣を弾いてなんとか躱《かわ》す。俺は弾かれた方に身体ごと動いて間合いを少し広げた。ディアナもこっちを追いかけてくる。ディアナは一つ一つの動作が機敏で精確だ。こりゃちょっと剣術を齧《かじ》ったどころではないな。それでは仕方ない。

「あ、エイゾウがちょっと本気だ」

サーミャが言っているのが聞こえる。少しだけな。

「ふっ！」

俺はそこからディアナに打ち込み続ける。肩に胴に頭に脚に。最初は対応できていたディアナも少しずつ動作が追いつかなくなってきている。そこを狙って俺は胴を狙うフェイントを仕掛ける。

「あっ⁉」

ギリギリだったが、なんとか引っかかってくれた。腕が下がったところを狙って、首筋に剣を叩き込む——直前で寸止めにする。

「これは俺の勝ちでいいな？」

「……うん」

これで一本勝負は俺の勝ちに終わった。


「これだけ身体を動かすと、なかなかにくるな」

三十歳に若返っているし、普段水汲《みずく》みや鍛冶仕事でそこそこ身体を動かしているとは言え、やはりオッサンの身体《からだ》でほぼ全力は堪《こた》えるものがある。普段は動かさないところを動かすしな。一昨日《おととい》の襲撃の時は斃《たお》すことに集中できたからか、もっと動きに無駄がなかったので、ここまではなかった。

「エイゾウさん、それでもまだ完全に本気じゃないでしょ」

恨みがましい目でディアナがこちらを見てくる。

「ん？　まぁな。完全に本気を出すのは、命のやり取りがあるときだけだ」

「本気じゃないのに、全然太刀打ちできなかった……」

「いや、でもディアナさんも結構やるじゃないか」

これは俺の素直な感想だ。齧った以上に学んでいるのだとしても、これなら十分だと思う。

「エイゾウさんにかかったら、〝剣技場の薔薇《ばら》〟とまで呼ばれた私が〝結構やる〟どまりなのね……」

あれ？　なんか認識がズレている気がするな。

「サーミヤ」

「ん？　なんだ？」

「俺ってそんな強いのか？」

「何言ってんだ？　めちゃくちゃ強いと思うぞ？　少なくともアタシは百回やったとして一回も勝てねぇよ」

「えっ」

そこにリケも口を挟む。

「そもそも、ヘレンさんのあの剣を受けて何ともない時点で、相当の手練《てだれ》だと思いますよ」

「えっ、そうなの？」

俺はてっきり、あれはヘレンが手加減してるんだと思っていた。貰《もら》ったチートも、護身用の最低限だと思ってたし……熊を倒せるくらいの護身用ってなんだよ、って話はあるか。いや、でもそれくらいでないと、この森じゃ暮らせないしな。

「ヘレンって、あの〝雷剣《らいけん》〟のヘレン？」

俺がショックを受けていると、ディアナがそう聞いてくる。

「あ、ああ、確かそう言ってたな」

「ヘレンの剣を受けて立ってたの？」

「一五分くらいだったかな……」

「そんなに⁉」

なに、ヘレンってそんなめちゃくちゃ強い子なの。確かに強いなとは思ったけど。

「雷剣のヘレンって、剣が素早すぎてついた二つ名なのよ。それで傭兵《ようへい》として名を馳《は》せて、貴族の間でも知っている人間は多いわ」

ディアナが説明してくれた。俺は衝撃から立ち直れてない。

「そのヘレンの剣を受けて大丈夫どころか、打ち合いまでするなんて……」

ディアナはディアナで別の衝撃を受けているようだ。俯《うつむ》いて何か考え事をしている。

「と、とりあえず終わったし家に戻ろう。な？」

俺が帰宅を促そうとディアナの肩に手を置こうとしたが、そこに肩はなかった。

下を見やると、足を折り、地に伏すような姿勢で手を地面について頭を下げるディアナがいる。

この姿勢、前に見たな。土下座だ。やっぱりこの世界って土下座あるんだなぁ……。

「私を弟子にしてください！」

土下座のまま俺に頼み込むディアナ。えーと、これはどうしたもんかな。ちらっと見ると、サーミャもリケも二人共ニヤニヤしている。覚えとけよ。

「……一日一回、仕事が終わってから稽古をつける、ってのでいいなら」

「いいの⁉」

「ただし、ちゃんとした剣術を学んだわけじゃないし、教えるのは苦手だから、稽古では見て学べよ」

「分かった！　ありがとう！」

ディアナはやたらはしゃいでいる。うーん、こういうことではしゃぐってことは、これ実家では相当お転婆《てんば》だったのでは……。

幼少期のマリウス氏の苦労が偲《しの》ばれるな。ともかく、これで俺の日課が一つ増えることになった。大した時間でもないだろうから全然いいけど、成長してきて時間がかかるようなら再考しよう。

「ああ、それと……」

「なに？」

「俺を師匠と呼んだり、畏《かしこ》まったりするのは禁止な」

先に言っておかないと、リケみたいに固定化されるからな。

「うん、分かった」

こうして俺に二人目の弟子（鍛冶屋のほうじゃないけど）ができたのだった。

◇　◇　◇

翌日。弟子ができたことはともかくとして、今日も剣を打たなければいけないことに変わりはない。今日まではショートソードとロングソードの生産を続ける。

これまた昨日までと変わらない人員、作業内容である。サーミャとディアナが型と鋳込み、バリ取りまでをやって、俺とリケが仕上げていく。

今日も俺は高級モデル、リケは一般モデルを作って、昨日と同じくらいの数ができた。

その後は稽古だが、昨日と同じように刃引きしてあるとは言え、鉄剣でやるのは危ないので、木材を〝よく切れる〟ナイフでパパッと加工して木剣を二本作る。こういうのにもちょっとチートが働く（生産系だし武器なので）から、パパッと作ってもそれなりの物ができるのがちょっと面白い。

昨日と同じように、剣を合わせて一礼する。俺は昨日とは逆に、ディアナの攻撃をひたすら捌《さば》くことにした。ディアナの攻撃は鋭いし速い。ちゃんとした剣術を習っているからだろう。

しかし、簡単にあしらえたからといって俺の自己流のほうが絶対的に強い、と言うつもりは全く無い。ちゃんとした剣術は、そこまでの命のやり取りの上にできたものだと、俺は思っている。

であれば、当然その積み重ねがない俺の自己流は、あくまでも俺にだけ使えるものであって、才能やらの大小はあるにせよ、修練を積めば誰でも強くなれるちゃんとした剣術、武術のほうが強い。

俺とディアナの稽古も一対一だから圧倒できているが、極端な話、百人対俺、だとどう考えても勝てない。対処できないからだ。俺の自己流では百人の剣士を育てることもできないしな。

だが、ディアナにしてやれることはある。そのちゃんとした剣術にプラスして強くさせることはできる……と思う。

うまく行けばディアナが剣術を発展させられるかも知れない。

まぁ、そこまでディアナがうちにいるかどうかも分からないのだが、出来る限りは付き合ってやろう。

昨日のこともあってか、今日のディアナは色々と試している。どうやれば俺の体勢を崩せるか。本当に打ち込みたいところから俺の注意を逸《そ》らすにはどうすればいいか。

今のところ、その試みは俺のチートがうまく検知して成功していないが、やることとしては間違っていないように思う。

一つ困るのは、ディアナが世間から見て、どれくらいの強さなのか全く分からないことだ。俺も俺自身の強さがよく分かっていない。

これが鍛冶の話であれば、出来上がりの品があるし、試し切りやら〝インストール〟なんかでどれくらいの品物なのかは分かるが、サンプルが少ないと、ディアナがそこらの兵士くらいの強さなのか、それとも稀代《きたい》の剣士と呼べる強さなのかが分からない。

どうもチートとインストールから受ける感覚だと並よりは上っぽいのだが、いまいち判然としなくて、どこまで鍛えれば良いのかが掴《つか》みにくい。これについては、今後の課題にするしかないか。

四半時より少し長いくらいの時間打ち合って、今日はそこで終わりにする。

「どうだ？　なにか掴めたか？」

「ううん。今日はあんまり。色々試しちゃったから。ああ、でもどれをどうしたら駄目なのか、どう返されちゃうのかは分かったから、掴めたとは言えるのかな？」

「そうか。まぁ、ゆっくりやろう」

俺がそう言うと、ディアナは一瞬キョトンとした顔をしたが、すぐに、

「うん！」

と笑顔で返事してくれた。

◇　◇　◇

翌日からはナイフの作製だ。サーミャは途中まで出来るようにはなったのだが、ディアナもいるし、木の実とかの採取をお願いした。まぁ、あの二人なら大丈夫だろう。念《ねん》の為《ため》、人の気配が少しでもしたら、直ちに戻ってくるようには言ってある。

俺とリケで板金《いたがね》を延ばし、成形し、仕上げる。やや効率は落ちるが、クオリティは当然維持されている。手伝いがいないので、俺は最初から高級モデル、リケは一般モデルだ。それと、今回は俺が高級モデルを打つところを何本分かは、リケに見学というか、手伝ってもらって技術を盗んでもらう。

「どうだ？」

「うーん、まだまだ私で追いつける気がしません」

「そりゃあ、俺は師匠なんだから、一ヶ月やそこらで追いつかれても困る」

俺は笑いながら言う。リケは少しむくれながら返してくる。

「でも、早く上達したいんです」

「じゃあ、明日もリケに手伝ってもらうか」

「いいんですか？」

「もちろん。でなきゃ、弟子入りした意味がないだろう？」

「まぁ、それはそうなんですけどね……」

リケは困ったような顔で笑いながらそう言う。

「前に言ったかも知れないが、お前はやればかなりのところまで行けると俺は思ってる。気長に、というわけにもいかないんだろうが、焦らずしっかり伸ばしていこう」

俺がそう言うと、リケは、

「はい！　親方！」

今度は晴れやかな笑顔で返すのだった。


そのまま俺とリケで仕事場の片付けをしていると、サーミャとディアナが帰ってきた。この時間まで外にいたってことは、人も来なかったし、それなりに収穫が多かったのだろうか。

「ただいま」

「おう、サーミヤもディアナもおかえり」

「ただいま。この辺りって、結構いろいろあるのねぇ」

「他に人とか住んでないから、いろいろ残ってるんだろうなぁ」

サーミヤとディアナが採ってきたのは、前に見たリンゴみたいなやつと木イチゴみたいなやつ、それに今回は新顔がいる。ツルッとした外見で、前の世界だとイチジクに近いような見た目だ。

じゃあ今日はこのイチジクっぽいのを晩飯のときに出すか。収穫が多いのかと思ったら、大して数は採ってなかった。まぁ、腐ってももったいないし、別に問題があるわけではない。

俺とディアナはそのまま稽古に移る。そこそこ疲れてるとは思うが、ディアナの希望で今日も行うことにした。

結果は、昨日と同じように手合わせして、四半時経《た》たないくらいで切り上げることとなった。さすがに今日は動きが悪いし、無理してもあんまり意味ないからな。

ディアナは悔しそうにしていたが、二日や三日で急に強くなるなんて、どだい無理な話なのだから、ゆっくり時間をかけてやればいい。俺がそう言うと、昨日みたいにキョトンとした後、渋々頷《うなず》いていた。

晩飯はいつもの無発酵パンにスープと、イチジクっぽい果物だ。こいつはこのまま食べられることをサーミヤに確認してある。

晩飯を片付けたらイチジクっぽいやつにとりかかる。前の世界のイチジクよりも皮は分厚いが、手で剥《む》けるし、そのまま食べていいのも、そして何よりその味もほぼイチジクだった。リケもディアナも初めて食べるらしいが、気に入ったようだ。

「これは前に食べたことある感じの味で美味《うま》いなぁ。こういうのも森にあるのか」

「数はないけどな。でも、うちで食う分くらいなら平気だよ」

「ほほう。たまの楽しみって感じか」

「だな」

なるほど、それで帰ってくる時間の割に、収穫量はそんなになかったんだな。しかし、こうなると砂糖が欲しくなってくるな。ジャムとか作って果物の保存を良くしたい。

砂糖の値段をカミロのところでちゃんと見ておけばよかった。ちらっとしか見てないから、値段をハッキリ覚えてない。なんかそこそこ高かったような記憶だけがある。ジャムを作ろうと思ったら結構な量が必要だよな。色々落ち着いたらカミロに相談しよう。

この後、ディアナに都で食べた果物の話を聞いたりした。スイカみたいなのがあるのは前にサーミャとリケから聞いたが、普通のイチゴとかバナナみたいなのもあるっぽい。うーん、試してみたい。でもこれも落ち着いたらだな。

◇　◇　◇

翌日、サーミャとディアナは狩りに出かけた。肉はまだあるし、今日のところは最悪一頭も狩れなくてもいい、という判断のようだ。

ディアナが普段着ているのは、ちょっと凝った部分がある感じの服なのだが、今日はシンプルなやつを着ていった。「狩りは都にいた頃に何回か行ったことがある」とは言ってたが、多分ここの狩りとそれは違うし、狩りってあんまり女性の好むもんでもないと思うが……。

やっぱりお転婆娘だったのだろうか。今度マリウス氏に会ったら聞いてみよう。

俺とリケは今日もナイフの製作である。リケは俺が高級モデルを作るところの手伝い……という か見学もする。昨日約束したからな。

板金を火床で熱し、歪《ゆが》みやムラがあるところを叩《たた》いて均《なら》していく。俺が何を見ているか、俺がどこを叩くか、その一挙手一投足を見逃すまいと、リケが集中して見ている。大体の歪みやムラが無くなったところで一旦リケにそれを見せた。

「今の作業でここまで詰めることができる。俺はこれ以上詰められるが、ここで止め……」

いや、待てよ。

「いや、最後までやろう」

「え、良いのですか、親方」

「ああ。ディアナに渡す分を作ればいい」

「あ、なるほど」

「よし、じゃあやるか」

「はい！　お願いします！」

俺は板金を再び火床で熱し、残った歪みやムラを叩いて消していく。もうほとんど残ってないが、根気よく潰さないと全てはなくならない。何度か熱すると叩くを繰り返し、ようやくすべてが消えた。表面がキメ細かく輝いている。

「最終的にはここまで詰められる」

板金を見るリケの目は、火花のように輝いていた。俺の出した板金の隅から隅まで、分子の一つも見逃すまいとするかのように見ている。俺のものと、リケのものの何が違うか。

俺はチートの力によって一目瞭然レベルで理解できるが、リケはそうではない。ここから学び取っていってもらわなければならない。

リケがじっくり見たと判断した辺りで、次の作業をする。形を作る作業だ。

これも俺はチートでどこを叩けば、この状態を崩さずに形を作れるかが分かる。リケが「鉄の声が聞こえてるみたい」と言う所以《ゆえん》だ。この作業も、リケはじっと俺の手元から目を離さない。どこを叩けばいいのか、それを全て盗もうとしている。


やがてナイフの形が出来た。それをリケに見せる。

「分かるか？」

「はい。さっき見せていただいた時と質が全く変わりませんね」

「そのとおり。じゃあ仕上げるぞ」

「分かりました」

焼き入れをするべく火床に形が出来たナイフを入れると、風を送って温度を上げる。

「俺はちょっと特殊だから、ギリギリの温度は火を見れば分かるが、リケは夜中にやるとかして火の色で温度を見極めた方が良いかも知れない」

「いえ、ドワーフであれば、大体のところは分かるので、見極めてみせます」

そうなのか。あぁ、そう言えばリケも普段から俺と一緒に焼き入れしてたな。

「よし、じゃあちゃんと見てろよ」

「はい」

静かな声でリケが言う。俺も真剣に温度を見極める。温度はジワジワと上がっていき、ドンピシャの温度になった。俺は素早く火床からナイフを取り出して水で急冷する。

「今の温度だ」

「はい。おおよそは掴めたと思います。ものにするには時間がかかるとは思いますが」

「よし」

この後、火床の炎にかざして、焼き戻しをする。この時の温度もリケには習得してもらえるよう、集中して、ここだというタイミングを教えた。これをしないと脆《もろ》いまんまだからな。

焼き戻しまで終わったら、磨きと研ぎをする。研ぎもここで失敗したら意味がないので真剣に、だ。この作業もリケはじっと見ていた。

「うーん、ここ何本かで一番いいかも知れないな、これ」

チートの感覚が馴染《なじ》んで来たのか、単に俺が慣れただけか、なかなかのいい出来だ。出来上がりをリケに見せる。

「そうですね……。私には私に打っていただいたのと、ほとんど違いが分かりませんが、でも確かにこっちのほうが少し良いかも知れません」

あの時の作業工程って、ほとんどリケには見せてなかったからな。あの時見せていれば良かったかも知れない。

「まぁ、目指す先はここだな」

「はい。頑張ってみせます。親方」

「おう」

俺は笑顔で、若い鍛冶屋の前途に幸多からんことを祈った。


リケに特注モデルの製作を見せた後、高級モデルを何本か作り、今日はここらで終《しま》いにするか、となった頃、サーミャとディアナが帰ってきた。

「おかえり。獲物は狩れたのか？」

「ただいま。おう、結構デカい鹿が狩れたぞ」

「おお、そいつは凄《すご》いな。ディアナもおかえり」

「ただいま。ああ、疲れた……」

「お、どうしたんだ」

「ああ、ディアナには勢子《せこ》をやってもらったからな」

勢子は狩りのときに、獲物を弓の射手の前まで追い出したりする役目のことだ。

とすると、かなり走ったり動き回ったりしたはずだ。それも森の中で。そりゃあ疲れるよな。サーミャも容赦がない。

「そりゃ大変だったな。二人ともお疲れさん。ディアナは今日の稽古は休みでいいか？」

「ええ。流石《さすが》にこれではいい動きができないわね」

「だよな。じゃあ今日の稽古はなしで。作業場を片付けたら晩飯にするから、土を落としたら、部屋で休んでな」

「はぁい」

「おう」

そうして二人とも台所の方へ向かっていく。

「じゃあ、俺達は作業場を片付けるか」

「はい、親方」

こうして今日という日が終わる。

◇◇◇

明けて翌日。朝一番に全員で森に向かう。俺は水瓶《みずがめ》、サーミャはロープ、リケは斧《おの》を持っている。

それにしても、毎回思うがリケが斧を持つとなんか凄くドワーフ！　って感じするな。ドワーフだから当たり前なんだけど。

ディアナだけが手ぶらだが、ワクワクを隠しきれていない。昨日自分（とサーミャ）で狩った獲物だから、その回収が楽しみなんだろう。……お転婆《てんば》だったかどうか探るのはもう止めた。探るまでもない。

森の中を四人で行く。三人よりも目は多いし、気配を感じられる人間が一人増えているので、安全度は増したと言えるかも知れない。

そもそも、四人も人間がいるところを襲おうって動物はあんまりいないので、逆に言えば、俺達に殺気を向けてくるようなのはかなり怪しいことになる。

ディアナを匿《かくま》ってから、六日が過ぎようとしている。追っ手がディアナを捕捉するのに失敗したことは、カレル陣営もそろそろ把握しただろう。

そうなると、今度はディアナの行方を捜しにかかるはずで、その候補の一つに〝黒の森〟があがることも、何らおかしいことではない。

それでも、並の人間では命を落としかねない森を捜索しながら行くのだから、辿《たど》り着《つ》くにも相当の時間を要するとは思うが、なにせうちは盛大に煙を出すので、ヘレンの時みたいにあっさり見つかる可能性もある。その辺りも考えればそろそろ慎重になるべき頃かも知れないな。

そんなことを考えながら、湖へと到着した。俺とサーミャとディアナが鹿を引き上げる間に、リケが木を伐《き》り倒《たお》す。

俺とリケが運搬台を作っている間に、サーミャとディアナで水瓶に水を汲《く》んで、あとは全部運搬台に載っけたら引っ張って運ぶだけだ。

引き手が四人になったので、以前より断然速い。前に引っ張った時の一・二倍くらいの速さで家に到着した。後の工程はディアナを除く三人でぱぱっと済ませてしまう。

もう三人共手慣れたもので、あっという間に鹿は肉になる。

「肉ってこうやってできるのね」

ディアナが感心したような、考え込むような感じで言う。

これも多分〝普通のお嬢様〟なら卒倒もん……と思ったが前日にサーミャが内臓を抜く現場に居合わせて、特に何もなかったようなのだから、相当に肝が据わってんだろうなぁ。

「そうだな。こうして解体して肉になる」

「昨日、私が追っかけて、サーミャさんが仕留めるまでは生きてた鹿なのよね」

「そうだぞ。そしてそれは、今までディアナが口にしてきた肉も変わらない」

「そうなのよね……」

ずいぶんと考え込んでいる。解体するところなんか、庶民はともかく、貴族はまず見ることはないだろうからな。

「まぁ、そうやって命を貰《もら》うってことを意識してればいいんじゃないか?」

「命を貰う、か」

「そう。その命で俺達は生きてるんだよ」

「なるほど……」

なんかちょっと説教臭い話をしてしまった。これだから歳《とし》はとりたくない。

「エイゾウがなんかうちの爺《じい》ちゃんみたいなこと言ってんぞ」

サーミャの一撃が心に痛い。

「うちじゃそう教えられたんだよ」

俺は語気弱く返す。

「北方じゃそう教えるのか。獣人みたいだなぁ」

サーミャが感心したように言った。

「北方全体がどうなのかは知らないが、少なくともうちでは『全ての物に魂がある』って教わった」

正確に言うなら、前の世界の日本の観念だけどな。

「森にも？」

「森にも、そこの木々にもだ。だからこそ、それを切っていろいろな形で使って、その中で暮らす、ということには感謝がなくちゃいけないって、俺も爺さんに言われたなあ。もちろん木以外にもだぞ」

「なるほど……」

今度はディアナが感心している。あんまり文化圏の侵害みたいなことはしたくないんだが、四十年以上それで暮らしていると、どうしても感覚が抜けない。

場がしんみりしてしまったので、俺は努めて明るく言う。

「今日は休みだし、昼はこの肉であれ作ってやるから楽しみにしてろよ?」

「おっ、やったぜ!」

「わぁ、楽しみです!」

サーミャとリケがそれに乗っかる。ディアナはキョトンとした顔で、

「あれって何?」

と言っているが、サーミャもリケも「昼になったら分かる」と言うだけで、みんなで肉を持って家に戻っていった。


昼飯と夕飯の分以外の鹿肉は干したり塩漬けにしたりして、昼飯は以前好評だった鹿肉のステーキ木イチゴソースである。あとは無発酵パンとスープ。そのうちパンも干しぶどうかライ麦かの酵母で発酵パンにチャレンジしたいところだな。

食べる前に、ディアナが、

「北方……というか、エイゾウさんの家では、こういうときに感謝のお祈りとかはあるの?」

と聞いてきたので、

「そうだなぁ……。じゃあやってみるか。手と手を合わせて」

全員で合掌する。

「いただきます」

『いただきます』

　俺に続いてみんなが唱和する。

「エイゾウ、〝いただきます〟ってどういう意味だ？」

「『あなたの命をいただきます』とか、『自然の恵みをいただきます』とか、『準備してくださった料理をいただきます』とか、そういう感謝が主だな」

「へぇ。じゃあ、これからもやろうぜ。エイゾウの家なんだし」

「俺は構わないが、二人はそれでいいのか？」

「ええ。構わないわ」

「もちろんですよ、親方」

　こうして、我が家では日本式の〝いただきます〟と〝ごちそうさま〟が食事の挨拶となるのであった。

◇　◇　◇

　狩りの獲物を引き上げてきた日は休日なので、鹿を解体して昼食をとった後、夕食前までみんな思い思いのことをして過ごすことにする。

　俺は矢じりを作ることにした。サーミャの補充分もあるが、今後ディアナも弓矢を使うだろうからな。リケは俺が仕事場に火を入れるならと、ナイフ製作の練習をしていた。

サーミャとディアナは庭（というか単に家の前というだけだが）で弓の練習をしていたようだ。元々気が合うのか、採取と狩りに出かけてから仲がいい。ディアナもサーミャも、相手が誰でも気にしない性格というのもあるとは思う。

夕食前に四半時ほどディアナと稽古をする。二～三日でそんなに大きくは変わるわけがないが、少しずつでも何かを掴《つか》んでいければいい。

夕食は鹿肉を薄切りにして焼いたものに、イチジクと赤ワインのソースを絡めた焼き肉風にする。甘じょっぱい感じで悪くない。三人には割と好評だった。

◇◇◇

翌日、今日は街に行ってカミロに商品を卸すが、ディアナを一緒に連れて行くわけにはいかない。何があってバレるか分かったものではないし。

一番いいのはディアナをここに置いたままにして、俺とサーミャとリケの三人で向かうことだ。そうすれば俺達の行動はいつもと全く変わらず、露呈する可能性を限りなく減らせるだろう。ただ、万が一を考えれば、ここに他にも誰か一人は置いておきたい。

そうなると誰を置いていくか。俺は論外として、サーミャかリケってことになる。リケは戦闘能力がないし、この森に詳しいわけでもない。

となるとサーミャか。何かあったらサーミャなら森の中を逃げられる。なんなら、かつて〝ねぐら〟だったところで数日くらいなんとか出来るだろう。

ここにサーミヤを置いていくと、どうしても道中の警戒が薄くなるが、そこは俺がカバーできそうだ。いざとなったら俺も強いみたいだし。

それらを三人に説明する。とりあえずは三人共納得してくれた。

「いいぜ、他にやりようもねーし」

「ごめんなさい、私のために」

「気にするな。悪いのはディアナじゃない」

「そうですよ。ディアナさんはご自分の身の安全を第一に考えてください」

「みんな、ありがとう」

ディアナは涙ぐんでいる。マリウス氏には早いところ解決してもらわないとなぁ。

それはそれとして、本来なら遅くても五日ほど前にはカミロのところにいるはずのディアナがここにいる、ということは俺達の他には知らないわけで、マリウスが心配している可能性も結構あるのだよな。

そんなわけで、マリウス氏からカミロに宛てた手紙は俺が持って行くことにする。

「それじゃあ、いってきます」

「いってらっしゃい」

サーミヤとディアナに見送られて、俺とリケは家を出た。

「さっきも言ったが、サーミャがいない分、警戒が薄くなるから、注意して進もう」

「分かりました、親方」

目安としては、いつもの一・五倍くらいの時間がかかるだろうな。森の中をゆっくりゆっくり進んでいく。カミロに行く時間は言ってないのと、別にいつ行ってもほぼ平気そうなのが救いだ。

途中二回の休憩を挟んで、やっと森を出る辺りまで来た。いつもなら二時間程度だが、今日は三時間を少し過ぎたくらいかかっている。森を出る前に辺りを窺《うかが》う。特に誰かがこちらを注視しているような感じはない。ササッと森から出る。これで少しは安心できるな。

そうは言っても、街道上も安全が確保されているわけではない。十分に危険が存在する場所であるので、警戒しながら進む。すぐにディアナが襲われていた辺りに差し掛かる。流石《さすが》に一週間も経《た》っているので、特に何かがあった痕跡はもうない。追っ手の行方を知っているのは、俺達だけの可能性が高そうだ。

「もう何もないな」

「そうですね。ことが起きた形跡なんか、まるで分かりません」

「少なくとも、俺達に何らかの嫌疑がかかることはなさそうで良かったよ」

「今、衛兵隊に何か言われると厄介ですからね」

「そうだな」

そんな会話をしながら、街へ向かう。結局、ここでも特になにか起きることはなかったが、やはりいつもよりはかなり時間がかかっている。これは今日は基本、往復するだけになりそうだな。

街の入り口には当然マリウス氏はいない。今回は同僚氏でもなかったので、軽く会釈するだけにして、さっさとカミロの店に向かうことにした。同僚氏がいたらそれとなく探ることも出来たかも知れないが、まぁ、それは今言っても仕方のないことか。

街に入ってしまえばこっちのもので、仮に追っ手がこの辺りをウロウロしていようと、商品を卸しにやってきただけの鍛冶屋に聞くことなんか、そうあるわけがない。俺とリケは程なくカミロの店に着いた。

いつものとおり、倉庫に荷物を入れさせてもらい、カミロを呼んでもらう。何事もなく商談を終えたので、俺はカミロに切り出した。

「すまんが、少しお前に話がある」

「お、なんだ?」

俺はここでちらっと番頭さんを見た。カミロも頷《うなず》いて番頭さんの方を見やる。

番頭さんも頷いて、スッと部屋を出ていった。パタンと静かに扉を閉めていったのを確認して、俺は懐から手紙を出す。

「こいつを預かっている。この手紙の持ち主には了解を得た上で、中身は俺も確認している」

「ほう?」

カミロは封を切ってある手紙を読み始めた。すぐに眉間にシワが寄る。最後まで読んで、ため息をつきつつ、

「これをあんたが持っていて、今日二人だけで来たということは、そういうことと解釈していいのか？」

と言ってくる。

「そうだな。お前の思うとおりだよ。ディアナさんはうちにいるし、事情は分かっている。お前は結構前からこの辺りの話を知ってた、ということでいいな？」

「ああ、そのとおりだ……。俺はあんたを巻き込みたくなかったんだがなぁ」

「そうもいかなかったんだよ」

俺は前回の帰りにディアナが襲われていた現場に居合わせたことを説明した。

「なるほどね。それはマリウス達には願ってもない幸運だったな」

「まぁ、直接うちに来れたからな」

「そうだな。この手紙は俺が始末しておこう」

「ああ、頼む。で、俺は〝わけあり〟で係累もないから、マリウスさんを直接支援することはできない。腕前がどうあれ、一介の鍛冶屋が貴族の諍《いさか》いに口を出せないからな」

これは何の偽りもない事実だ。直接手伝ってやれることがあればいくらでも手伝うが、一介の鍛冶屋が裏から貴族に手を回してどうこう、なんて真似《まね》は不可能である。

カミロは頷きながら言う。

「まぁ、そりゃそうだ」

「ただ、鍛冶屋として手伝えることがあれば手伝ってやりたい。だが、俺は一週間に一回しかここに来ないだろ？　連絡がどうしても遅れるのが心配でな。ここに来る頻度を増やすことは可能だが、それをして怪しまれたら元も子もない。そこで毎日連絡を取る方法はないかと思ってな」

カミロは俺の話を聞いてじっと考え込んでいる。俺はそのカミロに声をかける。

「おい、もう十分巻き込まれた後だ。俺が巻き込まれないかどうかは気にするな」

「……それもそうか」

そしてカミロは俺に連絡手段を伝えた。


カミロのところを出て、家路につく。今回はいつもの鉄石と炭、それから塩とワインの他に、干した根菜類と、ちょっとだけだが胡椒《こしょう》も仕入れた。

街を出る時にも衛兵さんに会釈をして出る。考えてみれば立ち番が同僚氏でなかったから、いつも三人で来てるのに今日は二人というのがバレにくくて、ちょうど良かった気はするな。

帰りもいつもより時間をかけて警戒しながら進んでいく。結局のところ、いつもよりも大分遅くにはなったが、特に何もなく家に帰り着くことができた。

「ただいま」

「お、エイゾウおかえり」

「おかえりなさい」

持ってきた荷物の運び込みをサーミャとディアナにも手伝ってもらう。サーミャとリケが鉄石なんかを作業場に運び込んでいる間、俺とディアナで塩やワインを台所に運び込む。その作業中、

「あら、これは胡椒？」

ディアナが胡椒に気がついた。

「ああ。カミロの店にあったから、買ってきた。あんまり大量に使う気はないけど、味が断然良くなるからなぁ」

「あれ、じゃあ、エイゾウさんって胡椒使った料理食べたことあるの？」

「あっ」

しまった。この世界では極端に高額ではない（少なくとも同じ重さの金と同額ということはない）が、気候の関係で栽培地が限られるため、それなりに高級品ではある。

それを食べたことがある、ってのは普通はそんなにない。さっきのはたまたま口にした程度の人間がする発言でもなかったし。

「うーん、俺は〝わけあり〟だから普段は内緒にしているんだが、〝タンヤ〟という家名がある。〝エイゾウ・タンヤ〟がフルネームだ」

「魔法が使えるから、何となくそうかなとは思ってたけど、やっぱりそうなのね」

「家名持ちとは言っても、わけありだから、エイムール家のためにうちの家が出張るってのは無理だけどな」

この世界には俺と血の繋《つな》がりのある人間は当たり前だが皆無だ。もし仮に同じ家名の家が存在したとしても、そこは当然俺の家ではないから、出張らせる家は存在しないのに変わりはないのだが。

「他の二人は知ってるの？」

「一応な。秘密にしといてくれ、って言ってあるからディアナにも言ってなかったとは思う。ディアナも秘密にしといてくれよ。面倒くさいことに巻き込まれかねない」

「分かってるわよ。私も家名持ちだから、その辺の面倒くささは理解してるし」

「それはそうか」

しかも、まさにそれで難に遭ってる最中だしなぁ。

「よーし、これで運び終わったかな」

「そうね」

「今日の晩飯は期待しててくれよ？」

「ええ、もちろん」

ディアナが笑顔でそう言ってくれて、俺は心底ホッとするのだった。

その日の晩はいつものスープに砕いた胡椒を少し入れてみた。折角《せっかく》なので、塩漬け肉で日にちが経ってないものを塩抜きして焼き、胡椒を少し振ってから出す。

「おー、美味《うま》いな！」

大喜びなのはサーミャだ。獣人だとほぼ自給自足みたいな生活だから、胡椒みたいなものは使わないらしい。そもそも保存はほとんどが乾燥によるもので、塩を使うこともそんなにないそうだ。

「親方の言ったとおり、一味違って美味《おい》しいですね」

リケも喜んでいる。リケの家でも保存は主に塩で、胡椒は使ってなかったらしい。

ドワーフの男は大食いなので、胡椒なんか使ったら、あっという間に破産する、と笑っていた。

「あら、これくらいの胡椒でも全然美味しいのね。私はこっちのほうが好きかも」

そう言うのはディアナである。貴族には逆に胡椒の味しかしないような料理もあるらしい。それはちょっと俺も遠慮したいな。

胡椒が安定して供給されるのかは知らないが、あるときはなるべく買ってくるようにしよう。

◇◇◇

明けて翌日。俺は朝の水汲《みずく》みを終えたら、すぐに森の入り口に向かう。他の三人は朝飯を食べた後、作業場でショートソードやロングソードの製作に取り掛かるはずだ。

俺は森の中を進んでいく。いつも静かな森の中ではあるが、今日は朝早いこともあってかより一層静けさが深い。まだ森が目を覚ましていないかのようだ。その中を一人、下生えを踏みながら行くと、やたらに自分の足音が大きいように感じてしまう。

今日は俺一人だから、護身用のナイフとショートソードだけで、警戒をしていると言っても素早く移動できる。その素早さがかえって物音を大きくしているように感じて、速度を落としがちになりつつ、森の入り口を目指して進む。

やがて、いつもよりもかなり早く森の入り口辺りに着いた。手近な木の一本に登る。子供の頃もそんなに回数をこなしたことがない木登りも、チートやインストールでなんとかこなせた。ここでじっとしていれば、街道を見つつ、姿を隠すことができる。

なので身動きせず、街道を見張る。最初は良かったが、半時もすると決して若くはない肉体が辛《つら》くなってくる。しかしゴソゴソと動けばここに俺がいることがバレてしまう。なので少しずつ少しずつ身体を動かす。

「なんだかスナイパーみたいだな……実際やってることはほぼ変わらんか」

俺はそうひとりごちながら待つ。

それから一時間の間、幾人かの道行きがあったが、そのどれも俺の待ち人ではない。更にそこから一時間、やっと俺の待ち人が来た。その待ち人は街の方から来て、俺からほど近い位置でキョロキョロと辺りを窺い、誰もいないことを確認すると、街道脇にある森側の茂みに何かを隠して、そのまま都の方へと歩き去って行く。

俺はその姿が見えなくなるのを待ちつつ、周りから誰も近づいていないことも確認して、木から素早く下りて茂みに走り寄る。

そこに袋があったのでそれを回収して素早く森の中へ戻り、街道から見えない位置で袋の中身を確認する。その中には小さな紙、そして薄緑のリボンが入っていた。紙には「確認したか？」と書いてある。

俺は懐から取り出した筆記具で紙に「確認した」と書き込むと、再び茂みに戻り、街道側からは見えにくい場所に薄緑のリボンをくくりつけ、そこから少し離れたところに手紙を隠した。あとは森に戻って家に帰るだけだ。

これがカミロと決めた連絡の方法である。カミロは街から都に行く人間と、都から街に行く人間を毎日入れ違いにするという方法で人を遣っている。

そこで、街道沿いの茂みに手紙を隠すことでやり取りをするのだ。街から都に行く人間が手紙をこの辺りのいずれかの茂みに隠す。俺はそれを受け取ったら、元々隠されていた茂みにリボンを付けて返事を隠す。都から街に行く人間が目印を元に手紙を回収し、カミロに届ける。

七面倒ではあるが、コレなら一日に一回カミロと連絡を取ることができ、かつ俺が街に行く必要もないし、カミロも街から出る必要がない。ただし、緊急時にはカミロが直接来ることでそれを示す。このときはもう目撃がどうとかではない。

さて、これでマリウス氏を助ける下準備は整った。あとは要請に俺が応えられるかどうかだ。

家に帰った俺は、昼食をサーミャ、リケ、ディアナの三人と食べて、午後からショートソードとロングソードの製作にかかる。午前中に俺が作業できない分は数が減るが、この作業ペースなら納品するには十分な数だろう。胡椒を入れても一週間想定の二分の一程度作れば、今の卸値なら四人食っていける。

「しばらくはこの体制になるけど、これなら大丈夫そうだな」

「そうですね。一般モデルが多めにはなるとは思いますけど、特に問題はないかと」

「だなぁ」

リケがメインで作業をするので、俺は初日から高級モデルを作っていく。これはナイフの製作に移っても同じだ。都で動きがあって連絡が必要なくなるまでは変わらない。

〝仕事〟が終わったらディアナと稽古だ。少しずつ動きが良くなってきているようには思う。ただ俺から一本取るには、まだかなりの時間がかかりそうな気配ではある。まぁ気長にやるか。俺が上手《うま》いこと教えられれば良いんだろうけどな。

稽古が終わって夕食を済ませたら一日が終わる。また明日も連絡を待ってから仕事の予定だ。

閑話　都にて

父親と長兄が身罷《みまか》ったと聞いたマリウスは、即座に都に戻った。

落ち着く暇もなく、都に帰ったマリウスはそのまま父親と長兄の葬儀を次兄や妹と共に執り行い、その後は家の相続の話へとスムーズに、かつ穏便に進んでいった。

だが、何事も無く話が進んだのはそこまでだった。家督を継ぐのは次兄であるカレルだとマリウスも思っていたが、実はそうではないことが判明したのだ。


「そんな……」

マリウスはそれを告げられて呆然《ぼうぜん》としたカレルの顔をよく覚えている。そして、その後に自分を睨《にら》みつける顔も。いつも微笑《ほほえ》みを絶やさなかった兄の姿はそこにはない。

全く知らぬことであったとはいえ、家督相続を阻んでしまった自分は、彼の中で不倶戴天《ふぐたいてん》の敵となってしまったのだろう。マリウスにはそれが悲しかったし、そして違和感を覚えた。

なぜ兄は家督相続出来なかったことにあそこまでショックを受けなければいけないのだろうか？

以前の兄なら、

「そうか。それじゃあ、当主のお前と俺、そしてディアナで頑張ってエイムール家を盛りたててい

とは？

こうな」

くらいのことを言っても不思議ではない。そんな兄が家督相続を阻まれたことで自分を恨む理由

その答えが出る前にマリウスの家督相続に異議をとなえ、カレルは家を出て行った。

家督相続の手続きは異議をとなえる者がいる間は進まない。勿論《もちろん》、家に全く関係のない人間が異議をとなえても意味は無いが、エイムール家の次男であれば当然意味がある。

順位で言えばマリウスが上だが、それもその正当性が覆れば別である。そのため、恐らくはカレルによるものであろう大小様々な陰謀がマリウスの周りで起きた。

小さなものでは怪文書。「街で衛兵をしているときに、マリウスの子を身籠もった女性を捨てた」という内容にはマリウスは苦笑するしかなかったが、いくつか〝信憑性《しんぴょうせい》のある〟とされる話が出たため、「そうではない」と潔白を示す必要に迫られた。

大きなものでは街中での暗殺未遂である。目撃者が多くなかったので、それそのものは大きな噂《うわさ》にならなかったが、「暗殺を企《たくら》まれるくらいの悪逆非道があったに違いない」という噂が同時に流れ、それも身の潔白を示す必要が出てしまった。

こうしたことが立て続けに起こり、全てを解消してはいったが、当然その分時間は過ぎていく。

そうして、とうとうディアナにも累が及び始めたのだ。

マリウスにしてみればカレルの疑心暗鬼ここに極まれりといったところだろうが、守るべきものが増えたことは、その分より時間を割かれてしまうことにも繋がる。

そして、ある事件が起きた。カレルはこの事件を利用するつもりだろう。事件がカレルの自作自演であろうことは明らかだったが、証拠がない。

モタモタしていればカレルが目的を達成してしまうだろう。迅速に動くには手を空けておく必要がある。迅速に動けるようになったとしても、そもそも事件の解決をしなくてはいけない。

そのいずれをも解決でき、なおかつカレルが思いもよらないような秘策はないものか。

「そんなもの、あれば真っ先に使っているか」

マリウスはそうひとりごちて、自分自身に苦笑した。そんな夢物語のような話があるわけ――

「いや、あるな」

これまで無意識にだろうか、頼ることを考えていなかった一人の人物。〝黒の森〟の奥に住み、たぐい稀《まれ》なる鍛冶の腕を持つ男。

彼ならば、きっとこの事態の解決に手を貸してくれるだろう。あまり道具のように扱いたくはないが、事ここに至ってはそうも言っていられまい。

マリウスは大きくため息をつくと、決意を秘めた眼差《まなざ》しでペンをとった。

3章　決着

結局、三日ほどは特に何事も起きなかった。あまり大きな内容のない手紙のやり取りをして、戻って鍛冶仕事をし、稽古をして飯を食って寝る、といういつものルーチンが三日続いただけだったので、ショートソードもロングソードも、そしてナイフもそれなりの数が出来ている。変化があったのは次の四日目だ。

いつものとおり、木の上から茂みに手紙を隠すのをチェックして、隠した手紙を回収する。森の中で手紙を確認すると、

〝明日、都に行く準備をされたし。ここに迎えに来る。鍛冶仕事でどうしても必要な物があれば持参のこと。説明は都に行く途上で行う。〟

とあった。ずいぶん急だな。緊急っぽいのに、カミロが直接来なかったのは明日俺を迎えに来る必要からだろう。今日俺が街に向かうわけにもいかんし。

鍛冶仕事で必要なものと言えば炉なんだが、持っていくことはできないし、別に持ってくることを想定はしていないだろう。それ以外には特にない。強いて言えばハンマーがそれなりに手には馴《な》染《じ》んで来ているが、チートにかかれば道具の質はどうとでもなる。

これを書き、なおかつ俺を呼び出すということは、都で俺に鍛冶仕事をやれということだろう。

まぁ、それでマリウス氏の役に立てるなら吝《やぶさ》かではない。

俺は了承の言葉を書いて、再び手紙を隠し、リボンを茂みに結びつけて、家に帰る。

家に帰って昼飯の時、俺は都に行くことを説明した。

「そういうわけで三人は留守番を頼む。期間はちょっと分からんが、二週間より長くなるようなら、一旦帰らせてもらえるようにはするよ」

「鍛冶はどうしましょう？」

「続けてくれ。備蓄が結構あるから、しばらくは平気なはずだ。肉はまだ結構あるよな？」

「ああ。いざとなったらアタシが獲《と》ってくるよ」

「すまんが、頼んだぞ。街に行くのは休んでいい。どうせカミロはいないし、前に二週間行かなかったこともあるから、誰にも怪しまれはしないだろう」

「分かった。……絶対無事に帰ってこいよ」

サーミャは強い目で俺を見つめたが、俺はなんでもないことのように言った。

「もちろん。ディアナも、ここを離れないように」

「分かったわ。ごめんなさい、私の家のために」

「それは気にするなって言ったろ？」

「うん……」

しょんぼりするディアナ。

「俺もディアナのお兄さんには、借りがあるからな。それを返すだけだ」

俺は努めて明るくそう言う。ディアナもなんとかそれで折り合いはつけてくれたようだ。さっきよりも大分顔が明るい。

「さて、それはそうとして今日も仕事をするぞ」

昼飯も終わった俺は作業場に入ってそう言う。高級モデルは俺しか作れないからな。ナイフの高級モデルを集中的に作ろう。いつもよりはやや速度を重視する。チートのおかげで、品質はさほど落とさずに、次から次へ高級モデルが完成していく。

この日の午前は作っていなかったにもかかわらず、通常の一日あたりの一・二倍ほどの数を作製することができた。これだけあれば、帰ってきてからすぐ卸しに行っても大丈夫だろう。

この日の夕飯は少々豪勢にして、遠征の前の壮行会のようなことをした。明日からは飯を作るのも俺じゃないしな。

◇◇◇

翌朝、木の上から街道を見張りつつ、朝飯の無発酵パンに塩漬け肉の薄切りを挟んだものを頬張《ほおば》る。いつもの護身用のナイフの他には特に何も持ってこなかった。もし何かあって、ハンマーを都に置いてくるようなことになったら面倒だし。

ゆっくりと朝飯を食いながら街道を見ていると、遠くの方から馬車がやってきた。あれがカミロかな。

やがて点のようだった馬車はなかなか大きな荷馬車（と言っても、デカい荷車を馬が牽《ひ》いてると言った風情だ）で、それが近づいていることがハッキリしてくる。

俺はさっさと朝飯を呑《の》み込《こ》んでしまうと、御者の顔をじっと見た。間違いなくカミロだ。俺は周囲に人がいないことを確認すると、そろそろと木から下りて、森の中から馬車の様子を見張り続ける。

やがて馬車は停止し、カミロが一旦降りて荷台の方に回り込む。俺は周囲を窺《うかが》いつつ、素早くそこに近づいた。

「よう」

俺はカミロに声をかけた。カミロは驚いた風もなく、

「あんたか。さっそくで悪いが、荷台に乗り込んでくれ」

と返してきた。

「分かった」

俺は荷台に飛び乗り、御者台の近くまで移動する。それを見たカミロは御者台の方に移ると、馬車を走らせ始めた。思ったより速度があるな。

「早速だが手短に話すぞ。あんたには都で剣を打ってもらいたい。出来れば今日明日中だ」

馬車を走らせながらなので、やや大きな声でカミロが話しかけてきた。俺も同じような大きさで返す。

「構わんが、何本だ？」

「一本で十分だ。なるべく良いやつを頼む」

となると特注モデルか。

「いいぞ。だが、理由を聞かせてもらってもいいか？」

「ああ。マリウスさんの家……つまりはエイムール家には家宝の剣があってな、それが盗まれたそうだ。盗まれた時の状況から見て、内部の人間しか知らないスキを突かれているし、マリウスさんはカレルがやらせたと踏んでいる」

「それがどうして俺が剣を打つことになるんだ？」

「そう急ぐなよ。カレルは家宝の剣を盗み出されたことをもって、マリウスさんに後継者の資格なし、としたいようだ。カレルは取り返す算段を整えるべく情報収集中、と言ってるそうだが、おそらく自分の手元にあるんだ、取り返すも何もないわな」

「お家の大事な家宝を盗まれるなんて、どういう管理をしていたんだ、お前には後継者の素質はない、俺が取り返して後継者として相応《ふさわ》しいことを示す。ってことか。めちゃくちゃ怪しいが、そこは誰も突っ込まないのか？」

「カレルやその腹心たちは、家宝の剣が盗まれたときに都の近くにはいなかったからな。それがかえって怪しいが、盗み出したやつとの繋《つな》がりも何も出てきてない以上、疑いは疑いでしかないし、持って帰ってくれれば、それは実績には違いない。ただ、探し始めてすぐに取り返しました！　だと怪しいにも程がありすぎるから、まだ見つかってないことにしてるんだろう」

マッチポンプって言葉が恥ずかしくなるくらいの自作自演だな。

「そこで、あんたの出番だ。マリウスさんは、盗み出された家宝の剣が偽物だったことにするらしい」

「え、それって……」

恐ろしい想像が頭を過《よ》ぎる。いや、まさかそんなことは。だが、カミロの言葉はその想像のとおりだった。

「そう、あんたがエイムール家の新しい家宝の剣を打つんだよ。今日明日で」

「ち、ちょっと待て。新しい家宝の剣ってことは、俺の剣がエイムール家の家宝になるってことか？」

「そうなるな。盗まれたほうは〝偽物〟だから、当然マリウスさんが持っている〝本物〟が家宝だということになる。で、その〝本物〟はお前の作ったものだ」

「俺の作った剣がそんなことになって良いのか……」

「家宝の剣、つっても国宝でもないんだし、神様とかエルフが作ったんじゃなくて、最初にそれを打った人間がいるんだから、それと同じことだろ」

「それを言われると、そうなんだが」

「ここはマリウスさんの手伝いをすると思って諦めな」

「うーん」

まぁ、家宝と言ってもやたら出来の良い剣に過ぎないのだから、それ以上の出来の剣を作ってしまえば「素晴らしい、さすが家宝として継いでいるだけある」となるだろうし、実際それだけの価値にはなるんだろう。

「国宝や、伯爵より上位の家格の家の家宝を作れ」となると、材質やら製法やらで、ただの鋼では太刀打ちできる範囲を超えると思うが、伯爵家くらいなら、まだギリギリめちゃくちゃいい鋼、とかだろうし、ギリギリなんとかなるかも知れない。一応、マリウス氏には剣の材質を聞いておくか……。

「あんたがヘレンに打った剣を見せてもらったが、あれは相当の業物だって俺でも分かる出来だった。あれが打てるなら大丈夫だ」

考え込んでいる俺にカミロが声をかけてくる。

ああ、今のところ唯一世間に出ていった、特注品のショートソードを見たのか。それで大丈夫と言うなら大丈夫なのだろうか。いまいち不安は拭いきれないが、乗りかかった船だ、やるしかないか。

「分かったよ。ただ、いくつか条件が重なると厳しいな。例えば、材質が鋼以上のものだったりすると危うくなる。なるべく良いものを作るようにするが」

「ああ、それでいい。で、悪いんだが、そこに箱があるだろ？　そこに隠れててくれないか？」

「これか？」

確かにそこには大きめの箱がある。しかし俺が入るには少々小さいような。

「ああ、それだ」

チラッとこっちを振り返ったカミロが言う。俺は言われるままに箱の蓋を外すと、中を覗《のぞ》き込《こ》んだ。そこは思ったより深くなっている。というか明らかに物理的に深さが合ってない。

なるほど、そういうことか。荷車に細工がしてあって、見た目よりもより多く物を運べるようにしてあるのだ。これなら俺一人は隠れられるな。俺はその中に潜り込むと、蓋を自分で閉めた。

◇◇◇

箱の中に隠れて結構な時間が経《た》った。少なくとも俺が軽く居眠りするくらいには時間が経っている。馬車だし、街道が整備されていて徒歩よりは相当速いだろうから、かなりの距離を進んだということだ。

それからさらにしばらく馬車に揺られたあと、ガタンと大きく揺れて、馬車が止まる。周りは騒がしい。どうやら都の入り口に着いたようだな。

「次の者！」と呼ぶ声があちらこちらから聞こえるように感じる。前の世界で言う国境線の入国審査みたいになっているのだろうか。箱の中だからよく分からないのがもどかしい。

馬車は時折進んでは止まる。衛兵の呼ぶ声もそれに従ってどんどん近づいてきている。

やがて、俺達の番になったようだ。

「お前は行商人か」

「へい。いくつかの品を運んで参りました」

「少し検《あらた》めるぞ」

「へい」

二人の歩く音が荷車――つまり俺のいる方に近づいてくる。衛兵らしき足音が荷台に上がったかと思うと、俺とは反対側の荷物の蓋を開けたりしているようだ。その足音と蓋を開ける音は少しずつ俺に近づいてきて、相当肝を冷やしたが、結局は俺のところまで来ることなく、そのまま荷台を降りていった。

「よし、いいだろう、通れ」

「へい。ありがとうございます」

カミロは慇懃《いんぎん》に返すと、馬車を進める。

やがて、街の中に入ったのか、喧騒《けんそう》が聞こえてくると同時に、馬車の振動が変わった。車輪の音も違ってくる。それでもまだカミロは俺に「出ろ」とは言わない。迂闊《うかつ》に出たり物音を立てたりしてはいけないという状況は変わらないようだ。

街に入ったと思《おぼ》しき後も、道を曲がったり坂を登ったり、時折止まったりしながら、結構な距離を行く。

そのうち、止まった後に少し進んで、今までとは明らかに違う馬車の振動を感じると、再び馬車が止まった。目的地かな。

「おい、出ていいぞ」

カミロの声がする。俺は待ってましたと言わんばかりに蓋を開けて、箱から出ると、荷台でうーんと身体《からだ》を伸ばした。腰がゴキゴキと音を立てる。前の世界の年齢のままだったら、腰が痛すぎて立てなかったかも知れない。

「ああ、辛《つら》かった」

「だろうな。すまんが、あんたがここに入ったことを知られるわけにはいかんのでな」

「分かってるよ」

俺は苦笑しながらカミロに返す。

「で、ここはどこなんだ？」

「ここはエイムール家所有の鍛冶場だ。私兵の武器なんかはここで作ったり、補修したりしているらしい」

「ほほう。それにしてはやけに静かだな」

こういうところだと水車を利用した鎚《つち》が動いてたりして騒がしいもんだと思っていたが。

「今は操業を止めて、マリウスさんが信頼できる何人かの職人だけ残してるみたいだからな」

「なるほどね」

そりゃ〝本物〟を作り出すところを、大勢に見せるわけにはいかんわな。

「よっと」

俺は荷台から飛び降りる。ここはあくまで荷物を運び込むところのようで、火床やらはない。

箱の中にいたから分からなかったが、ふと外を見ると、日がやや傾きかけてきている。朝一で向こうを発《た》ったから、馬車でもかなりの時間がかかったということだな。

「さて、それじゃ急ぎ準備するか」

「おう。俺達が着いたことは今マリウスさんのところに報告にやらせたから、すまんが早速取り掛かってくれ」

「分かった」

俺はカミロに示された扉を開ける。さて、マリウス氏の一世一代のお手伝い、始めますか。

◇　◇　◇

鍛冶場の中を見てみると、火床とふいご、金鎚その他が揃《そろ》っている。他に目を引くのは大きな鎚だ。見てみると上の方で外に軸が延びている。水車で動かすやつだな。動かし方はインストールが教えてくれるから、なんとかなりそうだ。

火床は魔法対応じゃないので自分で着火する必要がある。火床に炭を入れたら、火口になる木の皮と麦藁《むぎわら》、それに板金《いたがね》とハンマーを持って金床に向かう。

金床に板金を置いたら、裏返したりしながら端をハンマーで思い切り叩《たた》いていく。これをしばらくやっていると、板金の端が赤熱してくるのだ。

木の皮に麦藁をのせて、そこに赤熱した板金を触れさせると、麦藁に着火する。それを急いで火床に持っていき、敷いた炭の辺りに置いて、あとは炭に火がつくまでふいごを操作だ。

しばらくふいごを操作して、火が熾《おこ》ってきたら、炭を足し、ふいごを操作し、を繰り返す。この辺りはうちの工房だと魔法でパパッとやってしまっている部分だ。

適当に炭を放り込んで、魔法で火をつけて風を送るだけで済むからな。俺よりも、もっと魔法がちゃんと使える人だと、この火床でも同じようなことは出来るはずだが、なんせ最低限だから仕方ない。そして多分そんなことができる人は鍛冶屋なんてやらないだろうな。

十分に火が回って温度が上がってきたので、置いてあった中で一番良さそうな板金を突っ込んで熱する。

熱し終わったらまずは延ばす作業だ。熱した板金を金床に載せてハンマーで叩く。なるべく組織のようなものが均一になるようにしていくが、なんだか感覚がいつもと少し違うな。

ハンマーが違うからか？　工房から持ってくれば良かったかな。こいつは〝特注モデル〟なので集中しながら叩いて延ばす。

やがてロングソードの長さになった。ここからは形を整える作業だ。熱して叩く作業で、形を作っていく。完成した形は、刃の部分が直線的なロングソードだ。質実剛健さが出ている。

「おっ、出来てきたのか」

今までどこにいたのか、カミロが声をかけてきた。

「ああ、形はな」

俺はそう答えながら、火床に剣を入れて、温度を上げていく。焼き入れの準備だ。ふいごを操りながら、ピッタリの温度を見極める。

やがて、適した温度に剣が熱されたので、火床から取り出して素早く水で急冷する。十分に温度が下がったら、また軽く火床の火に翳《かざ》して温め、今度はそのまま冷やす。

磨きと研ぎをして、これで完成……のはずなのだが。

「ううーん」

俺は困惑していた。

「どうしたんだ？　出来たんじゃないのか？」

カミロが俺の様子を心配している。

「いや、出来るには出来たんだが、この出来ではなぁ……」

そうなのだ。俺が〝特注モデル〟を作った時の、煌《きら》めきのようなものがこの剣にはない。これでは良くて〝高級モデル〟の出来だ。この短時間でそれが出来てしまうのも十分〝チート〟ではあるのだろうけど、次代の家宝を作るというのにこの出来ではな。

「十分いい出来に見えるけどな」

「いやぁ。これじゃなぁ」

うちの工房と同じように薪《まき》も置いてあったので、その上に麦藁を置いて、今打った剣で斬りつける。麦藁はスパッと切れた。薪には刃がかなり食い込んでいる。

「おお、凄《すご》い切れ味じゃないか」

「いやぁ……これじゃないんだよなぁ……」

カミロは興奮しているが、当然俺の特注モデルの切れ味はこうではない。これは高級モデル止まりだ。

俺は自分のナイフを取り出すと、それで麦藁と薪を切る。麦藁は薪ごとストンと切れた。やはりちゃんと特注モデルだとこの切れ味だよな。

「お、おい、今の……」

「ん？　ああ、俺が本気を出すと、これくらい切れる物が作れる」

「そ、そうなのか……」

カミロはちょっと引いている。そうか、ヘレンのは本当に外見を見せてもらっただけで、切れ味とかは見せてもらわなかったんだな。

「あんまりあちこちで言うなよ」

「分かってるよ。というか、こんなこと言ってもそうそう信じてもらえねぇよ」

「そりゃそうか」

ナイフで藁束はともかく、薪まで切れちゃうんだもんなぁ。

「ちょっと何本か試してみるよ」

「この打ったやつは？」

「欲しけりゃ譲ってやるよ。格安で」

「相変わらず、がめつい鍛冶屋だよ、あんたは」

カミロは笑って言った。

俺はその後二本ほどナイフを作ってみたが、どれも高級モデル止まりだった。もうとっくに日は落ちていて、カミロの姿もここにはない。

俺はここで作った高級モデルと、俺の護身用の特注モデルを見比べてみる。やはり輝きのようなものが全く違う。

高級モデルにもある程度の輝きはあるが、特注モデルのほうは自ら光っているようにすら見える。心なしか、作ったときよりも、今のほうがずっと輝いているようにも見えるな。

この違いはなんだ……。どうすればここの材料でこの輝きを生めるんだ。

「いや。そうじゃないな」

俺は気がついた。ここの材料だけで作ったもので上手《うま》くいかないならば、ここじゃない材料も使って作れば良いのだ。

俺は火床の火を強くすると、そこにバラした護身用のナイフを入れて熱する。赤熱したナイフを取り出し、三分の一くらいに切り分ける。

小さめの板金と切り分けたナイフを交互に板金の上に載せて、濡《ぬ》らした薄い麻布で巻いたら、そこに麦藁を燃やした灰をくっつけて、火床に入れて熱する。

赤熱して塊に見えるそれを取り出し、チートをフル活用して、ここの板金と切り分けたナイフの鋼がくっつくように、ハンマーで叩く。

この作業を何度か繰り返し、まとまったら、今度は延ばすようにハンマーで叩くが、まだここでは目的の長さまでは延ばさない。

ある程度延びたら、真ん中に切れ目を入れて、折り返してまたまとめる。この作業を一五回ほど繰り返した。日本刀なんかでも行われる折り返し鍛錬だ。こうすることでバラしたナイフの鋼が、普通の鋼とできるだけ均質に混ざっていくのである。

こうして出来た塊をまた熱し、今度は目的の長さまで延ばしていく。このときにまだ少し残っている鋼のムラのようなものを消すように叩く。今度は最初に打った時の違和感はない。目的の長さまで延びた。ムラや歪《ゆが》みなんかは全く無い。ここから形を作る。熱して叩いてを繰り返す。折角《せっかく》消したムラや歪みが再び出ないように、真剣に見ながらだ。

やがて出来た形は、最初に打ったようなものではなく、刃の部分が優美な曲線を描くものだ。初めは意識しなかったが、家宝というなら、これくらいデザインに凝っていたほうが良いだろう。焼き入れと焼き戻し、磨きと研ぎもチートで全て完璧に仕上げることができた。

俺はじっくりと出来たばかりの剣身を眺める。この輝きは確実に特注モデルだ。麦藁と薪を持ってきてセットし、そこに今作ったロングソードを軽く振り下ろす。

次の瞬間、ロングソードの刃は地面に接し、ズルリと切れた麦藁と薪が、その両側に散らばっているのだった。

これで剣身そのものは完成した。そこらの剣では文字通り〝太刀打ち〟出来ないだろう。ただ、これをこのまま納品するわけにはいかない。家宝にしてはやたらとシンプルだからな。

タガネを借りて（ハンマーやその他も借り物だが）、剣身に彫刻を施していく。この辺もチートの力を借りて、重量バランスを崩さず、強度も落とさず、かつ刃の曲線に合うように優美な文様を入れていく。植物の葉と茎のように見えるようなやつだ。剣先の方には花が咲いたような模様を入れる。これらは裏と表に入れていくから、結構な重労働である。これ下手したら剣身打ってる時より大変なんじゃないのか……。まぁ、だからこそ家宝としての格が上がる、ような気がする。

チートのおかげで、迷わず、下書きなんかもなしで作業を進める。かなりの時間が経《た》って、やっと剣身に彫刻を入れ終わった。

次は鍔《つば》と柄頭《つかがしら》だ。鍔にも植物が絡んだような文様を入れる。鍔の文様は立体的に見えるような彫り方である。

鍔の真ん中にはエイムール家の紋章も入れてみた。柄頭は花の蕾《つぼみ》のように見える彫刻だ。いつもの〝座る太った猫〟は、革を巻いたら見えなくなるところに小さく入れた。ちょっとしたイースターエッグだな。

彫刻を入れたときに出たバリをヤスリを使って綺麗《きれい》にしていく。文様がよりはっきりしてきたので、そこで止める。気がつけばもう相当遅い時間のようだ。眠気が凄い。これはこのまま作業を続けても意味がないな。歳《とし》をとってから、こういうところの見切りはやたら早くなった。

俺は火床の火を消すと、鍛冶場の中にあった毛布に包《くる》まって横になった。

◇◇◇

「――きろ。おい、起きろ」

ゆさゆさと誰かに揺さぶられて目を覚ます。

「うーん」

俺はゆるゆると目を開ける。俺を揺さぶっていたのはカミロだったようだ。

「まったく、昨日出来ないって落ち込んでいたかと思ったら、のんきに寝てるんだものなぁ」

「いやぁ、徹夜は身体に良くないからな」

カミロの言葉に俺は横になったまま、のんびりと返す。これも剣の本体が出来ていなかったら、こんなにのんびりはしてられなかっただろうけどな。

「身体は資本、ですか」

そこにカミロとは違う、聞き覚えのある声が聞こえた。俺は慌てて飛び起きる。

「マリウスさん！」

そこでにこにこしているのは、街の入り口なんかで散々見た、あの優男の顔だった。

身体はあのちょっとボロっちい革鎧《よろい》ではなく、立派な服を着ている。腰に佩《は》いているショートソードが俺の打ったものなのが、嬉《うれ》し恥ずかしい。

「お久しぶりですね、エイゾウさん」

マリウス氏は俺に丁寧に挨拶をしてくる。流石《さすが》にこのところのゴタゴタで心労があるのだろう、顔に幾らか翳《かげ》りが見える。

って、あれ？

「マリウスさん、私の名前をご存知《ぞんじ》だったんですか？」

「今回の件を頼むときに聞きました。名前も知らないまま、というのは内密の話にしても無礼ですし」

「なるほど……。マリウスさん、私にそんな丁寧に接してくれなくて良いんですよ。街で会った時みたいで良いんです」

マリウス氏に丁寧にされると違和感が凄《すご》くて、会話がぎこちない。

「いえ、当家の恩人になる方に、無礼な真似《まね》はできません」

街で衛兵やってたときからそうだったけど、気が回るんだよなマリウス氏。

「いえいえ、こちらこそお気遣いは御無用です。私はあなたに借りがあるんですから」

俺がそう言うと、

「それでは、お互い同じ立場ということで、お互いに丁寧なのをやめる、というのでは？」

ニッコリと笑いながら、マリウス氏が提案してくる。これ、呑《の》まないと多分このままだよな。それもやだなぁ。

「分かりました……いや、分かった。そうさせてもらうよ」

こうして、（おそらく次期）伯爵とタメ口で話す鍛冶屋が生まれてしまった。

「とりあえず革を巻いてしまうから、少し待っててくれ。時間はあるか？」

「ああ、まだ大丈夫だ」

「よし」

俺は剣の柄に革を巻く。チートの手助けで素早くキッチリと巻くことが出来た。

「これでよし。振るってみてくれ」

「分かった」

俺はマリウスに剣を渡した。マリウスは受け取った剣を見て、

「綺麗な剣だな……」

と感嘆している。少しの間、そのまま眺めていたが、我に返ったように剣を振るい始めた。綺麗な剣筋だ。同じ剣術を習っていたのだろう、ディアナの剣筋によく似ている。

ただ、ディアナの方は女性だからか、やや速度を重視した動きだったのに比べて、マリウスの方はもう少し弾《はじ》くような動作が多く、パワータイプというか、そんな印象を受けた。

しばらく一心不乱に剣を振るっていたマリウスだが、やがて動きを止めたので、俺は声をかけた。

「どうだ？」

「凄いよ、この剣は。今まで持ったことのある、どの剣よりも凄い」

心底からといった感じで、マリウスは言う。

「まぁ、俺の作れるほぼ最上級だからな。そんじょそこらの剣には負けない……」

おっと、忘れるところだった。

「そう言えば、〝元の〟家宝の剣の材質は何なんだ？」

これを聞いておかないとな。かなりいい出来ではあるが所詮は鋼だ。オリハルコンだの、アダマンタイトだのといった魔法の金属で出来ていたら、その出来が多少悪いぐらいでは俺の剣は負ける。

「あの〝偽物〟はエイムール家が伯爵の爵位を貰《もら》ったときに一緒に下賜されたもので、当時の王が、王国で一番腕の良い人間の鍛冶に打たせた剣だ。神代の金属などはいかに王国一と言えど、人間では歯が立つまい」

「つまり、ただの鋼ってことか」

「そのとおり」

とりあえず一つはクリアだ。普通の人間だとオリハルコンとかは無理なのか。俺はいけるのかな……。

「あと一つ、家宝は今まで見せたりはしてなかったのか？」

「内々の儀式の時なんかには持ち出すが、それ以外では門外不出だからな。うちの記録にも〝王から爵位と剣を下賜されたので〟うんぬんしかない」

「じゃあ、〝家宝と聞いていたあれと形が違うぞ〟と外野が騒ぐことはないわけか」

「そうなるな」

じゃあ、大丈夫か。前の世界の博物館的な感じで展示とかされたことがあったらどうしようかと思ったが、どちらかというと神具とかそういう扱いで、衆目に晒《さら》されることはめったにないようだ。

「どうにもならなくなりそうだったら、比べてしまえばいい。〝偽物〟に、この〝本物〟が負けなければ、〝恐れ多くも王から下賜された剣〟がどちらなのかは分かるだろ？」

マリウスはニヤリと不敵な笑みを浮かべて、そう言った。

「さて、じゃあ次は鞘《さや》だな」

俺はカミロとマリウスに声をかける。

「ああ、そうか。鞘もいるよな」

カミロがそう言ってくる。普通のロングソードなら、特に気にせずにパパッと作って終わりなんだが、さすがに家宝となると、それなりの鞘がないと格好がつかない。

「まぁ、この後どれくらい家宝にするのか知らないが、家宝というなら必要になるだろ?」

「明日までに出来るのか?」

これはマリウスだ。

「まぁ、出来るところまでにはなるけど、今日中には仕上げるよ」

「あまり華美にしなくていいぞ。〝偽物〟の鞘もさして華美ではなかったからな」

「そうなのか。じゃあ、そんな感じで作っておこう」

「ああ、頼む」

ここで彼らは一度出ていった。次に来るのは完全納品の時だ。さて、始めるか。


基礎は木製にする。材料として置いてある木の中で、古めで詰まっているものを選ぶ。この辺の目利きもチート頼りだ。

家宝のわりに新しめの木になってしまうが、最近作り直した、と言えなくはないので大丈夫だろう。国宝とか神器とかだと鞘の作り直しもなかなか大変なんだろうけどな。

木の上に剣を置いて、大きさを測ったら、剣の形に木をくり抜く。半身ずつでくり抜いた木の板を二枚用意し、ニカワで貼り合わせたら、試しで作った高級モデルのナイフで外形を作っていく。彫刻もこのナイフでいけそうなので、真ん中に花の茎と葉のような文様を一本だけ入れる。

そこまで終わったら一回、全体をナイフで綺麗にする。かんながけの要領だ。

次に、蜜蝋《みつろう》を布にとって全体に塗っていく。それなりに高い品だとは思うが、まぁ家宝の鞘だ、ケチケチすまい。

結構な時間をかけて塗り終えたら、次に火床に火を入れる。あまり大きくない板金を熱し、ハンマーで叩《たた》いて薄く延ばしていく。

延ばした鋼の板は、鞘の縁取りに使うのだ。普通はかなり時間のかかる作業だが、チートのおかげで、一度で望む長さと形になった。

鞘の周囲に延ばした板を取り付け、タガネで彫刻を施していく。こちらも植物の葉のような文様だ。やがて日が沈む頃、ようやっと鞘が完成した。

起こされたのは割と朝早かったたし、マリウスとカミロもそんなに長居はしてなかったので、鞘一つで相当の時間をかけたことになる。

それでも普通なら、下手をすれば一月ほどもかかってしまいそうな作業を一日で終えたのは、やはりチートと言う他ないな。

鞘に剣を収めてみると、なかなか凝った作りに見える。これなら〝偽物〟に見劣りはしないだろう。一人ほくそ笑んでいると、カミロとマリウスがやってきた。

「調子はどうだ？　間に合ってないなんてことはないよな？」

カミロが朗らかな様子で聞いてきた。これは出来上がってないことを微塵《みじん》も考えてないな。その信頼が嬉しくもこそばゆい。

「ついさっき出来上がったとこだよ。これでどうだい？」

俺は出来たばかりの剣と鞘を二人に見せる。

「おお……」

マリウスが感嘆の声を漏らす。

「これなら、偽物に対抗することも容易だろう」

「そうか。なら良かった」

にこやかに言うマリウスに、俺はややぶっきらぼうに返す。

ちゃんと自分が作ったもので喜んでもらえるのは嬉しいが、気恥ずかしさのほうが今はまだ大きい。

「エイゾウ、本当にありがとう」

「なに、あんたには借りがあるからな。それを返しただけさ」

マリウスが右手を差し出してくる。俺はその手を取ってガッチリと握手した。

「とりあえず今日のところは休んでくれ。また明日の朝迎えに来る」

カミロが俺に言う。

「ああ、分かった」

夜中にこっそり出て行きたいところだが、門は夜中は閉まっているだろうからな。朝早い時間、ごった返してるときに紛れて出てしまうほうが怪しくないのだろう。

俺は素直にカミロの言葉に従って、寝てしまうことにした。

◇　◇　◇

翌朝、カミロが迎えに来るよりも早くに目が覚めた。置いてある水瓶《みずがめ》の水で顔を洗ったりして、家に帰る準備だ。

とは言っても、持ってきたものはほとんどないので、大層な準備はない。試しに作ったナイフのうちの一本を、ここで潰した護身用の代わりに貰っていくことにするくらいなものだ。

家に帰ったら新しく〝特注モデル〟を一本作って、それを護身用にするとしよう。

日が昇ってやや経《た》った頃、カミロとマリウスが来た。それに他にも何人か女性がいる。え、何事？

「おはようさん。よく眠れたか？」

カミロがニヤニヤしながら言ってくる。俺は戸惑ったまま、

「あ、ああ。お前たちが来る前に起きられたよ」

と答えた。前の世界で椅子寝とかはしょっちゅうしてたから、寝る環境が悪いことには慣れっこなのだ。

戸惑っている俺に、今度はマリウスが声をかける。

「急で悪いのだがな、こいつに着替えてくれ」

マリウスがそう言うと、彼らと一緒に来た女性たちが豪奢《ごうしゃ》な服を広げた。

「え？」

俺の戸惑いはより一層深まる。今から帰るだけなのに、わざわざ豪華な服に着替える理由はなんなのだ。

完全にテンパっている俺を他所《よそ》に、マリウスは女性たちに、

「彼はこういう衣服に慣れてない。着替えるのを手伝ってやれ」

と命じている。彼女たちは頷《うなず》くと、俺を取り囲んだ。

「い、いや、待ってくれ。なんで着替えるんだ⁉」

俺はほとんど悲鳴に近い声を上げる。その間にも女性たちはテキパキと命令をこなそうと――つまり、俺の服を脱がそうとしている。

俺は服を押さえながら二人の答えを待つが、二人共ニヤニヤしたまま、答えを返さない。あまり力を入れて押さえると服が傷みそうなので、一瞬力を緩めたりするが、女性たちはそのスキにドンドン服を脱がしてきて、俺は下着だけになった。

こうなったらもう新しい服を着せてもらう他ない。豪奢な方の服は確かに俺じゃ着方が分からんからな。

どうしようもないので、俺は服を着せられるままになる。変な抵抗もしなかったからだろう、着せられる方は早く事が片付いた。

服はマリウスの服に似たデザインで、貴族っぽい感じではある。事態に頭が追いついてなかったが、よくよく見ればカミロの身なりも大分良いものになっていた。

「それで？　俺にこれを着させてどうするんだ？　このまま帰らせる、ってわけじゃないよな？」

俺が憮然《ぶぜん》とした表情で二人に聞くと、マリウスは笑いをこらえようともせず言った。

「これから、我が兄上殿と対決するのさ。それに貴殿も付き合ってもらう」

着替えた、というよりは着替えさせられた俺は、マリウスとカミロと共に、馬車に揺られていた。どうしても憮然とした顔になってしまう。この姿をサーミャやリケに見られてないのだけが救いだ。見られていたら一生言われるに違いない。

「そう怒るなよ。お前だって〝偽物〟は見たいだろ？」

そう言ってカミロがとりなしてくる。

「見たくないとは言わんが……」

国王下賜の家宝、となればそれなり以上の逸品だろうし、気にならないかと言われたら、気になるに決まっている。

「これは俺の要請なんだ。二人を巻き込んでしまったし、顛末《てんまつ》については二人に知っておいて欲しいからな」

マリウスが言う。俺もそれ自体に異論はない。

「それで、俺はなんでこの服を着なきゃならなかったんだ？」

俺が引っかかっているのは、その一点だけだ。

「包み隠さずに言えば、ただの鍛冶屋をそういう場に同席させるわけにいかない、ってことだ。俺はくだらない話だと思うが。それで貴族の服を着せた」

　マリウスが答える。

「で、エイゾウは北方から来た俺の客ということにしてある。カレルも何人か連れてくるそうだから、客人を連れて行くことは問題にはならないはずだ。カレルにしてみれば、第三者の立ち会いの下に、高らかに剣を奪還したことを宣言できたほうが都合がいいのもあるしな。カミロ殿についても同じさ。行商人の情報網で話が広まることを期待してるんだろう。さもなきゃ、〝行商人ごとき〟の同席を、あのカレルが認めるわけがない」

「なるほどね」

〝行商人ごとき〟はマリウスではなく、カレルの言葉だろう。マリウスは次期伯爵のはずだが、貴族にしては〝進歩的〟だ。

　街で衛兵をしてりゃ色んな人を見るだろうし、その経験が活《い》きているのだろうか。行商人がよくて鍛冶屋はダメ、というのも、情報の拡散を考えたら分からない話ではない。

「その辺りが全部裏目に出るということか」

「そうなるな」

　俺という第三者に見られるのも、カミロという情報網を持った行商人に見られるのも、カレルの失敗を広める結果にしかならない。

　カレルが友人知人を連れてくることも、同じ結果を生む。それであっさり認めてくれればいいが。俺はそう思わずにはいられないのだった。

　やがて大きな屋敷に到着する。ここがエイムール伯爵家の屋敷だろうか。

「ここがメンツェル卿《きょう》の別邸だ」

マリウスが教えてくれるが、俺には聞き覚えのない名前だ。

「メンツェル卿は、この国の侯爵だよ」

カミロがフォローしてくれた。侯爵ってことは伯爵より一つ上か。

「へぇ。エラいとこに来たな」

「メンツェル卿は父上よりは若いが昵懇《じっこん》の仲だったからね。その縁で、この件についての裁定を任されている」

そう言うのはマリウスだ。なるほど。侯爵くらいだと国王に対する報告も直接だったりするんだろうな。

屋敷で馬車を降りると、使用人さんだろうか、物腰の丁寧な若者が案内をしてくれ、広い部屋に通される。俺達が来たときは、まだ部屋には誰もいなかった。

マリウスが席に座ったので、そこの近くに俺達も腰を下ろす。こういうときの席次は俺にはよく分からないのだが、前の世界とさほど変わらないようだ。

〝本物〟の家宝の剣は、布に包んだ状態で、マリウスのそばに置いてある。

ややあって、三人の男が入ってきた。そのうちの一人が不敵な笑みを浮かべている。どことなくマリウスに似てるから、あれがカレルか。俺が何も知らないと仮定すれば、特に陰険だとかそういう印象は無い。むしろ、爽やかな好青年という印象の方が強いし、彼の本当のところはそっちなのかも知れない。

おそらくは、欲に目がくらんでしまったのだろうなぁ……。カレルについてきた他の二人もそれなりの地位の人間のように見える。カレルたちは俺達に向かい合う位置に腰を下ろす。

カレルが来るまでは、なんだかんだと俺達と小声で雑談をしていたマリウスだったが、入ってきた途端に口をつぐんで黙り込んでしまった。

そこから更にいくらか経って、豪奢な服を着た壮年の男性が入ってきた。がっしりした体躯《たいく》に、口ひげと頭髪をピッチリと整えている。

あれがメンツェル侯爵か。俺達は一斉に立ち上がる。侯爵は上座に着席すると、俺達にも着席を促した。

「さて、エイムール家から家宝の剣が奪われ、それをカレル殿が取り返したということであったが？」

侯爵がカレルたちに問いかける。がっしりした体躯から受けるイメージに違《たが》わぬ、低いどっしりとした声で、大声で怒鳴られでもしたら、大抵の人間は震え上がるだろうな、と思わせる。

「はい。国境付近にいる賊の仕業でしたが、昨日なんとか取り戻してまいりました」

カレルの方は高めだが落ち着いた声だ。布に包まれた長いものを出すと、それは剣だった。

マリウスが言っていたとおり、あまり華美な装飾のない、素直な鞘《さや》に収まっている。鍔《つば》や柄の作りも同様で、良い腕の職人の手になるものであることが見て取れた。

「それで、私に裁定を仰ぎたいこととは？　無くなったものを取り返したのであれば、それで問題はなかろう。あとはエイムール伯爵をそこのマリウス殿が継げば、万事解決ではないのか？」

侯爵がカレルに返す。侯爵はカレルにあまり良い印象がないのか、それとも元々こういう感じの人なのか、つっけんどんな物言いだ。

「いえ、家宝を盗み出され、手をこまねいているだけだった者は、伯爵家の長に相応《ふさわ》しくないのではと存じます」

カレルがマリウスをちらっと見ながら反論する。始まったか。その言葉を聞いて、侯爵は考えこんでいる。

カレルの言っていることは分からなくはない。家の大事なものを盗まれて、バタバタしているだけで何も出来なかった、という人間が、そこそこ以上の家格の家の家長として相応しいかというと、それは怪しいとは思う。

家格が高ければそれだけ関わる人間は多い。彼らはもちろん、領地の人々の生活が家長にはかかっているのだ。家長にはこういった困難を解決出来るだけの能力が必要で、今回マリウスはそれを示せなかった——ことになっている。

それらは勿論《もちろん》、本当に家宝が盗み出され、賊に対して手をこまねいているだけだった場合の話で、今回はそうではない。

だが、そうではないと証明することも俺達には不可能だ。カレルが自分が引き入れた賊を始末している可能性もあると俺は思っている。

その場合は「家宝が盗まれたので、賊の居場所を突き止め、始末し、取り返した」というカレルの話は表面上は整合性が取れているし、何より〝嘘《うそ》ではない〟からな。

だがしかし、俺達には切り札がある。こっちはこっちでなかなかの綱渡りだが、カレルが思いもよらないような切り札だ。

マリウスが口を開いた。

「一つ、よろしいでしょうか」

「構わない。言ってみたまえ」

侯爵がマリウスに促す。

「私がゆっくりしていたように見えたのは、あの家宝は偽物だったからです。本物は手元にあったので、じわじわと賊を追い詰めればよいと考えておりました。それが手をこまねいていたように見えてしまったのは、至らぬところで大変に反省しておりますが、素早く片付けるか、じわじわと追い詰め、締め上げるかの違いである、ということはご承知いただきたく」

「ほう？」

マリウスの反撃に侯爵が片眉をあげる。ガタンという音がしたので、そちらを見ると、思わずだろう、カレルが立ち上がっていた。

「ここに、その〝本物〟があります」

マリウスが傍《かたわ》らに置いていた布の包みを解き、鞘に収まった剣を出した。俺の打った〝本物〟の剣を、だ。

「そんなはずはない！」

カレルが大声で叫ぶ。実際に「そんなはずはない」んだから、そりゃ当たり前だけどな。

「カレル殿、落ち着きたまえ」

侯爵がカレルをたしなめる。渋々といった感じでカレルは席に着く。同行の二人の様子を窺《うかが》うと、片方は単に驚いているが、もう片方は苦々しげにしている。驚いてる方は事の詳細を教えてもらってなかったようだな。

ある意味幸いしたとも言える。苦々しげな方は貴族っぽい服を着ているが、もし貴族なら、もう少し本心を隠すことを覚えないと、権謀渦巻くところに行ったら、あっという間に取り殺されるんじゃないか。

「それで、〝本物〟とはどういうことかね？」

侯爵はマリウスに尋ねる。

「ええ、父の残した文書で分かったのですが、実はエイムール家では儀式などの時、対外的には〝偽物〟を用意してそちらを使っておりましたが、実際には別に〝本物〟があったのです。〝国に一大事あれば、家督を継ぐ者が本物を持って国難に立ち向かえ〟、父の残した文書にはそうもあります」

マリウスは懐から紙（俺の位置から見る限りでは羊皮紙のようだ）を取り出して、侯爵に差し出した。侯爵はそれを受け取り、目を通している。

「ふむ、確かにエイムール伯の字だな」

侯爵の言葉にカレルの目が見開かれるが、そりゃお前、こんな話のときに念入りに偽造してないわけがないだろ。

旧交のある人間の目をごまかせるとなると、腕の良いやつに頼んだには違いないだろうが、そこはカミロの仕事だろうな。チラッとカミロを見ると、一瞬だが俺にウィンクをしてきた。オッさんがオッさんにウィンクすんなよ。

カレルが何かを言おうとしたが、マリウスは先んじて立ち上がり、

「兄上はこの文書が見つかった頃、なにやら他所に出かけておいでで、今日までお会いすることもかないませんでしたので、お伝えするのが遅れました。大変申し訳ない限りです」

そう言って頭を下げる。カレルは浮かせかけた腰を再び下ろした。怪しいには怪しいが、辻褄《つじつま》は合ってるな。

「だ、そうだが、カレル殿はなにか異論はあるか？　なければ問題なし、と陛下にはご報告差し上げようと思うのだが」

侯爵がカレルにとっては死刑にも等しい言葉を、それとは知らず投げかける。だが、今ならまだ「血気に逸《はや》ってしまったが、家宝を取り返す一心であった。その心意気やあっぱれ」で決着させられる。

家督相続はもう無理かも知れないが、この場でベストなのはその結末だと俺は思う。その後、マリウスが親父《おやじ》と兄貴の死因の捜査をしている間に身を隠すなり、取り引きするなりすればいい。

「いえ、やはりこちらが〝偽物〟で、あちらが〝本物〟などという言葉は信じられません」

だが、カレルはこの場での決着を望んだ。望んでしまった。それこそがマリウスの置いた駒の前にキングを置く行為であるのに。

「分かりました。であれば、その証《あか》しを立てましょう」

それを聞いても、マリウスは事もなげに言った。俺の製品に対する信頼の証しではあるが、若干勘弁して欲しい面もあるな。

「如何《いか》にして行う?」

「実際に試したほうが早いでしょう。お庭をお借りしてもよろしいですか?」

「構わぬ。カレル殿もそれでよろしいか」

「ええ」

移動のため、全員が席を立つ。カレルはもう隠しもせずに、マリウスのほうを睨《にら》みつけている。それをマリウスは余裕綽々《よゆうしやくしやく》に受け流すのだった。

こうして、公爵邸の中庭で最後の対決が行われることになった。お互いに〝家宝の剣〟を持っているが、さすがにこれで斬り合うわけではない。

中庭の土に俺の作ったほうが突き立てられている。我が作品ながら、抜いたら王様になれそうな雰囲気だな。

そこに槍《やり》を持った若い兵士が近づいてきた。彼はこの屋敷の衛兵――侯爵の私兵だ。今から彼が俺の作った剣の横腹を突く。

もしそれで剣にダメージがあれば、俺が作ったものが〝偽物〟ということだ。ただ、チラッと見た感じ、あの穂先の出来なら俺の剣は材質がただの鋼であろうと五〇回は耐える。

思ったとおり、二〇回ほど兵士くんが突いたが、槍の穂先がダメになっただけで、俺の作った剣には傷一つない。

「バカな……」

小声でそう呻《うめ》くのはカレルだ。そりゃそうだろう。たった一日や二日でこんなもの用意できるはずがない。普通ならな。侯爵も感嘆した様子で剣を褒める。

「さすがは国王陛下より下賜された剣だ。美しさと強度を兼ね備えておるのだな」

「さようでございます。これぞまさしく〝本物〟と呼ぶに相応しいかと」

そこにマリウスが乗っかっていく。しっかり「本物」を強調することも忘れない辺りがさすがだ。

さて、まずはうちの剣の性能は見せた。

「それでは、カレル殿の剣だな」

「はい」

カレルが同じように土に剣を突き立てる。そこで侯爵が、

「おい。代わりの槍を持て」

とさっきの兵士くんに命ずる。だがしかし、

「いえ、それには及びません」

マリウスはそう言うやいなや、カレルの〝偽物〟の横に刺さっていた〝本物〟を抜くと、〝偽物〟に斬りつけた。

剣で剣に斬りつけたにもかかわらず、金属音も何もなく〝偽物〟が中程から断ち切られる。音がしたのは、断ち切られた上半分がカラン、と転がった時だけだ。

「この強度、この切れ味、これらをもってこちらが〝本物〟であることは間違いないと思われますが、いかがでしょうか」

マリウスがニッコリと侯爵に対して勝利を宣告する。

「う、うむ。これほどの切れ味、戦場に出れば一騎当千の働きができるであろう。これこそ本物に間違いあるまい」

さすがの侯爵も、目の前で起きた出来事にやや理解が追いついてないが、これを見せられたら認めるも認めないもない。驚きながらも、本物はどちらかを宣言した。

「というわけで、此度《こたび》の一件、特に問題なく、よって家督相続も決まり通りに進むであろうこと、陛下にはご報告差し上げておこう。それでよいな、マリウス殿、カレル殿」

やや持ち直した侯爵がそう宣言する。これで終わったな。さっさとこいつを脱いで家に帰りたい。そう思った時、

「うわぁぁぁ！！！」

カレルがそう叫んでマリウスに飛びかかろうとした。手にはナイフを持っている。俺は〝チート〟のおかげでその動きを捉えることが出来たが、ここからでは間に合わない。だが、その瞬間、俺は別の動きを捉えた。マリウスだ。

マリウスの右手が俺の剣を握ったまま、物凄《ものすご》いスピードで跳ね上げられ、まるでそこには何もないかのように、刃《やいば》がカレルの左腰から右肩をなぞる。

音もなく断ち切られ、泣き別れになったカレルの上半身はマリウスに届く前に、どう、という音

を立てて地面に転がった。

「閣下、お庭を汚《けが》してしまい、申し開きのしようもございません。この罰はなんなりとお申し付けください」

マリウスが侯爵に向かって膝を突き、頭を下げる。この辺りは土だから入れ替えなんかは簡単だろうが、それで終わる話でもないだろうからな。

だが、侯爵は怒ったりせず、このような陰惨な場であるにもかかわらず、笑って言った。

「いや、気にせずとも良い。いやはや、素晴らしい太刀筋で〝賊〟を討ち果たすものだな、卿《きょう》」

今、マリウスを「殿」ではなく、「卿」と呼んだな。

つまり、これは侯爵がマリウスを伯爵と認めたということだ。そして、カレルを〝賊〟と言ったということは、侯爵としては、彼はもうエイムール家の一員から外れたのだ。公式の場でどうなのかはともかく。

「しかし、当家の恥をお見せすることになってしまいました。今後何かございましたら、なんなりと」

「うむ。そこまで言うなら覚えておこう。おい、そこの二人」

再び頭を下げるマリウスに侯爵は頷《うなず》き、カレルの連れてきた二人に声をかける。

「は、はい」

「な、なな何でしょう」

二人は起きたことに頭が全く追いついていないようだ。ある程度予想してた俺達と違って、向こうは完全に想定外だろうからな。

「ここで起きたことは他言無用である。もし漏らした場合は……分かっているな？」

えらくドスの利いた声で脅す侯爵。予想に違わず、二人は震えながらガクガクと頷いている。可哀想《かわいそう》に。

「よし。おい、誰か！」

侯爵は使用人を呼んで、二人にはいち早く引き取ってもらった。二人にとってもその方がありがたいだろう。俺達も中庭を離れて、元いた部屋に戻る。後は侯爵家の使用人が片付けるらしい。

その場に置き去りになるカレルを、マリウスが一瞬だけ、悲しそうな目で見ていたのが印象的だった。


部屋に戻ると、今後の方針についての打ち合わせを侯爵とマリウスが始める。俺達は席を外しても良かったし、侯爵もそうさせたかったようなのだが、マリウスが、

「閣下には多くを申し上げることが出来ず、大変心苦しいのですが、彼らには事の顚末《てんまつ》の全てを知る権利があるのです」

と押して、侯爵もそれを認めたため、同席することと相成ってしまった。

まず、マリウスがエイムール家と伯爵の爵位を継承する。これはもう一週間以内にも行うらしい。盛大な式典は無いにせよ、内々で行われる祝宴はあるようなので、家に帰ったらディアナをすぐに

送らなきゃな。後でマリウスとカミロと算段しなければ。

　そして、カレルの処遇についてだ。遺体は一旦こっそりとエイムール家の墓所に埋葬するが、公式には、知慧《ちえ》を身につけ後々マリウスの補佐をするために、諸国を周っているということにしてしまう。

　これは街の人々の包み隠さない声を得るために、身分は隠して行うので、気遣いや詮索は無用であると諸国には伝えられる。

　普通、他国でも伯爵家くらいの人間が来たら、それなりのもてなしが必要だが、それはいらないし、スパイではないから安心してくれ、ということだ。

　それを信用するかは各国の裁量によるが、王国としてはそれに手を割いてくれれば、前の世界でやってた仕事風に言えば、工数を無駄遣いしてくれるわけで、それはそれで得だという判断なんだろう。

　これらが簡単にまとめた結論で、エイムール家のゴタゴタはこれで一件落着ということになる。

「それでは、よろしくお願いいたします、閣下」

「ああ。こちらこそ」

　マリウスと侯爵が立ち上がって握手を交わす。まとめれば短いが、時間にすればそこそこあった打ち合わせもこれで終わりだ。

　やれやれとは思うが、それは顔に出さずに俺も立ち上がる。そこに、侯爵が声をかけてきた。

「ときに、卿のお客人は、剣術の心得がおありなのかな？」

射抜かれるような目でこちらを見ながら聞いてくる。

「いえ、特にこれと言った剣術には覚えがございませんが」

俺は内心ドキドキしながら答える。終わってホッとしたところでこういうの、ホントやめて欲しい。

「先程、あやつの動きにいち早く反応していたのが、そちらだったのでね。腕に覚えがあるお方かと思い伺った」

「なるほど……。護身のために多少の剣は振るえますが、剣術と呼べるようなものではとても」

俺がそう答えると、侯爵の目がスゥッと細められて、威圧感が増す。

「まぁ、そういうことにしておこう。いずれ機会があれば、お手合わせ願いたいものだ」

「いえいえ、とてもそんな腕ではございませんので、ご勘弁を……」

俺は冷や汗をかきながら頭を下げる。侯爵はそれを見て、笑いながら部屋を出ていった。

「いやぁ、エイゾウは凄いな」

侯爵が出ていった後、声をかけてきたのはマリウスである。さっきまでの畏《かしこ》まった感じは全く無く、友人に接する気さくさだ。

「何がだ？」

俺には何が凄かったのか分からない。ただただ恐縮していただけだ。

「最後のあの時、侯爵閣下は相当に威圧してたのに、受け流してただろ？」

「そうなの？」

いや、なんか威圧感あるなぁとは思ってたけど。

「あれは並の人間なら、言葉を発することすら出来ないぞ」

「隣にいた俺でも結構来たくらいなのに、そんな気配もなく普通に受け答えしてるんだものなぁ」

マリウスに乗っかって、カミロもぶーぶー言ってくる。あれってそんな凄いことだったの。

「閣下は武で鳴らしたお方でな。巨鬼《オーガ》討伐の指揮を執られたこともあるし、その時は御自ら先陣を切られたとか。だから、エイゾウがどれくらいの使い手なのかは、ある程度把握した上で威圧してきたんだ。全くお人が悪い」

「それはそれは……」

「悪い人ではないから、そこは心配するな。俺もお忍びのお客人で通すよ」

「そこは本当に頼んだぞ」

これ以上、面倒くさそうな人に目をつけられてたまるか。俺は心底マリウスの健闘を祈らずにはいられなかった。

◇◇◇

三人で侯爵邸を辞して、エイムール家の屋敷に向かう。

もう諸々《もろもろ》が済んだのだから、一刻も早くこの服を脱ぎたい。俺は都に着いた後、真っ先に鍛冶場で作業し、そこから直接侯爵邸に行ったのでエイムール家に行くのは初めてである。

エイムール邸は侯爵邸よりも小さくはあるが、立派な門構えの邸宅だ。俺とカミロは応接間だろうか、立派な内装の部屋に通された。マリウスは今はいない。

多分他所行きの服から着替えてるんだろう。俺も着替えたい……と思っていたら、使用人らしき中年の男性に、

「エイゾウ様、こちらへどうぞ」

と俺だけが呼ばれた。

廊下を使用人と歩く。応接間に来るまでの廊下もそうだったが、前の世界で受けたイメージのように、壺《つぼ》やら鎧《よろい》やらは飾ってない。ところどころにタペストリーが壁を飾っている程度だ。そんなに長くもない距離を行くと、部屋があり、使用人が扉を開けて、

「どうぞ、お入りください」

と促す。俺が素直にその指示に従って部屋に入ると、中には女性の使用人が何人か待っていた。傍《かたわ》後ろで扉が閉められる。とは言っても、別に何か〝大事なこと〟が起きるわけではなさそうだ。傍《かたわ》らに畳まれた俺の服がある。

「着慣れないと大変でしたでしょう？　今、お着替えをお手伝いいたしますからね」

女性の使用人がテキパキと貴族の服を脱がしていく。着方が分からないから、脱ぎ方もさっぱりだったので助かる。

こういうのは下手に抵抗すると、かえって時間がかかることを今朝学んだので、されるがままにしておく。自分の服も自分で着られるが、着せてくれるというなら、もうそれに従おう。

手慣れているのだろう、あっという間に着替えが完了して、いつもの俺の村人Aって感じの格好になった。実に落ち着くな。ああいう豪奢《ごうしゃ》な服は俺には合わない。俺が解放感を楽しんでいると、使用人の女性たちがクスクスと笑っている。

「なにか？」

「いえ、エイゾウ様はそちらのお姿の方を、殊の外好んでおられるようだなと思いまして」

「ああ。俺はただの街のおじさんだからなぁ。それにほら、こっちの方が似合ってるし、格好《かっこ》いいだろう？」

俺が茶化《ちゃか》すように、笑いながらそう言うと、

「ええ、本当に」

使用人の女性たちはより一層笑うのだった。

着替えも終わったので、案内してくれた使用人の男性と一緒に、元の応接間に戻る。中では他所行きより大分ラフな感じの服に着替えたマリウスとカミロが、お茶を飲みつつ談笑していた。

「おお、戻ってきたか」

最初に反応したのはマリウスだ。

「ああ。着替えると、肩がガチガチになってたのが分かるよ。それに、俺が貴族に向いてないってのもよーく分かった」

俺は笑いながら返す。カミロがそれに乗っかって、

「違いない。どっちの格好でも、お前さんに対して畏まろうって気持ちがちっとも起きないしな」

と混ぜっ返し、俺達三人全員で笑う。

「さて、今回の件については大変世話になった。礼を言う」

マリウスが頭を下げる。

「最初に言っただろ。街でさんざん世話になったんだ、これはその恩返しさ」

「そうそう。エイゾウはともかく、包み隠さずに言えば、俺だって伯爵家との繋《つな》がりができたんだ。俺は大したこととしてないし、気にしなさんな」

「そう言ってもらえると大変ありがたい」

マリウスが気弱そうに微笑《ほほえ》む。普通に考えたら俺達は伯爵家の重大な秘密を握っているからな。俺達がそれを使って、積極的に何かしようという気がないことは伝わったようだ。

「それで、大々的に報賞を与えるわけにはいかないのだが、心ばかりの礼はしたい」

「俺は今後も取り引きを続けてくれたら文句無いよ。伯爵家と取り引きがあるってだけで十分に釣りが来る」

カミロが要求を出す。ずいぶん控えめだが、伯爵家御用達《ごようたし》商人となれば、それだけで箔《はく》が付くのも事実だろう。

「分かった。カミロが扱っているものは、今の贔屓《ひいき》のところを圧迫しない程度に取り引きしよう。エイゾウは？」

「俺か？」

とは言われてもなぁ。正直これが欲しい！　ってものは……ああ、あれがあったな。

「珍しい鉱石の情報が欲しいな。鉄石ではなく、もっと珍しいやつ」

「真銀《ミスリル》のような？」

「ああ。まさにそういうのだ」

「〝情報〟ということは、実物はいらないのか？」

「手に入れられる情報があればいい。後はカミロに頼んで入手してもらうよ」

「じゃあ、伝手《つて》を当たってみよう。見つかったらカミロに言えばいいんだな？」

「ああ。頼む」

俺がカミロを見ると、カミロは頷《うなず》いた。カミロに聞かずに話を進めてしまったが、どうやらやってくれるようだ。ありがたい。

「それと、これは今のとは別の報賞になる。何も言わずに受け取ってくれ」

俺とカミロに小さな袋が渡される。中を見ると、数枚の金貨が入っていた。

「おいおい……」

俺は辞退しようとする。しかし、マリウスはじっと俺を見つめて、首を横に振った。これはあんまり固辞するのも良くないか……。

「じゃあ、すまんが頂いておくよ」

「ああ」

マリウスは今度は頷くのだった。

話が一通り終わって、そろそろ帰るかとなったので、俺はマリウスに聞いた。

「そう言えば、ディアナさんを連れて帰らなきゃだよな？　祝宴があるんだろ？」

「ん？　ああ、そうだな。一刻も早く爵位を継いだことを正当化しないといけない」

なんだ？　今、一瞬返答に詰まったな。衛兵してた頃のマリウスに雰囲気が近寄ってもいた。まあいいか。

「じゃあ、カミロと協力して二～三日で連れて帰るよ。いいよな？」

「おう、こっちは大丈夫だ」

「じゃあ、頼んだよ。こっちもそれに合わせて各所に連絡をしておく」

最後の打ち合わせも終わったし、あとは帰るだけだ。離れていたのは三日だが、早くも家が恋しい。俺は、逸《はや》る気を抑えながら、エイムール邸を辞して、家路についた。

4章　〝ただいま〟と〝おかえり〟

行きは隠れている必要があったが、帰りはそれもない。

ということで、俺は都の道を行く荷馬車の荷台に座って、都の風景を眺めている。御者はカミロの店の店員さんで、カミロは一緒に御者台に座っていた。

こうしておけば俺は荷物番に見えるからな。エイムール邸を出たときには、もう既にそこそこ以上の時間が経《た》っていて、今は昼を回ったくらいだ。

さすが都と言うべきか、多種多様な人たちが行き交っている。犬や猫っぽい獣人や、身長が低い割に体つきががっしりしている女性と、同じく隣の背が低めで髭《ひげ》の濃い男性はドワーフだろう。

他にもリザードマン（二足歩行のトカゲっぽい人と、人間に鱗《うろこ》が生えてるっぽい人がいるのは種族が違うようだ）や、パッと見は子供に見えるが、身のこなしでそれと違うと分かるマリートと呼ばれる種族、そしてもちろん人間も、様々な肌の色や髪の色の人々が、賑《にぎ》やかに道を行き交っている。

しかし、例えば人間が獣人を嫌がっている様子はない。皆同じように道を行き、物を売り、物を買っている。それを見て、俺は何となく晴れやかな気持ちになった。

一度門をくぐり（そこが貴族と一般市民との居住区の境だそうだ）、そこからさらに半時ほど行って、都の大門をくぐる。

これも行きは見なかったものだが、見てみるとやたらデカい。縦が六メートルくらいはありそうだ。帰りの道すがら、カミロに聞いてみると、

「なんでも昔の国王様が巨人族と和平を結んだとき、巨人族が入れるようにと、あの大きさになった、ってことらしいが、まぁ、本当かどうかは怪しいな」

ということらしい。そういう伝承もゆくゆくはちょっとずつでも調べてみたいものである。

行きはチェックがあったが、帰りはほぼ素通りだった。立っている衛兵はチラッと俺達の方に視線を走らせただけで、すぐに俺達の後ろにいる別の荷馬車に目線をやっている。

この衛兵の目が節穴というわけではなく、単に俺達が怪しくなかっただけだろう……と思いたい。実際、来た時はともかく、帰りは止めたところでそうそうなにか出るとも思えない。

門を出ると、緑の絨毯《じゅうたん》の中に茶色と青のクレヨンで線を引いたかのような、街道と川が見えた。川は遠目でも太陽を受けてキラキラと光っていて、街道は目の前からずっと地平線の向こうまで続いているのが分かる。

緑の絨毯は背の低い草の草原と、遠くの畑である。ぐるりと頭を巡らせると、別の方角にはなかなか標高の高そうな山脈が、そちらの守りをする城壁であるかのように聳《そび》えている。

位置的には、あの川はうちの近くの湖から流れ出ているものとは違いそうだ。山はどうだろうな。うちからは見えないから分からんな。

しばらくはそんな景色が続き、まずは都が地平線の向こうに消え、山脈もどんどんその高さを減

じて、やがては見えなくなる。

都からの街道なので、時折は人とすれ違ったりもするが、基本的にはだだっ広い中を馬車を走らせるだけだ。

やがて景色を眺めるのも飽きてきたので、時折カミロと雑談をする。例えば、街では見かけなかったエルフの存在だ。

「エルフか？　あいつらは基本的に自給自足で、自分の里から出てこないからな。この辺りの街で見かけることは、まず無いな」

「そうなのか」

でも、いるにはいるんだな。

「ああ。たまーに必要な品を買い求めたり、武者修行の旅に出たやつを見かけるくらいで、俺みたいな行商やってあちこち回った人間でも、そうだなぁ、人生で両手の指くらい見たら多いほうかもな」

前の世界で読んでいた話なんかだと、割と人間の街に馴染《なじ》んでたりするものもあったのだが、この世界では籠もっているタイプのようだ。

今日で相当な数の種族を見たし、一度はエルフもお目にかかりたいものである。

そうこうしているうちに、辺りが橙《だいだいいろ》色に染まり始めた。馬車のペースは徒歩よりも相当速いので、まだ太陽が空にあるうちに森の入り口に辿《たど》り着く。

だが、今から森の中を進んでも、途中で真っ暗になるのが必至なので、カミロに松明《たいまつ》を一本譲ってもらうことにする。多分彼らは日が落ちきる頃に、街に到着できるだろう。

荷台の松明と火打ち石を持って馬車から降り、カミロに礼を言って別れた。さあ、あともうひと踏ん張りだ。

家の方向はチートとインストールで分かるので、そちらに向かって急ぐ。一応周囲に気をつけてはいるが、どうしても気が急《せ》いて早足になる。

それでもやはり途中で日が完全に落ちてきつつあったので、慌てて松明に火をつけた。こういうのはまだ見えてるうちにやらないと、見えなくなってからじゃ遅いからな。

気が急いて早足になった分、時間を稼いだが、さすがに暗くなった森を松明を掲げて歩くのに早足は無理だ。むしろいつもの往復よりもやや遅いペースでしか歩けない。

つい焦ってしまうのだが、それで警戒が疎《おろそ》かになったりしてもいけないので、必死に気を落ち着かせて真っ暗な森を進む。

俺でもなかなか不気味さを感じるし、みんなと行くときはなるべく夜中は避けよう……。

松明の明かりもそろそろ危ういかなと思い始めた頃になって、ようやく我が家に辿り着いた。そんなに間が空いてないのに、ちょっと懐かしささえ感じる。ゆっくりゆっくりと家の扉に近づいていく。

もう後数歩で扉に辿り着く、というところで扉が開いた。そこにサーミャ、リケ、ディアナの三人ともが立っている。びっくりした。ただいまを言おうと思うのだが、うまく言葉が出ない。しかし、

「エイゾウ、おかえり」

「おかえりなさい、親方」

「エイゾウさん、おかえりなさい」

三人にそう言われて、

「ただいま」

胸が温かいもので満たされるのを感じながら、俺はなんとか言いたかった言葉を口にすることが出来たのだった。


みんなは俺の無事の帰宅を喜んでくれた。そんな俺はと言えば、家に帰ってきたら安心したのかどっと疲れが出たので、三人に断りを入れたうえで細かい説明は明日にさせてもらい、旅の埃《ほこり》を落とし、夕食を食べてすぐに床についた。

◇◇◇

翌朝、みんなと朝食を終えた俺は、そのまま都での出来事を説明する。カレルの最期については説明するか迷ったが、ディアナも教えて欲しいと言うので、正直に話した。

「そう……そうなのね」

ディアナは俯《うつむ》いて話を聞いていたが、顔を上げるとそう言った。悲しみだろう、顔が歪《ゆが》んでいく。

「カレル兄さんは、今回の件が起きるまでは、皆に優しい人だったの。幼い頃は私ともよく遊んでくれたの。父上やリオン兄さんとも、もちろんマリウス兄さんとも仲は良かったわ」

ポツポツと話すディアナ。俺達はそれをじっと黙って聞いている。

「それがこんなことになるなんて……」

顔を手で覆ってしまうディアナ。それをリケとサーミャが慰めている。元々は家族との仲は悪くなかったのか。

それが表面上だけで、実際は鬱屈したものを抱え込んでいたのか、何かのきっかけで突然そうなってしまったのか。今となってはもう知りようのないことだ。

「取り乱してしまってごめんなさい」

ややあって、落ち着いたディアナが言う。

「気にするなよ。実の兄貴が死んだと聞かされて、平然としてるやつとは仲良くなれそうにない。それに、死ぬ前に何したかはともかく、死んでしまったらみんな同じだ。向こうに帰ったらこのことは内密にされてしまうから、今のうちに思う存分悼んでやれ」

「ありがとう、エイゾウさん」

微笑むディアナ。俺は照れ隠しに手をひらひらと振るのだった。

「あー、それでだな。明日の朝一番でディアナを都に送ってくる」

「えっ？」

ディアナが驚いた声で言う。いや、そりゃ片付いたんだから、そうなるに決まってるだろう。

「ゴタゴタは片付いたし、爵位の継承で祝宴とかあるらしい。それにディアナが出ないのはありえないだろ？」

「それはそうだけど……」

「まぁ、祝宴は俺も出るしな」

そうなのだ。「来てる客人が〝事が片付いたからおさらば〟とばかりにいなくなったらおかしいだろ？　祝宴には侯爵閣下も来るぞ」とマリウスに言われてしまった。そう言われたら参加しないわけにもいかない。ディアナを送るついでに俺も参加することになっている。

俺がそう言うと、ディアナもそれならと応じてくれた。

「じゃあ、また二～三日くらい空けるんですね？」

「そうなるな。サーミヤもリケもすまんな」

「いえ、私は別に。でも、早く帰って来ないとサーミヤは拗《す》ねるかも知れません」

「ばっ、何言ってんだよリケ！」

笑いながら言うリケに、顔を真っ赤にして、サーミヤが食ってかかる。場が笑いに包まれて、この場はお開きとなった。

出かけるのは明日だから、今日のところは俺も鍛冶の仕事をする。数日ぶりの我が工房での作業だが、ほんの数日なこともあってか、特に手際に衰えなどはない。

いつもどおりに〝高級モデル〟を作れた。ディアナもこの数日一緒に作業してたのだろう、テキパキと〝一般モデル〟を作製している。この光景も見納めか。

鍛冶仕事が終わったら、ディアナと稽古だ。見違えるほどではないが、確実に腕を上げてきている。この調子ならゆくゆくは俺をも凌《しの》ぐ剣の使い手になるかも知れない。

それを見られないのが残念だが、家に帰っても頑張って欲しいものである。

今日の夕食は少し豪勢にする。明日にはサーミャとリケはディアナと会えなくなるからな。

そんな空気を察してか、それとも俺のいない間に仲良くなったのか、三人はいつになく明るく話をしながら夕食を食べていた。

◇　◇　◇

翌朝、いつもより早く一連の朝の日課を終えた俺とディアナは、森を歩いていた。ディアナの荷物は俺が持っている。もともと急の脱走だったから、そんなに荷物はないし、俺の筋力なら軽いものである。街へ行く時よりかなり早い時間に、森から出ることができた。

俺達が森を出てからそんなに経たないうちに、カミロの荷馬車がやってきた。御者台にはカミロと店員さんが乗り込んでいる。俺とディアナは止まった馬車の荷台に乗り込む。

「よう」

「おう。ディアナさん、乗り心地悪いと思いますが、どうぞご勘弁を」

「いえ、無理を言って乗せてもらってるんですから。それに、兄もお世話になりました。ありがとうございます」

「いえいえ、私達商人は利があれば、そこに与《くみ》するというだけのケチなもんですから」

カミロが謙遜して言った。それを見て、俺が珍しいものを見たとニヤニヤしていると、それを見《み》咎《とが》めたカミロが、

「エイゾウは後で覚えとけよ」

と脅してくる。俺が肩をすくめて「おー、怖い怖い」と身を縮こませると、馬車は笑いに包まれながら発車した。

道中は特に何も起きることなく、都に辿り着く。門のところで入る時に検問があったが、カミロが見せた札のおかげか、チェックはざっと一通り見るだけで終わりだ。何を見せたのか、カミロに聞いてみる。

「ああ、エイムール家出入りの商人の札だよ。これがあると色々便利だからな」

「だろうな」

そうか、カミロは伯爵家の後ろ盾つきなんだよな。今後もその辺りを上手《うま》く使ってやっていくんだろう。

小一時間ほどでもう一つの門を抜け（このときも札が大いに威力を発揮した）、俺がこの街で知っている数少ない場所、エイムール邸に到着した。

馬車が止まり、俺が先に降りる。手を差し出しながら、

「どうぞ、ディアナお嬢様」

とおどけてみせると、

「何言ってるのよ」

と呆《あき》れたような怒ったような顔をして、でも、しっかりと手を取って降りてくれた。

さて、あとはこの家の人に任せよう。荷台に載ったディアナの荷物を降ろして彼女の方を見ると、前に見た使用人の女の人達に囲まれて、帰宅を喜ばれている。

それなりに長い期間だったしなぁ。俺は荷物を囲んでいる使用人の人に渡すと、別の使用人に連れられて、中に入るのだった。

俺とカミロが通された部屋には、マリウスが待っていた。二日ほどぶりだが、心持ちやつれたように見える。

「ずいぶんお疲れのようだな」

「ん？　ああ、祝宴はごく限られた人達で執り行うとは言え、その前の国王陛下への謁見と継承のご報告の準備やら、継承記録の手続きやらなんやらで、てんやわんやだよ」

「そりゃあ大変そうだ」

貴族は貴族でやることがいっぱいなんだな。改めて俺にはできそうもない。

「それで、祝宴はいつやるんだ？」

「明日だ」

「明日？　それはまた、ずいぶんと早いな」

「父上と兄上が身罷《みまか》ってから、爵位を継承するまでに時間がかかったからな。普通は祝宴までは根回しだの準備だので間をあけるときもあるが、今回はそうも言ってられんのさ。なるべく早く継承を既成事実として、確定してしまう必要がある」

俺達庶民にはなんとも七面倒な話だな。

「じゃあ、俺達は明日祝宴に参加して、明後日《あさって》帰るわけか」

「そうだな。それまではゆっくりしていってくれ」

「分かった。世話になるよ」

そしてマリウスが出ていった。その後はまた使用人に連れられて、俺とカミロは客に用意された部屋に案内される。

「何かございましたら、ご遠慮無くお申し付けください」

「分かりました。ありがとうございます」

使用人は一礼をして出ていった。机に椅子、ベッドと一通りのものが設《しつら》えられ、壁にはタペストリーがかかっている。タペストリーにはどこかの戦いの様子が描かれていた。

味方の側には甲冑《かっちゅう》を着込んだ騎士たちが、敵側にはおどろおどろしい姿をした、おそらくは魔物の姿が描かれている。爵位を貰《もら》った時に剣を下賜されたということは、多分そのきっかけになった戦いの様子なんだろう。

こうした戦いを経て一人の人間の栄誉の証《あか》しとなった剣を、〝偽物〟としてしまうことについては忸怩《じくじ》たる思いがないではない。

そこには単なる剣の出来不出来以上のものがあるはずだ。他にいい方法も思いつかなかったが、せめてうち俺の手でぶち壊してよかったのかどうか。どこかに捨ててしまっているのでなければ、せめてうちで預かって、きちんと保管していこう。

そうすることでくらいしか罪滅ぼしはできない。あとでマリウスに交渉してみるとするか。


夕食前、部屋へ案内をしてくれた使用人——名前を聞いたらボーマンさんというらしい——に、「ディアナお嬢様がお呼びですが、いかがなさいますか？」と聞かれたので、素直に応じることにした。多分ここでもやるつもりだろうなぁ……。

果たして連れて行かれた先は中庭で、そこに動きやすい服のディアナが木剣を二本持って待っていた。

「ここでもやるのか」

「当然でしょ」

ディアナがニヤリと笑いながら言う。お前それお嬢様っぽくないから止《や》めたほうがいいぞ。

「まぁいいか。それじゃ始めよう」

剣の切っ先を合わせて一礼すると、間合いを空けて、いつものとおり打ち合いを始める。合計で半時ほど経《た》ったので、一度俺が手を止めると、ディアナが息を切らしながら言ってきた。

「ハァ……ハァ……一度、エイゾウさんの……本気を……見せてくれない？」

「本気かぁ」

これも今日で最後だし、一回くらいはいいか。

「よし、じゃあ最後にいくぞ」

「ええ」

ディアナがどこから打ち込まれても平気なように剣を構える。それを確認してから、俺は本気で踏み込んで、本気で打ち込んだ。ディアナはピクリとも動けていない。首筋に木剣が当たる直前で、俺は剣を止めた。

「これが俺の本気だ」

「全く見えなかった……」

俺にそう言われたディアナはがっくりと肩を落としている。

「この数日でもメキメキ腕が上がってるんだし、鍛錬すればいくらでも上は目指せるだろ」

俺が剣を引きながらそうフォローすると、ディアナはぱっと顔を輝かせて、

「本当⁉」

と大層喜び、もうその笑顔が見られないと思うと、胸が締め付けられるような感覚を覚えるのだった。

稽古を終えて、湯浴《ゆあ》みをさせてもらった後は夕食だ。今日はエイムール家の人しかいないので、気楽な夕食になった。会話の話題はディアナがうちにいる間に経験したことが主で、マリウスは嬉《うれ》しそうにその話を聞いている。俺がその合間合間に補足をし、カミロはいろいろ感心している。そうして夜は更けていった。

◇　◇　◇

翌日、マリウスは朝から国王陛下へ報告に向かった。記録官への手続きは済んでいるらしいので、国としては、この国王陛下への報告で爵位の継承は完全に完了する。後の祝宴は家としてのものだ。

使用人達はボーマンさんも含めて忙しそうにしている。今回は内々とは言うものの、それなりに賓客を招いての祝宴なので、ちゃんとした準備が必要なのだ。

一応は俺達もそのお客さんの一人だが、準備優先ということで、朝食や昼食は夕食のパーティーの準備の残り――要はまかないにしてもらった。

ここでちゃんとした食事を別途用意してもらうのも気が引けるからな。ボーマンさんや他の使用人達も最初は用意してくれようとしていたのだが、俺が固辞した形だ。

合間の時間はこれも邪魔にならないように屋敷の中をウロウロしたりして過ごす。今日はまだディアナに会っていないが、どうやらマリウスに付いて陛下に謁見したりしているらしい。少し残念だな。

俺達の協力がどれほど功を奏したかは分からないが、祝宴の準備は着々と進んでいき、本番を迎えた。

エイムール邸の食堂に大きな卓が囲まれるように配置され、俺達は決められた席に着く。囲まれた中央に料理が置かれていて、給仕さん達が樽《たる》から注《つ》がれたワインの入った酒杯を配っている。

来客が揃《そろ》い、酒杯が行き渡ったところで、マリウスが立ち上がる。凝った刺繍《ししゅう》の入った服を着ている。あれが当主としての正装なんだろう。

「皆さん、本日はこの祝宴にお越しいただいて大変ありがたく存じます」

朗々とした声が食堂に響き渡る。

「本日、私、マリウス・アルバート・エイムールは伯爵の爵位と、エイムール家を継承することに相成りました」

拍手が巻き起こる。チラッと見れば侯爵も拍手をしていた。

「それでは、エイムール家の今後の繁栄と、皆様との変わらぬ繋《つな》がりを祈って、乾杯！」

『乾杯‼』

皆で酒杯を呷《あお》る。なかなか良いワインだ。そして、これでマリウスは制度上も、みんなの認識としても、伯爵でありエイムール家当主となった。それを思うと、酒の力以上に俺は楽しい気持ちになるのだった。

祝宴の晩餐会《ばんさんかい》は進んでいく。中央の料理を給仕さんが取り分け、各人に配る。街では見ないような料理が色々あって面白い。いくつかは真似《まね》できそうだし、家に帰ったらサーミャとリケに作ってやろう。

晩餐会が終わると、今度は舞踏会だ。いずれも格式の高いものではないが、晩餐会と舞踏会を行うのが祝宴の時の決まりらしい。格式が高くなるとそれぞれ別に開催される。

ただ、〝舞踏会〟とは言うものの、酒も飯も十分に腹に詰め込んだお歴々が華麗にダンスできるかというと、勿論《もちろん》そんなことがあるはずもなく、舞踏会とは名ばかりで実際には立って軽く飲み物を飲みながら話をする場である。


そこで俺はディアナを見つけた。さっきまではちょくちょく誰か彼かに話しかけられていたのだが、今はちょうど隙間ができたらしい。

「ちょっとよろしいかな」

「あら、エイゾウさん……素敵なお召し物ね」

そう、当然だが俺は例の貴族っぽい服を着ている。侯爵もいるし、公式にはマリウスの北方の友人――つまり、北方ではそこそこの地位の人間ということになっているからな。

「肩が凝るよ」

俺は苦笑しながら言った。苦笑しながらではあるが、包み隠さない本心でもある。

「ディアナさんもよくお似合いですよ、そのドレス。〝薔薇《ばら》〟と呼ばれるのに相応《ふさわ》しい」

ディアナもこういう場なので当然ちゃんとした服を着ていた。赤を基調としたドレスだが、華美に過ぎない、控えめの刺繍がとても似合っている。

「お上手ですわね」

ディアナは顔を赤くして言うが、それが酒のせいなのか、照れているのかはよく分からない。

「本心だよ。ホントに似合ってる。しかし、これも見納めか。残念だな」

「あら、そうかしら」

ディアナがいたずらっぽい笑みを浮かべて言ってくる。

「え、おい、今のは……」

俺が言葉の真意を聞こうとした時、ディアナには別の人が、俺には侯爵が近づいてきたので、その応対をすることになった。

侯爵とはインストールの知識をフル活用して、北方出身の人間という設定を破らないような、通り一遍の話しかしないようにする。あんまり話し込んでボロを出してもいかんしな。

しかし、こうして話すと気のいいオッさんではある。去り際に俺の肩を叩《たた》いて「エイムール家を頼むぞ」と言っていたのが印象的だった。

結局、ディアナと話が出来たのはこの一回きりで、祝宴はお開きになり、帰宅する者、用意された部屋に戻る者に分かれた。

俺は部屋に戻って衣装を着替えさせてもらった後、酔っているのもあってすぐに寝てしまったのだった。


翌朝、ようやく全てが片付いて家に帰る日が来た。都に来ることも、そうそうなくなる。ごくたまには来る用事も出来るかも知れないし、その時に挨拶に来ればいいな。

特に持ってきた荷物もないので、早々にカミロの馬車のところまで行く。馬車のところには、カミロとマリウス、使用人達が待っていた。朝が早いからか、ディアナの姿はない。

「エイゾウ、今回は本当にありがとう」

「なに、前にも言ったが、街での借りがあるからな。いい領主になれよ」

マリウスと俺はガッチリと握手を交わす。

「あ、そうだ、例の〝偽物〟はどうするんだ？」

「ああ、あれか。途中で切ってしまったし、お前に直してもらおうと思って、馬車に積んであるよ」

直すのか。それでこの家に残るなら、それで別にいいか。

「直した後は戻せばいいんだな？」

「いや、そのままエイゾウのところで預かっておいてくれ」

「いいのか？」

「ああ。〝偽物〟と分かったものを置いておくのも不自然だが、あれは事情が事情だからな」

実際の本物はあっちだしな。気持ちはよく分かるし、そうさせてもらえるなら文句はない。

「分かった。直した後は大事に預からせてもらうよ」

「頼んだぞ。ああ、それともう一つ預けておきたいものを、一緒の箱に入れてあるから、そっちも頼む」

「ん？　武器か？」

「まぁ、そんなようなものだ。扱いに困ってね」

「へぇ、分かった。そっちも責任持って預からせてもらうよ」

「どっちもお前のいいようにしてくれて構わないからな」

「分かったよ。ディアナさんによろしくな」

そうして俺は荷馬車の荷台に乗り込み、馬車が動き出す。小さくなるエイムール家の人達に手を振り、エイムール邸に別れを告げ、そのまま都からも無事に出ることが出来た。

帰りの道中、カミロと何だかんだと話をするが、どうも気がそぞろである。その辺りに水を向けてみても、のらりくらりとはぐらかすだけなので、そこには触れずに話をした。

やがて昼を過ぎる頃、森の入り口に到着する。カミロとも一旦ここでお別れだ。店には卸しに行くからな。

「帰る前に荷物を降ろしていけよ」

カミロに言われて思い出す。そうだった、預かりものがあるんだった。

「どの箱だ？」

「御者台のすぐ後ろの箱だよ」

「これか」

俺は言われた箱を開けようとする。あれ、この箱って確か……。

箱の蓋を開けると、そこには布の包みと、それを抱いた女性がいた。女性とはディアナである。

「ディアナ！」

俺は思わず声を上げた。さん付けも忘れている。

「来ちゃった」

ディアナは茶目《ちゃめ》っ気《け》たっぷりに笑う。

「いや、来ちゃったって……家はいいのか？」

「それについては、兄さんから書簡を預かっているわ。これよ」

ディアナが差し出した手紙を受け取る。そこにはこう記してあった。

『やあエイゾウ。君がこれを読んでいるということは、私とディアナ、カミロの目論見《もくろみ》は成功したということだろう。君の驚く顔が見られないのが堪《たま》らなく残念だが、こればかりはどうしようもない。諦めよう。さて、〝もう一つの預け物〟だが、俺が伯爵になったことで、一気に彼女の〝価値〟が上がってしまった。元々伯爵家の一員ではあったが、上に三人の兄がいる状態と、男子が一人だけというのとでは、残念だが〝価値〟が違ってくる。当然、色々煩わしいことも起きる。それから遠ざけるための方策と思って引き受けてくれないか？』

なるほどね。分からなくはないが、強引な手を使うものだ。

『追伸：ディアナは本当に思うようにしてくれて構わないからな』

そんな一文もあったが、俺は無視することにした。やれやれとは思うものの、またあの笑顔が見られるなら良いか。

「まぁ、ここまで来ちまったら仕方ない。一緒に帰るか」

「うん！　ありがとう！」

ディアナはいい笑顔で微笑《ほほえ》むと、箱の中から出てきた。

折れた偽物の剣とディアナの荷物も箱から出し、荷馬車を二人で降りて、手を振ってカミロと別れた。

荷物はあるが大した重さでもないので、スイスイと森の中を進んでいく。二人共言葉少なだが、別にどちらかの機嫌が悪いのではない。少なくとも俺は何を話していいか分からないだけだ。


しばらく歩いて、もう家の前に着くという時、

「迷惑……だったかな？」

ディアナが立ち止まってそう呟《つぶや》く。

「迷惑？　そんな風に思ってたら、あそこで追い返してるさ」

「ホントに？」

「ホントに。俺は気の利かない、頑固な鍛冶屋だからな。こういうときに嘘《うそ》をつく度胸はないな」

「ああ、なるほど、確かに」

「そこで納得するなよ」

ディアナがクスクスと笑う。

「ほら、家に入るぞ」

「ねぇ、エイゾウさん」

「エイゾウでいい」

「え？」

「うちの家族になるんだったら、〝さん〟はいらない」

「うん、分かった、エイゾウ」

「よし」

俺は先に家の扉に向かって歩き始める。

「エイゾウ！」

ディアナが後ろから呼んできた。俺は振り返る。

「ただいま！」

俺は笑って返す。

「おかえり、ディアナ」

5章　新しい〝いつも〟

「というわけで、今日からディアナがうちの家族になった」

　都から帰ってきた俺が宣言すると、拍手が起きる。したのはサーミャとリケの二人だけではあるが、俺以外の全員でもある。異論はないようなのでホッとした。

「改めて、今日からお世話になります。ディアナ・エイムールです。よろしくお願いします」

「よろしくな、ディアナ」

「よろしくね、ディアナさん」

　ディアナと二人が挨拶を交わす。一昨日《おととい》くらいまで一緒に生活してたので、ぎこちなさは皆無だ。しかし、リケとディアナが気になる会話を交わしていた。

「ね、上手《うま》く行ったでしょう？」

「ええ、リケの言うとおりだったわ」

　ん？

「おい、それはどういう……」

「乙女の秘密です。ね、ディアナさん」

「ねー」

ディアナはいつの間にかリケとも仲良くなっていたらしい。良いことなのだが、一抹の寂しさもあるな……。あ、そうだ。

「ディアナ、ちょっと待っててくれ」

俺はディアナに声をかけて、自室に戻り、目的のものを戸棚から取り出すと、居間に帰る。

「こいつを渡しておこう」

「これは？」

「俺の〝特製〟のナイフだ。うちは護身用も兼ねて一人一本持ってる。家族の証《あか》しみたいなもんだ」

渡されたナイフをキラキラした目で受け取るディアナ。抜いて剣身を眺めている。

「切れ味は目にしていると思うが、めちゃくちゃ切れるから、注意して扱えよ」

「分かったわ。とても綺麗《きれい》ね」

「でしょう！　そのナイフは、親方の作品の中でも指折りの傑作ですよ！」

なぜかリケが胸を張って自慢している。それを見たサーミャは呆《あき》れ顔《がお》で笑っている。そんな〝いつも〟にディアナの笑顔が加わった。俺にはそれがとても喜ばしく思えるのだった。

この日の夕食は俺が用意した。干し肉のワイン煮と無発酵パン、根菜のスープ、それにワイン。ディアナがうちの家族になったお祝いの〝祝宴〟である。

「やっぱり、エイゾウが作る飯が一番美味《うま》いな」

サーミャが感慨深げに言う。

「そうなのか？」

「ええ。親方がいない間の食事は持ち回りで作りましたが、親方の味を越えられたことは一回もありませんでした。私も実家の工房では作ってたんですけどね」

ディアナは目を逸《そ》らしているから、自分で料理をしたことはないんだろう。

「じゃあ、俺が戻ってきて万々歳ってとこだな」

「食事に関しては特にそうですね」

リケがクスクスと笑う。それでみんなもどっと笑い、その後はエイムール邸の晩餐会《ばんさんかい》で食べた料理の話に花が咲いた。

◇◇◇

翌日、朝の日課である水汲《みずく》みその他を終えて、朝食の時に俺は話を切り出した。

「一週間分の一般モデルの在庫はあるんだよな？」

「ええ。親方がいない間も、ずっと生産は続けてましたから」

「それじゃあ、卸す量は十分だな」

「アタシたちも手伝ったし、結構な量が作業場にあるぜ？」

「よし、じゃあ今日からは新しい部屋を作ろう。ディアナの分だ」

「いいの？」

問うてきたのはディアナである。

「良いも悪いも、家族なんだから、家族と同じ部屋のほうが良いだろ？」

「ありがとう」

「どういたしまして。ディアナにも手伝ってもらうからな」

「勿論《もちろん》よ」

こうして向こう一週間ほどの予定が決まった。

こまめに材木を確保していたのが功を奏した。あと二部屋作れるくらいは余裕がある。逆に言うと、二部屋作れば材木が底をつく。

そこで俺はまず斧《おの》を使って家の周りの木を伐《き》り倒《たお》して、材木を新たに確保する。ちょいちょい伐ってたから、少し庭が広くなった気がする。

そのうち切り株を始末して、新しい木が生えるようにしないとな。

俺が木を伐っている間に、新しい部屋の整地と基礎の杭《くい》の作業を三人が進めていた。リケは前にやっているし、三人共普通の人よりは力があるのもあってか、前のときよりも大分進みが早い。しかし、一つ気になる点がある。

「どうして二部屋分の作業してるんだ？」

そう、どう見ても作業は二部屋分なのだ。今回はディアナの分の部屋を確保するのが目的だから、一部屋分で良いはずだ。

「どうせエイゾウのことだから、また家族が増えるだろ」

「いや、そんなことは……」

ない、と言おうとして、言いよどんだ。そもそもサーミャもリケもディアナも、全員予定にあったわけではない。

となれば、何かしら予定外のことが起きて家族が増えることは十分ありえるのだから、その時にまたバタバタ増設するよりも、今二部屋作っておいたほうがいい。たしかに道理である。

「使ってない間は物置にしてもいいか……」

俺が認めると、サーミャはため息をついて作業に戻った。

それから五日間、部屋の増設の作業をして過ごした。

◇◇◇

朝起きて日課を終えたら、部屋の作業、昼飯を終えたら昼からの作業をして、夕食前にディアナと稽古をして、夕食を食べたら寝る。

そうして五日間を過ごしたが、部屋の増設の作業は前にやったこともあってか、スムーズに進んで、五日目にはもうほぼ完成していた。

前は廊下の突き当たりだったところが空いて、そこからさらに廊下が延びており、サーミャとリケの部屋と同じ見た目の部屋が二つ並んでいる。ただし、部屋の入り口にはまだ扉はなく、家具も入れていない。

「出来るもんだなぁ」

「そうねぇ」

ディアナは前の時には参加してないので、感慨もひとしおのようだ。

「明日は扉とベッドを入れて、それで完成だ。明後日《あさって》はカミロのところに製品を卸しに行くが、ディアナも来るよな？」

「ええ、もちろん。家業なんでしょう？」

「うちは鍛冶屋だからな。獣人にドワーフ、伯爵家のお嬢さんまでいるが、あくまで頑固なオッさんがやってる鍛冶屋だよ」

「変な鍛冶屋ね」

ディアナがクスクスと笑いながら言う。

「まぁ、そこは全く否定できないな」

俺は苦笑して返した。

これもまた、うちに増えた新しい〝いつも〟の光景の一つだ。

◇◇◇

翌日、テキパキとベッドと扉の材料の切り出しを終えて、組み立てを始める。蝶番《ちょうつがい》や釘《くぎ》なんかは前回作り置きしておいたので、その分の時間も節約できている。備えあれば憂いなしだな。ベッドはサーミャとリケに任せて、俺とディアナで扉を作っていく。自分の部屋の扉なんだから、多少気合いを入れてもらわにゃな。

さすがのディアナも大工仕事はやったことが無いので、教えながら作業を進める。枠が歪《ゆが》んで扉が収まらない、なんてことになっても困るし、そこだけは俺がやったが、後はほとんどディアナがやった。剣を振るっていたからか、鎚《つち》で叩《たた》くのも初めてにしてはなかなか堂に入っている。

「こういうのも、楽しいものね」

「一人で黙々とやると途中でうんざりするかも知れないが、こうやってみんなで一つのものを作るってのはいいだろ?」

「そうね。結構気に入ったわ」

「時々はこういう作業もあるが、やっていけそうか?」

「もちろん。この程度で音を上げてしまいそうなら、そもそも来てないもの」

ディアナが笑って言う。

「それは違いない」

俺もそれにつられて笑うのだった。

ベッドの方は前に作ったことがある二人の作業だから、扉よりも先に出来たようだ。

「お、じゃあ運び込んじまってくれ」

「分かった。手前の部屋で良いのか?」

サーミャがディアナに聞く。

「ええ、そっちで良いわ」

「ほいよ。行こうぜリケ」

「うん。じゃあサーミャはそっち持って」

サーミャは獣人、リケはドワーフだからか、かなりの力がある。ベッドを軽々と持ち上げて運んでいった。

「よーし、じゃあ俺達も扉をやっつけちまおう」

「分かったわ」

それから幾らかの時間で扉が出来上がった。なかなかの出来だ。

「いい出来だな」

「そうなの?」

「ああ。隙間なく板を打ち付けるのは、これで結構難しいからな」

「良かった。使い物にならないとか言われたらどうしようかと」

「俺が見ててそんなへマさせるわけないだろ?」

「それもそうね」

「安心しろ、お世辞抜きにいい出来だよ。それじゃあ取り付けに行こう」

ディアナもサーミャ達ほどではないとは言え、そこそこ力がある。俺とディアナの二人で扉を運び、取り付けは俺がやる。扉の取り付けはすぐに終わって、先に運び込まれていたベッドとで、ディアナの部屋が出来上がった。

「今日からここがディアナの部屋だ。屋敷と違って随分狭いとは思うが」

「いいのよ、これで。ここに来て、必要な広さってそんなに無いんだな、って分かったし」

「そうか」

ディアナは何かにつけてこの生活に馴染《なじ》んでくれようとする。前に来た時点である程度馴染んではいたが、あくまであの時は半分は客だったからな。こうしてくれるのはありがたい。

「これでいよいよ家族ですね！」

リケがディアナにニッコリと笑いかける。

「ええ。改めてよろしくね、リケ。サーミャも、改めてよろしく」

「おう。まぁ、メシの美味さは保証されてるからな」

サーミャが胸を張って言うが、それを作るのは俺だろ。俺の料理を気に入ってるなら、まぁいいか。

この後、客間からディアナの荷物を運び込み、ディアナの部屋が完成した。

◇◇◇

翌日、カミロのところへ品物を卸しに行く。以前はディアナが街へ行けなかったので四人で行くのは初めてになる。俺とリケが荷車を引き、サーミャとディアナが辺りを警戒する。

歩みの速さは今までと変わらない。時々、草兎《うさぎ》や他の小動物の姿を見かけて、ディアナがはしゃいでいた。見た目が可愛《かわい》いからな。後々食う時の障害にならないと良いが。途中一回の休憩を挟んで街道に到達する。

「どうだ？　俺はいないと思うが」

「アタシも特には感じないからいないと思う。ディアナはどうだ？」

「私もよ」

念《ねん》の為《ため》、森から街道に出る時はチェックする。今回も何もないようでなによりだ。

「よし行くか」

俺達は荷車を引いて街道を行く。もう幾度も行き来した道だが、今日はディアナがいる。それだけで何となく新鮮な気がしてくるな。

あの街の衛兵は仕事熱心なので、全く警戒しなくていいということはないが、野盗の心配はかなり低い。マリウスがいなくなって、その分の人手があればいいんだが、こればっかりは代わってやれないしな。

何か俺にできることがあれば、なるべくしてやりたいものだ。

予想通り、特に何事もなく街に着いた。立ち番はマリウスの同僚氏ではないので、会釈だけして通り過ぎようとする。そこへ立ち番の衛兵が声をかけてきた。

「おっと、一人増えたか？」

日に何人も通るだろうに、よく覚えてるな。

「ええ、まぁ」

「モテモテじゃないか。羨ましいな、色男さん」

「いやぁ、そんなんじゃないですよ」

「ちょっと〝新入り〟のお嬢さんの目と手首を見せてもらってもいいかい？」

「ええ」

衛兵はディアナの目と手首の辺りを見る。

「すまなかったね。奴隷とか誘拐で無理やり連れてこられた子は、目と手首を見たら分かるのさ。目と手首のどこをどう見たら分かるのかは秘密だけどね。協力ありがとう。行っていいよ」

「どうも」

俺達は四人で会釈して街に入る。色々な人を見てると、ああいう術《すべ》も身につくんだろうな。あまり習得して嬉《うれ》しいたぐいの技能ではないが、あの人もそれなりに辛酸を嘗《な》めてきたに違いない。

ディアナが貴族の娘であることに気がついたかどうかについては分からないが、気がついていたとして余計な詮索は無用と判断したのだろう。その判断は俺にとっては好感が持てるものだ。

そして俺達は、いつものとおりにカミロの店に向かった。倉庫に荷車を入れたら二階へ上がる。店員さんや番頭さんも慣れたもので、すぐに商談室に通された。ただ、心なしか倉庫の人も店員さんも増えている気がする。

そんなに待たずにカミロが商談室に入ってきた。

「よう」

俺からの挨拶も気軽なものである。カミロはディアナがいるのを見つけて言った。

「おう。ああそうか、ディアナお嬢さん今そっちにいるんだったな」

「そうだぞ。お前たちは本当にああいうやり方好きだよな」

「知ってただろ？」

「知ってたけどな。そう言えば、随分人が増えたじゃないか」

「ああ。おかげさまで儲《もう》けが増えてね。伯爵家出入りともなると、都に人だけ置いて市《いち》に出すんじゃなくて、小さくても店の一つもいるからな」

前の世界で言えば、大阪本社で東京事務所、みたいなもんか。今から都に倉庫付きの大店《おおだな》となると大変そうだが、最悪店として機能さえすればいいなら、なんとでもなるんだろう。

「なるほど、そりゃ良いことだ」

「そうだろ？　それで、今日もいつものでいいのか？」

「あ、今回は火酒《ブランデー》と寝具が二セットあったら、そっちも貰《もら》えるか？」

「おう、あるぞ。支払いはいつもの方法でいいよな？」

「ああ。よろしく頼む」

俺が頷《うなず》くと、カミロは番頭さんに目をやる。番頭さんは頷くと部屋を出ていった。後は荷物の積み下ろしの間、カミロと都にいた時の話をする。俺やディアナが話してなかった内容（ディアナは知らなかった部分もあるが）を、サーミャやリケも楽しそうに聞いているのだった。

いくつかの物を仕入れて、カミロの店を出た。街は都ほどは大きくも人が多くもないが、都に負けず劣らず活気には溢《あふ》れている。

その中を男一人女三人で荷車を引いて通る（引いてるのは俺とリケの二人だが）わけだから、目立つには目立っている。

ただ、荷車がなければ似たような構成のグループはちらほらいる。ほとんど全員が旅装を纏《まと》ったままだが、あれらが冒険者と呼ばれる人たちだろうか。

俺はこの世界では〝鍛冶屋のオッさん〟として二回目の人生を全うする気でいるが、別のチートを貰っていたら、あんな風に旅をしていたのかも知れない。そう思ってぼんやり旅人たちの姿を眺めていたら、

「なんだ、エイゾウ、旅にでも出たいのか？」

サーミャに見咎《みとが》められた。その声でリケとディアナもこっちを気にしたのが分かる。

「まさか。〝わけあり〟で北方からここまで流れてきたんだぞ。もうあんな苦労はゴメンだ」

俺は作り話でごまかす。サーミャ相手だとバレないかどうかでヒヤヒヤはするが、「わけあり」も「他所《よそ》から流れてきた」も嘘《うそ》ではないからな。流れてきた移動手段がちょっと尋常じゃないだけで。

「まぁ、物見遊山でちょっと出かけるなら、良いかも知れないな」

「ふーん」

サーミャはそれっきり、その話題には興味を失ったようだ。とりあえずバレなくてホッとした。

と、同時にリケとディアナがホッとため息をついたのが聞こえた。

「なんだ、どうした二人とも」

「親方はこう、危なっかしいんですよね。別に鍛冶の腕前がどうとか、誰かに襲われそうとかではなくて、突然前置きもなくフラッといなくなってしまいそうな感じがします。多分サーミャも同じこと考えて、それで聞いたんだと思いますよ」

リケがそういうと、隣でディアナがウンウンと頷いた。

まぁ、他の世界からフラッとやってきたのは事実だからな。

「少なくとも〝家族〟に黙っていなくなるようなことはしないよ」

「はい！」

リケを含めた三人がそれを聞いて安堵《あんど》の笑みを浮かべていた。

帰り道も警戒をしつつ進んでいくが、特に何事もなく無事に帰り着くことができた。今日までディアナの一件を除いては特に何事も起きてはいないが、これはなかなかに幸運なのだろう。この世界に神様がいるのかは知らないが、いるなら感謝しておこう。


家に着いたら、荷物を運び入れる。サーミャとディアナには家へ火酒や塩なんかを運んでもらって、鉄石と炭は俺とリケで作業場に詰め込む。鉄石の消費が補給に追いついてないな。

とは言え、何があるか分からないし、まだ鉄石は溜《た》め込《こ》めるから、しばらくはカミロに供給してもらっても問題はあるまい。やばくなる前に倉の建設をしても良いかもな。

そうして、荷物を一通り運び終えると、サーミャが俺を呼んでいる。

「どうした？」

「雨の匂いがする。風向きと合わせると、ちょっと長引きそうだぞ」

「どれくらいだ？」

「はっきりとは分かんないけど、一週間はない。三日くらいかな」

「そうか」

流石《さすが》に三日分の水を確保しておけるだけの水瓶《みずがめ》はない。とりあえず往復三〇分程度だし、明日の分は今日汲《く》みに行っておくか。


水を汲んで戻ってきたら、夕食の準備をする。今日は〝いつも〟のメニューだ。胡椒《こしょう》を追加購入したのでスープには少し多めに入れてある。

この日の夕食はここまで旅をしてきたリケと、時々父親に連れられて遠出していたディアナの、二人が行ったことのある場所の話で盛り上がった。

「じゃ、鉄石はあの山から？」

「そうよ。質の良い鉄石で武具を作りたいからって、お父様が見に行くのに同行させてもらったの」

あの山、とは都の近くに見える山だ。鉄石はあそこから採掘されているらしい。機会があれば見学に行きたいところだ。

翌日、恐らくは夜半過ぎから降っていたであろう雨が降り続いている。結構な雨脚なので、昨日のうちに水を汲みに行った俺の判断に、自分で心から感謝した。

今日は板金《いたがね》の補充をする。鉄石を炉で溶かし、取り出した鉄を叩《たた》く。今回からはディアナも加わっている。

この段階ではそこまで気を使う必要がないからな。炉は止まることなく鉄を吐き出し続け、俺達は板金を作り続ける。この日の終わりには相当な数の板金を生産できた。ディアナは慣れない作業なのもあってか結構堪《こた》えている。

「おつかれさん、ディアナ」

「あなた達っていつもこんなことしてるの？」

「週に一回はこれやらないと、材料が無くなっちまうからなぁ」

「あなた達の力が強いのって、こういうのもありそうね」

「サーミャとリケは元々強いのもあるけどな。俺はそうかも知れない」

俺のはチートで貰った分もあるけどね。話を聞いていたサーミャとリケがふざけて力こぶを作っている。サーミャもリケもなかなか立派な力こぶだ。

それを見てディアナが吹き出し、作業場が笑いに包まれ、この日の作業は終わりになった。

◇◇◇

サーミャの言ったとおり、翌日も雨が続いているが、昨日よりは大分マシだ。ササッと水汲みだけ行ってしまおう。

「ひゃー、濡《ぬ》れた濡れた」

思いの外しっかり濡れて水汲みから帰って来ると、ディアナが、

「おかえりなさい。身体《からだ》拭くんでしょ？　はいこれ」

と、布を出してくれた。

「お、ありがとう」

「どういたしまして」

ニコリと笑うディアナ。俺は照れた顔を見られないように、ササッと部屋に戻るのだった。


「今日は俺は新しいものを作ります」

三人の控えめな拍手が響く。

「何を作るんですか⁉　親方！」

リケが目をキラキラさせながら飛びつかんばかりに聞いてくる。こういうの本当に好きだな、リケは。

「ハルバードだ」

「ハルバード？」

サーミャはピンとこないらしく、首を傾《かし》げている。戦場に出るんでもなけりゃ、そんなに見ないよな。街の衛兵も持ってたのは短槍《たんそう》だし。

「あー、槍《やり》と斧《おの》が合わさったみたいなやつだ」

「何だよそれ、強そうじゃん」

「強いさ」

場合にもよるが、突くと切る以外にも色々出来るハルバードの方が、対応の幅も広いだろう。俺が言うのを聞いて、ディアナが質問してくる。

「でも、ハルバードなんか作ってどうするの？　売れるの？」

「ああ。売る先のあてはある」

ディアナの質問に、俺はニヤリと笑って続けた。

「まぁ、最初だから五本も売れればいいか、とは思うけどな」

「で、どこに売るの？」

「街の衛兵隊。正しくはその上、つまり君の兄さんだな」

衛兵隊の人たちは今、短槍を使っている。

そして、それを与えたあの街の領主は、誰あろうエイムール家なのだ。マリウスがエイムール家の三男坊だった頃、衛兵として赴任していたのも自分の家の領地を知るという理由であるらしかった。

衛兵隊長でなかったのは七光り呼ばわりが嫌だったとかなんだろう。

そして、マリウスはおそらく自分が衛兵だったときから、もう少し良いものが欲しいとは思っていたに違いない。

でなければ、わざわざ俺から剣を買って私物だ、と言い張る必要はないからな。半ばは父親や兄に対する遠慮もあったとは思うが。

なので、今回ハルバードを作って街の衛兵隊向けにエイムール家に買わないか交渉すれば、売れる見込みはあると俺は推測している。売れなくてもカミロに買わないか聞いてみればいい。

それでも売れなかったら、まぁその時だ。立場をフル活用してしまっているが、それに見合う出来のハルバードは作るし。別途訓練がいるかも知れないが、それはまぁ……マリウスに考えてもらうとしよう。

「なるほどねぇ。兄さんなら買うかも」

「だろ。それじゃあ、リケと皆は一般モデルの製作頼むな」

「はい、親方。じゃあ、今日はショートソード作ろっか、サーミヤ、ディアナ」

「おう」

「ええ」


そしてみんな自分の作業を始める。

俺は板金を熱して、まずは槍部分の穂を作る。

普通の槍の場合はある程度〝斬る〟機能も必要になってくるが、ハルバードなので「突く」に特化した、三角錐《さんかくすい》に形を整えていく。「斬る」は斧部分にお任せだ。

穂が細すぎると耐久性に難が出るかも知れないので、太く短めで作る。後で組み合わせるため、根元は加工せずに少し残してある。

その形ができたら、別の板金で斧と鉤《かぎ》部分の製作だ。

板金を二枚重ねて間に藁灰《わらばい》を挟む。こうすることで重ねた板金の間の熱を均質にし、叩いた時にくっついているところと、そうでないところが出ないようにするのだ。まとめて熱した板金を叩くことで一体にしたら、今度は延ばして形を作る。

斧部分は三角形の頂点の一つが槍の中心に向いた形で、外側の底辺部分が緩やかに内側へカーブするように成形する。切ったピザの丸いところが逆に内側へ凹《へこ》んでいるような、そんな形だ。その反対側に延びるように鉤を作る。こっちの形は鷹《たか》のクチバシのような形である。

これで二つのパーツが完成する。槍部分と斧・鉤部分だ。槍部分の根元と、斧・鉤部分の真ん中を、それぞれ細い円錐《えんすい》を縦に割った形に広げて接合したら、仕上げの作業だ。

焼き入れ、焼き戻しと斧部分の研ぎをして、頭部分の仕上げが完了する。この辺りは完全に〝チート〟の能力頼りで温度や叩き方、品質を制御した。

折角《せっかく》なので今回のはそこそこ集中して、〝高級モデル〟の品質で製作してある。

この後、柄《つか》に頭と石突き（少し尖《とが》ったスパイク状にしてある）を固定して、やっとこさハルバードが完成する。

柄にするための木材は外にあるので、また後日だな……。作製はそれぞれの武器の組み合わせのようなものではあるが、頭に柄を繋《つな》ぐための袋状の加工なんかは、チートがないとこの短時間では無理だったな。

短時間、とは言ったが、ここまでチートとインストールに頼っても、手探り半分だったのでかなりの時間が経過してしまった。明日からはもう少し早く作れるようになるだろう。

ちょっとだけまとまった時間が空いたので、その時間でエイムール家の騒ぎの時に潰してしまった俺の護身用ナイフの代わりを作る。

これは特注モデルなので板金を叩いて延ばすときからチートフルパワーの完全集中だ。じっと見定めて、鋼の成分のようなものが均等になるように、そして輝きのようなものが出るように叩いていく。

やがて全体が綺麗《きれい》になったら、形を作り、仕上げ加工をする。この辺はもう何度もやっている作業だ。違うのはどこまで集中して作業するかだけである。

完成したナイフは、やはり強い輝きのようなものが出ている。都で打った時にこれが出なかったのはなんだったのだろう。とりあえずちゃんと良いものが出来てよかった。今はそれで良しとしよう。

気がつけば、俺が打ったナイフを、リケ達三人も真剣に見ていた。

「はぁ、やっぱり親方が本気を出した作品は、美しさが違いますねぇ」

陶然とした面持ちでリケが言う。こういうときのリケはちょっと怖い。

「リケほどは分からないけど、本当に綺麗ねぇ」

「アタシもよく分かんないけど、凄《すご》いものだってのはよく分かるぜ」

ディアナとサーミャも褒めそやしてくる。

「三人共ありがとう。でも、これが都では出来なかったんだよなぁ」

「そうなんですか?」

「うん。それで仕方なく俺の護身用のナイフを混ぜて打ったら、なんとか上手《うま》く行った」

「ああ、それで今日特注品を作ってらしたんですね」

「そうだ。で、ここで作るといつもの品質で作れたから、ここになんかあるんだろうな……」

俺の言葉で他の三人も考え込むが、思い当たることはなかったようだ。

「つっても、これで困ることと言ったら今はここ以外に移り住めない、ってだけで、そもそもそのつもりもないから、実質何もないのと変わらないな」

俺はそう言ってハッハッハと笑う。だが、なにかでここを放棄しないといけない場面が来ないとも限らない。

その時のために、なぜ都では出来なかったのかは、合間を見つけて探っていく必要があるだろう。

今の俺達で分からないということは、俺達の知っていること（インストールも含め）以外の何かしらの専門知識を持った人の助けがいるとは思うのだが、そもそも、それが何の専門知識なのか、まずはそこからだ。

「さて、ちょうどいい時間だ、仕事は上がってメシにしようや」

俺がそう言うと、「ヒャッホウ」とサーミャが喜び、リケにたしなめられるのだった。

◇　◇　◇

翌日、サーミャの言ったとおり、雨はまだ降り続いていた。それでも昨日より更に雨脚が弱まっているようだ。水を汲《く》みに行ったが、昨日ほどは濡れなかった。

「明日には止《や》んでくれるといいが」

「そうねぇ。お洗濯が出来ないものね」

そうなのだ、この三日洗濯が出来ていないので、洗濯物がそこそこ溜《た》まってきている。幸い、五日分ほどは各人とも下着の替えがあるので、まだ平気ではあるが、明日止んでくれないと流石《さすが》に困ることになる。ただこればかりは祈るしか無い。

今日も俺はハルバード、リケたちは一般モデルの製作をする。サーミャもディアナも少しずつ手際が良くなっているようだ。

この調子なら俺が一般モデルを手伝わずとも良いかも知れない。実際に昨日もそれなりの数が出来てるし。これなら俺は俺で自分の作業に集中できるな。

果たして、この日は二本分のハルバードの頭と石突きを作ることができた。作業自体は昨日やったのと変わらないからな。

ただ、ナイフとかと違って手間が段違いに多い。仮に一般モデルに品質を落としたとしても、大量生産は無理そうだ。手間が多すぎるから、リケたちに作らせるのもなぁ……。それなら槍とかそっちのほうが良いかも知れない。

少し時間が空いたので、その時間で矢じりの補充をしておいた。明日雨が上がったら、リケとディアナは採集か狩りに出るだろう。そろそろ肉の在庫も心許《こころもと》ない。一週間やそこらは平気だし、ケチれば二週間だって持たせる自信はあるが、それはちょっと寂しいからな。また長雨が来るとも限らない。補充には行ってもらおう。

◇◇◇

次の日、サーミャの言ったとおり、雨は上がっていた。外に出てみると、まだ水たまりなんかもあちこちに残っている。

それでも昇り始めた朝日が世界を金色に染め上げ、森の木々の影とであたかも一幅の絵画のような光景である。早起きは三文の徳とはよく言ったもんだな。

水を汲んで戻ってきたら洗濯が始まるが、今日は量が多い。すぐには終わりそうにないし、水もいつもより使いそうなので、もう一度汲みに戻ったりした。

俺はあんまり洗濯物手伝えないからな。前の世界ほど色っぽい感じのものではないとは言え、やはり女性の下着を洗うところに参加するのは、彼女たちが気にしなくても俺がなんともいたたまれない気持ちになるので遠慮している。家事分担として、食事は俺の担当だから許していただきたい。

やや遅めの朝飯を終えたら、サーミャとディアナは狩りに出かけていった。サーミャがやたらと機嫌が良かったのだが、どうも矢じりを補充してもらったのが嬉《うれ》しいらしい。リケに聞いた。「乙女心ですよ、乙女心」とリケは言っていたが、どんな乙女心なんだ、それは。

俺達、鍛冶場組の今日の作業は俺がハルバードの続きで、リケは一般モデルのナイフの製作だ。これは元々サーミャとディアナはそんなに手伝えないやつだからな。

二人ともが鍛造の作業なので、作業場に鎚《つち》の音が常に響き渡る。作っているものが違うので、響く音が少し異なる。それがまるで大きさの違う楽器を二人で奏でているように聞こえて、少し楽しい。

俺の作業の合間に、リケの作ったナイフを見てみるが、少しずつ腕は上がっている。以前よりも、バラつきのようなものが格段に減っている。

ここで「お主にも鉄の声が聞こえるようになったか……」とか言えれば良いんだろうけど、あいにく俺はチートでその辺をやっているので、いまいち分からない。

なので俺が何を見てどう叩いているかを観察して会得する〝見て盗め〟方式しか出来ないんだよな。

リケのナイフを見せてもらったので、勝手が違うが高級モデルのハルバード製作を見学してもらう。一つ目はもう作ってしまったから、今日二つ目のものになる。

槍、斧、鉤それぞれ違うものの組み合わせだから、俺がそれぞれをどう作るのか、どう組み合わせているのかを学んでくれたらいいのだが。

「どうだ？」

完成したハルバードの頭部分を渡す。受け取ったリケはしげしげと眺めると、

「それぞれの部分の完成度もさることながら、接合部分も凄いですね。元々一枚だったように見えます」

といつものように品評を始める。とりあえずはリケに見せても問題ないクオリティのものには仕上がっているようで安堵《あんど》する。

「で、何か掴《つか》めそうか？」

「ええ。親方には追いつけそうにはないですが、見ていていくつか試したいことも増えました」

「それなら良かった。ちゃんと教えてやりたいが、どうにも説明がなぁ」

「いえいえ、こういうのは普通、盗み見て覚えるものですよ。親方は優しいくらいです」

「これからも見たい作業とかあったら、遠慮なく言ってくれていいからな」

「はい、親方。精進します！」

リケは決意に目を燃やしながらそう言った。


さて、雨も降ってないし、昨日と一昨日も合わせて五つ分の〝頭〟もできた上にまだ時間がある。今日のうちにハルバードの仕上げをしてしまうか。

外に置いてある材木を持ってきて、二メートルの棒を五本作る。特注モデルのナイフとチート《チート》で、正確に綺麗な棒が大して時間もかからずに作れてしまうのは、何度も思うがつくづくズルだな。

その棒の両端にハルバードの頭と石突きをそれぞれ釘《くぎ》で取り付けたら、ようやっとハルバードの

完成である。ちょっと試したいが、流石に作業場内で二メートルの長さのものを振り回すのは無理がある。俺は外に出て、振った感じを確かめることにした。

もう少しすれば、朝は金色に世界を塗っていた太陽が、今度は橙色《だいだいいろ》に世界を染め上げるだろう。だがまだもう少しだけ、空は青さを保っている。そんな中で二メートルのハルバードをいない敵に向かって、ただ単に振り回したり、槍《やり》で突いたり、斧《おの》で薙《な》ぎ払《はら》ったり、鉤《かぎ》で足元を払ったりしてみる。

鉤部分と斧部分はちょうど釣り合いが取れているし、頭部分と石突きのバランスも悪くない。ちゃんと使いこなせれば、短槍《たんそう》一本よりは役に立ちそうだとは思う。

そうやってしばらく一通りの動きを何回か繰り返し、太陽が今日の仕事を終えようとする頃、俺も〝試し振り〟の仕事を終えた。すると、パチパチと拍手の音が三つ聞こえる。

「あれ、サーミャとディアナ帰ってたのか」

「おう、とっくにな。ただいま」

「ただいま。エイゾウってハルバードの扱いも出来るのね」

「二人共おかえり。見てのとおりの腕前だけどな」

自分ではロングソードよりもいい動きが出来ているようには思えないが、ロングソードのときは超強いみたいなので、ディアナがああ言うってことは、ハルバードでもそこそこ強いらしい。

ホームディフェンス用に二本ほど特注モデルを作ろうかなぁ。

「そんなことより、みんな戻ってきたならメシにしよう。サーミャとディアナは今日は何を獲《と》ったんだ？」

「そうそう、聞いてくれよ！　今日はな……」

そんなことを話しながら、俺達は家の中へ戻っていくのだった。

6章　アフターケア

翌日、サーミャとディアナが仕留めた、サーミャ曰《いわ》く「デカい」猪《いのしし》を湖から引き上げた。サーミャがデカいと言うだけあって、確かにかなりの大きさだ。前の世界でも猪の体重は七〇キロほどあると言われていたが、これは腸《はらわた》を抜いてあってもそれくらいありそうだ。

皮を剥《は》いだりして食肉にしたら、相当減るとは思うが、それでも向こう二週間は平気な量になるだろう。いつもどおり運搬台を作って引いていく。荷物は大きいが、四人だから引くのは楽だ。

戻って捌《さば》いたが、やはり相当な量の肉が確保できた。

「これならしばらくは平気だなぁ」

「また来週くらい獲ればいけるか？」

「ああ、それで十分だよ」

むしろ在庫が増えると思う。

「じゃあまた来週だな。何がいいかなぁ」

サーミャは大物が獲れて機嫌がいい。

「この森で大型の獲物は熊……はともかく、猪と鹿以外は何がいるんだ？」

「デカいのはそれくらいだなぁ。もう少し小さいのなら大狸《おおだぬき》ってのがたまにいる」

「大狸？」

「これくらいの丸っこいやつ。ちょっと可愛《かわい》い顔してる」

サーミャが手で大きさを表す。七〇センチくらいか。たしかに狸にしてはデカいな。

「美味《うま》いの？」

「まぁまぁだな……。不味《まず》くはないけど、鹿と猪の方が数が多いし美味いから、わざわざ獲ることもない」

「なるほど。よほど他の獲物が獲れないときくらいか」

「だなぁ」

そんな会話をしながら、肉を塩漬けにしたり、干したりする。今日食べる分は勿論《もちろん》別だ。

この日の昼飯にはソテーした猪肉に火酒――ブランデーをかけて、塩胡椒《こしょう》したステーキを出したが、サーミャとリケは勿論、ディアナにも好評だったことを申し添えておこう。


午後は俺とリケは鍛冶仕事をするが、サーミャとディアナは繕い物をするらしい。大きくほころんでいるものは無いが、ちょいちょい傷んでいる部分はあるみたいだからな。

みたい、というのはもちろん下着も含むからだ。確かにそれは俺じゃ出来ない。なので二人に任せて、俺達は鍛冶仕事に集中する。

分担はいつもどおり、俺が高級モデルで、リケが一般モデルだ。作る速度は俺の方が速いが、リケは今日まで作っていた分があるので、明日も作れば十分な納品量が確保できそうである。鍛冶場に炎の音と、鎚の音が響く。真っ赤に熱された鉄をステージにして踊るように、鎚がその上を跳ね、次々と製品が形になっていくのだった。

翌日、弁当を持たせたサーミャとディアナは採集に出かけた。果物と野菜を探すらしい。俺とリケは今日も鍛冶場だ。

「リケもたまには外に出たいか？」

「どうしてです？」

「いや、リケはずっと鍛冶場仕事だろ？　サーミャたちは外出てるからな」

「出たくないと言えば嘘《うそ》にはなりますけど、ドワーフはこれが本分ですし、それに十分楽しいですから」

「そうか。それなら良いんだ」

「お気遣いありがとうございます、親方」

「いや……うん」

そうして二人で鍛冶仕事を始める。夕方前まででも、そこそこの数が作製できた。この調子ならいつもより多いくらいかも知れないな。明日は休みにするか。

そう思ったとき、販売スペースの扉が叩《たた》かれる。かなり力強く叩いている。びっくりしているリケをその場に残して、扉に向かうと聞き覚えのある声が聞こえてきた。

「エイゾウ、いるかー！」

相変わらずバカでかい声だ。

「今開けるから待て！」

俺も負けず劣らず大きな声で怒鳴り返し、扉を開ける。そこには長身で赤毛の女が、大きな刀傷があるが愛嬌《あいきょう》もある顔に、満面の笑みを湛《たた》えて立っていた。

「よっ、久しぶり！」

「よう。よく来たな。入って座れよ」

「おう、ありがとう」

女――傭兵《ようへい》で素早さから二つ名を〝雷剣《らいけん》〟と呼ばれるヘレンは、ズカズカと入ってドカリ、と座る。実際の音はそんなにしてないが、動きが大きいからか、動作もうるさいように感じる。俺はリケに言って、ワインを水で割ったものを、お茶代わりに用意してもらう。

「それで？　今日は何の用なんだ？　不具合でもあったか？」

「いや、目立った不具合はないよ。ただ、アタイ今度ちょっと遠くの戦地に行くことになってね。その前に手入れとチェックをお願いしときたいなと思って」

「ああ、なるほどな」

俺はヘレンから二本のショートソードを受け取ると、刃こぼれがないか、歪《ゆが》みが出てないかをチェックする。

「これはだいぶ使ったか？」

「んー、あれから訓練を一週間やって、その後はこの近くの野盗退治とかそういうのでウロウロしてて、合間合間にこれで丸太相手に練習したりもしたから、それなりには」

「なるほど」

刃こぼれはほとんどないし、歪みもなしと言っていいレベルだが、逆に言えば多少はあるということだ。どんな膂力《りよりよく》でどれだけ使えば俺の特注モデルをここまで痛めつけられるのだろうか。やはり実戦に出さないと分からないことってあるもんだな。

「あ、そうだ」

思い出したかのようにヘレンは立ち上がる。

「ん？　どした？」

俺は何事かと身構えた。

「その剣、アタイのイメージ通りにめちゃくちゃ頑丈だった。やたら切れるし。命を救ってもらったことも何度かある」

ほほう。するとこれで剣を受けたり、その他にも無茶《むちや》な使い方はしたんだろう。それでこれだけ耐えたら十分ではあるか。材質自体はただの鋼だしな。

「礼はいくら言っても足りないが、言わせてくれ。ありがとう」

そう言ってヘレンは右手を差し出してくる。

「……これが俺の仕事だからな。やると決めた仕事はキッチリやるさ」

俺は差し出された手を握る。ギュッと握られた手が痛かったが、今はそんなことよりも、嬉《うれ》しさの方が勝っている。

「親方ってほんとに素直じゃないですね」

ため息をつきつつ、笑いながらそう言うリケの言葉を無視できるくらいには。

「刃こぼれや歪みはほぼ無いし、向こう半年くらいは大丈夫だと思うが、一応直しておこう」

握手をしたまま、俺はヘレンに声をかける。

「ああ、よろしくな」

「じゃ、直しちまうから、ちょっと待っててくれな」

「なぁ」

「ん？」

ヘレンがおずおずと声をかけてくる。剛毅《ごうき》一筋かと思っていたが、そうでないこともあるらしい。

「直してるの見てちゃダメか？」

「いや、別に構わんが」

作業を見て理解できるとも思えないが、それくらいのことなら別に断るほどのことでもない。

火を使う時は危ない（場合によっては一〇〇〇℃近いし）から遠慮してもらう必要があるかも知れないが、研ぎとこのくらいの歪みの直しなら火は使わないからな。逆に熱しすぎて鋼の組織が変性してしまい、焼き入れやら焼き戻しやらの意味がなくなる方が怖い。

「よっしゃ！　ありがとな！」

バンバン背中を叩いてくる。豪快な性格は相変わらずだ。女傑という言葉がよく似合う。

「親方、私も見ていいですか？」

「ああ、勿論」

リケも見学を希望したので、快諾する。むしろリケの場合はちゃんと見ておいてくれたほうが良い。多分それが分かってて、言いだしたのだとは思うが。

まずは歪みをとる。と言ってもそんなに大きく歪んでもいないので、金床に置いて叩くだけだ。チートの力でどこをどれくらい叩けば歪みが戻るのかが分かるので、慎重に叩いていく。普段の鍛冶仕事とは違った、静かに澄んだ音が響いた。

一本目の作業を終えると、俺は剣をヘレンに渡す。

「ちょっと具合を見てくれ」

「あいよ」

ヘレンは剣を受け取ると、少し離れたところで振り回す。危なかっしい感じが一切ないのは、彼女の剣の腕前なんだろう。

「お、おおー⁉」

ヘレンが驚きの声を上げた。

「すげぇよエイゾウ！　最初と同じくらい馴染《なじ》んでる！」

「あの程度の歪みを直したからって、それでちゃんと分かるお前も凄《すご》いよ」

これは包み隠さない正直なところだ。熟練した職人の指は数ミクロンの誤差も分かると言うが、それと同じものを感じる。

「じゃあ、それで問題ないんだな？」

「勿論さ！　新品みたいだ！」

返ってきた剣を再度見れば、本人が言うとおり、相当使い込んでいるのだろう、柄《つか》の革巻きに何度か巻き直した跡がある。

「ついでに革巻きもこっちで直すか?」

「いや、そっちはアタイの手に馴染んでるからいいよ。そうなるように巻いてるし」

「じゃあ、剣身のところだけ直すよ」

「ああ」

俺はもう一本の歪みも慎重に直していく。静かな鍛冶場に再び澄んだ鎚《つち》の音が響いている。リケもヘレンも自分の呼吸音が作業の邪魔になるとでも思っているかのように、息を潜めてじっと作業を見ている。

「なぁ、ヘレン」

「ん?」

「見てて楽しいか?」

「うん。見てると職人だなぁって感じがする」

「いや、紛れもなく鍛冶職人だぞ、俺は」

鍛冶屋はなりたてに近いけどな。

「それは分かってんだけど、アタイの父ちゃんが職人で、色々作るの見てたから」

「へぇ。何の職人だったんだ」

「馬具職人。アタイは色々あって家を出ちゃったけどね」

「馬具職人か。そっちも面白そうだ」
専門職って感じがする。蹄鉄《ていてつ》とか釘《くぎ》は鍛冶屋の領分だから、そのへんはやってもいいかもな。

そんな話をしながら、少しずつ歪みをとっていく。全部の歪みを正した頃、ヘレンがぽそりと言った。

「エイゾウはアタイがなんで家出たのかって聞かないんだな」
「興味が全くないわけじゃないけどな。女のそういう過去は基本的に聞かないことにしてんだよ」
「聞いて酷《ひど》い目に遭ったことがあるとか？」
「かもな。昔に何食って美味かった、とかならいくらでも聞いてやるよ。よし、こっちも終わったぞ」

今しがた直し終えた一本をヘレンに渡して具合を確かめてもらうが、問題はないようなので、次は研ぎをする。

神経を尖《とが》らせて——とは言ってもチートの恩恵が大なるところではあるのだが——刃を研いでいく。リケもヘレンも真剣な目つきで俺の手元を注視している。やがて刃こぼれが消えたところで止めた。

「これでしばらくは平気なはずだ」
仕上がった一本を渡す。ヘレンが仕上がりを確認していると、作業場の鳴子がカランコロンと音を立てた。

「ありゃ、もうそんな時間か」

「この鳴子はなんだ？」

「家の方の扉が開くとこっちのが鳴るんだよ」

「じゃあこっちの扉を開けたら？」

「家の方の鳴子が鳴る」

「へぇ、面白いな」

「今みたいにどっちかを空けてることもあるからな。便利だよ。多分うちの人間が帰ってきたな」


果たして、いくらもしないうちにサーミャとディアナが作業場にやってきた。

「ただいま。あら、お客さん？」

「おかえり。ああ。前にうちで剣を作った人だよ」

ヘレンがペコリとディアナに頭を下げる。

「あ、ヘレンじゃないか。元気してたか？」

「おう、ピンピンしてるよ」

サーミャは前に来た時に顔合わせてるから知っている。人懐っこいやつなので挨拶も気軽だ。

「ヘレンって前に言ってた、〝雷剣〟のヘレン？」

「ん？　ああ。そうだけど？」

ディアナが俺に聞いたが、答えたのはヘレンだ。それを聞いたディアナの目が輝く。

「ヘレン」

「ん？　なんだい？　エイゾウ」

「直しの代金の代わりに、ディアナ……そこのお嬢さんと稽古してくれないか」

「お、そんなんでいいのか？」

「ああ。その間にもう一本仕上げとくよ」

「よっしゃ、じゃあ任せとけ！」

「お手柔らかにな」

俺はいつも使っている木剣をヘレンに放り投げる。ヘレンは見事に受け取ると、ディアナと外に出ていった。ディアナが目に見えてウキウキしてたな。ヘレンってそんな有名人だったのか。こっちの有名人の情報はインストールの知識にはないからな。

俺はそれを見送りながら、自分の作業に戻るべく、まだ研いでない方の剣を手にとった。


研いでなかった方の仕上げも終わり、作業場の後始末をしているところで、ヘレンとディアナが戻ってきた。俺の予想に違《たが》わず、ディアナはこっぴどくやられている。ヘレンがそうそう手加減するわけないからなぁ……。

「どうだった？」

俺はヘレンとディアナのどちらにともなく聞いてみた。

「あー、あれだな。お嬢は基本の動きは良かったけど、もうちょっと、綺麗《きれい》じゃないやり方を覚えた方がいいかもな」

答えたのはヘレンの方である。というかディアナはまだ肩で息をしていて答えられそうにない。本来は二本のショートソードを操っての攻撃を得意としているヘレンだが、一本でも圧倒したんだろうな。〝雷剣〟の面目躍如と言ったところか。

一方のディアナはどこから剣が飛んでくるか分からないままの対応を強いられていたのだと思うと、これは同情せざるを得ない。

「目潰しとかはかけてないよな？」

「それはしてないよ。フェイントは山程かけたけど」

さすがに本当の〝なんでもあり〟というわけではなかったらしい。でもこのフェイント、蹴ると見せかけて、とかそういうのを含んでると思う。俺はそれをやってないから、剣だけを使うというのが前提のディアナじゃ対応できなかったのは、容易に想像できる。

逆にディアナの剣筋は素直すぎて、ヘレンにはフェイントもろくに通じなかったに違いない。最近はその辺りも出来るようにはなってきているのだが、流石《さすが》に数々の戦場をくぐり抜けてきた、二つ名まである傭兵《ようへい》とは比べるべくもない。

「でも、御前試合でやった王宮の何とかってやつよりは全然強いと思うよ。お嬢はエイゾウが鍛えたんだろ？」

「ん？　ああ。基礎の剣術は全くだけど、うちに来てからは俺が稽古つけてる」

「やっぱりな。フェイントの癖がエイゾウに似てた。似すぎてたからこそ対応が楽にできたんだけど」

一回打ち合った相手の癖を覚えて次には対応してくるとか、ヘレンも十分にチートくさいやつだな。いや、戦場だと初見で対応できないと、そこで自分の終わりを意味するときもあるから、当然といえば当然なのか。

引き出しを増やして、対応できるシチュエーションを増やすのは理にかなっているようには思う。

「エイゾウはこのヘレンと一五分も打ち合ったの……？」

息が整ってきたディアナが俺に聞いてくる。

「まぁ、そうだな。あの時は確か二刀流だったか」

「……上には上がいくらでもいるって思い知ったわ」

ディアナが肩を落としながら言うと、リケがうんうん頷《うなず》きながら、落とした肩をポンポン叩《たた》いて慰めている。なにか通じあうところがあるらしい。


「よっし、それじゃあエイゾウもやろうぜ！」

ノッてきたぜ！　みたいなノリでヘレンが言う。

「なんでだよ。やらねえよ」

「ええーっ」

「ただの鍛冶屋だぞ。現役の傭兵に敵《かな》うもんかい」

「いいじゃん、やろうぜ」

「やらないって。それよりも、もう大分遅いがどうするんだ？　別にうちは泊めても構わないが」

「あー。もう外が暗くなってきてるな」

「街までは結構あるし、真っ暗な森の中を帰すのも俺達も気が引けるから、泊まってけよ」

ちょうどディアナの部屋が出来て客間使えるしな。うちの三人娘もうんうんと頷いている。おそらくはこの地域最強とは言え、暗い中を女性を帰すのはよろしくない。

「んー。じゃあお言葉に甘えて」

「明日は俺達も街に行くし、ついでに送ってってやるよ」

「おお、ありがとう」

「ついでだから気にすんな」

今日の夕食と明日の朝食は一人分消費が増えるが、これくらいなら気にする必要もないだろう。今日はちょっと腕によりをかけるか。


こないだちょっと豪勢な飯にしたが、今日も負けず劣らず、肉を多めに使ったメニューにして、全員から好評だった。ヘレンが「胡椒《こしょう》使うと美味《うま》いんだなぁ……」と言っていたのが印象的である。金持ってんだから買えばいいのに。

夕食中の話題はヘレンが行ったことのある街の話だ。傭兵として各地をまわっているし、立場的にもよりアンダーグラウンドなところも知っているだけあって、なかなかに興味深い話がいろいろ聞けた。

娼館《しょうかん》かぁ……。いや、興味はない。ほんとですよ？

◇◇◇

翌朝は水を汲《く》んできた後の日課にヘレンも加わる。五人いると流石に洗《あら》い桶《おけ》も狭いな……。洗濯もヘレンが参加していた。楽しんでいたようなので何よりだ。

街へ出る準備をしたら早速向かう。俺とリケが荷車を引いて、他の三人が周囲の警戒である。ヘレン一人が増えただけだが、安心感が物凄《ものすご》い。傭兵稼業をしていると隊商の護衛なんかを頼まれることも多いらしく、その辺りの話をしながら森を出た。

街道に出ると一気に景色が開けた。青いキャンバスにところどころ白い絵の具を落としたような空に、遠くまで緑の絨毯《じゅうたん》が広がっている。

毎度のどかな風景だなとは思うが、見通しが良いということは、遠くから俺達の姿を確認することも可能なわけで、野盗などにとってはむしろ都合のいい話になってしまう。

ただ、ヘレンの話では、この辺りの主だった野盗は退治しているから大丈夫、だそうだ。何せ、その退治の先頭に立ってた人間の言うことだから信頼性が物凄い。

とは言え、討伐に引っかからなかったような小物はまだいるはずなので、最低限の警戒はしつつ街道を行くことにする。

男一人に女性四人、しかも荷車付きという編成にもかかわらず、何事も起きずに街に辿《たど》り着《つ》いた。女性陣がやたら強そう、というのもあるだろうが、基本的には街の衛兵たちの努力も大部分に寄与していることとは思う。

今日の立ち番は前にディアナをチェックした衛兵氏だ。俺達を見ると一瞬ニヤッとした後、すぐに顔を引き締める。

「またおモテになることで、と思ってたんだが、そこの女性はまさか〝雷剣〟か？」

「ええ。ちょっと知り合いでして」

「アンタ一体何者なんだ……」

「至って普通の鍛冶屋ですよ」

「普通の鍛冶屋が〝雷剣〟と知り合いだったりはしないよ……。まぁいいや、騒ぎは起こすなよ」

「ええ、もちろん」

とは言え、そもそも知り合いだったのはカミロだろうし、彼は伯爵家三男坊としてのマリウスとも知人だったみたいだし、アイツの交友関係のほうが俺にとっては謎だ。

ともあれ衛兵さんに会釈して街の入り口を通り過ぎる。ヘレンとはここでお別れだ。

「別にカミロには用事ないからなぁ。また戻ってきたら具合見てもらうと思うし、その時はよろしくな！　なんか土産持っていってやるよ！」

そう言ってヘレンは自由市の方に立ち去っていった。彼女が無事で戻ってきて、剣の具合を見られればそれが一番の土産だろうと、そう思わずにはいられなかった。

ヘレンと別れた俺達は、そのままカミロの店に向かう。卸す商品の種類が一つ増えてはいるが、手順自体は変わらない。倉庫に荷車を入れて倉庫番の人に挨拶をすると、二階に上がって商談室へ行く。

そのまましばらく待っていると、カミロと番頭さんがやってきた。

「よう。調子はどうだい」

「まぁまぁだな。伯爵家出入りってことで信用が増えた分、商いも大きくなり始めてはいるよ」

「おお、良かったじゃないか」

マリウスにとってはどうだったか分からないが、少なくともカミロにとってはいい結果になっているようだ。

「今日持ってきたのはいつものか?」

「いつものと、ハルバードを五本ばかり持ってきた」

「ハルバード? なんでまた?」

「この街の衛兵さん用に、〝伯爵閣下〟に売りつけて欲しいんだよ」

「ああ、なるほどな」

「いけるか?」

「大丈夫だろ。回す先は他にもあるし、うちで買い取るよ」

「そうしてもらえると助かる」

これで商談成立だ。俺もカミロもマリウスが買わないとは思ってないが、万が一買わないとなっても、売る先があるならいい。

「それで今度はこっちの話だが」

カミロは少し声を潜めた。

「変わった鉱石が欲しいって言ってただろ？」

「ああ。見つかったのか？」

「まぁね。まだ情報だけで入手はしてないが、〝閣下〟からの情報では、北方から流れてきた〝アポイタカラ〟が都の方にあるらしい。要るんなら押さえとくぞ」

青生生魂《アポイタカラ》――前の世界では日緋色金《ヒヒイロカネ》と同じものとも言われる伝説上の金属だが、この世界でのアポイタカラは北方で生産される鉄以上の硬さを持ち、加工後も鈍く青く光る金属である、とインストールの知識にはあった。ヒヒイロカネほどの硬度はないが、十分に珍しい。

「いいね。押さえといてもらっていいか？」

「分かった。手遅れだった時はすまないが」

「見つかっただけでも十分だよ。それで、いくらになるんだ？」

「金貨三枚」

「それはまた、なかなか値の張る話だな」

俺はヘレンの剣を打ったときの金と、こないだのエイムール家騒動の報賞で買えるから良いが、普通の鍛冶屋がおいそれと買えるような値段ではない。

「だが、それを金貨二枚にまけてやる方法がある」

「面倒事はごめんだぞ」

「なに、そんな面倒くさいことにはならんさ。〝伯爵閣下〟とは別のルートから真銀《ミスリル》を手に入れて、これを細剣《レイピア》にしてくれ、って依頼が来てるんだよ」

「なるほど、それの加工賃か」

「そういうことだ」

原材料費抜きで加工賃で金貨一枚、なら悪い話ではない。ミスリルを扱う機会までついてくるわけだし。

「うちの工房の刻印を目立たないところに入れるのは大丈夫か？」

「ああ、それは問題ない」

「よし、引き受けた」

「じゃあ、そういうことで」

カミロが番頭さんに視線を送ると、番頭さんは頷いて部屋を出ていった。その後は都の様子や、他所《よそ》の街の様子なんかの話をしていると、荷物の積み込みが終わったので、俺達も部屋を出て、そのまま倉庫の荷車を引き取って家に帰る。帰りは行きとは違う衛兵さんが立ち番をしていたので、会釈だけして通り過ぎた。


帰りの街道は行きよりも緊張の度合いが大きい。ミスリルを積んでいるからな。四人もいて、護衛の二人も手練《てだれ》ではあるが、高価な素材を持った状態で緊張するなと言われても無理だ。

小物でも高価な素材があると分かれば、一攫千金《いっかくせんきん》を狙ってくることは十分ありえる。なるべくはいつもどおりを心がけたい。

時折カサコソと茂みが音を立てるが、サーミヤ曰《いわ》くはどれも「風か小動物」とのことで、森に入るまで何事も起こらず、俺はほっと胸をなでおろした。正直、野盗に警戒しないといけない街道よりも、気をつけないといけないのが熊くらいである森のほうが気が楽だ。

結局のところ、特に何事もなく家に帰り着く。いつものとおり、食材なんかをサーミヤとディアナに運び込んでもらい、鉄石と炭、ミスリルは俺とリケだ。

ミスリルは銀色に輝いてはいるが、見た目は他の金属と大きく違うようには感じない。ちゃんと加工すれば薄く光るそうなのだが、今はそんなこともない。とりあえず今日は運び込むだけにしておいた。

翌日、ミスリルが気にはなるが、一週間分の板金《いたがね》を作るほうが先なので、まずはそれから処理してしまう。四人で手分けして作業をしたので、結構な数を補充できた。

◇◇◇

そして更に翌日、いよいよミスリルの鍛造に取り掛かる。ミスリルの鍛造となると、そうそうあることでもないので、リケは半分手伝い、半分見学、サーミヤとディアナは見学である。

ミスリルをやっとこで掴《つか》むと、火を入れた火床で温度を上げていく。普通の銀だと鉄が加工できる温度まで上げると融《と》けてしまうが、ミスリルは全くそんな様子もない。

ミスリルの加工可能な温度は鋼よりほんの少しだけ低い。その加工可能な温度に達したことを見極めたら、金床に置いてハンマーで一打ちする。鉄とは違う、ガラスを叩いたときのような澄んだ音が鍛冶場に響く。

普通の鋼ならこの一打ちでもそこそこ変形してくれるのだが、ミスリルは思いの外変形してくれない。

「これは厄介だな」

「親方の鎚《つち》でも難しいですか」

「ああ。ほとんど変わってない。加工賃もう少し分捕《ぶんど》っとくんだった」

俺がそうボヤくと三人がクスクスと笑う。それを聞きながら四～五回叩くが、もうそこで加工できる温度を下回った。俺は再び火床に突っ込む。

「これは大分手こずりそうだぞ」

「ミスリルですからねぇ。普通の鍛冶屋の手に負えるものじゃないですし」

「そりゃあそうなんだが」

今まで鋼をヒョイヒョイと加工していたのだが、ここに来て突然〝歯ごたえ〟のある素材に出会ってしまった。

えらく手こずることは間違いないが、それでこそチートを貰《もら》って鍛冶屋になった甲斐《かい》もあろうと

言うものだろう。そう思い、俺は火床から取り出したミスリルに再び鎚を振り下ろした。

熱したミスリルを叩いて細く延ばしていく。同じ長さまで延ばすのに、通常の鋼の二～三倍ほどの時間がかかっているように思える。

ただ、さすがはミスリルだなと思うのは、鋼だと必ず発生している組織のムラのようなものが無いことだ。延ばすことに集中できるのはありがたい。

後はやたら軽いのも延ばす作業を楽にしている。何度も火床に入れるなら、軽いに越したことはない。

とは言っても、叩くべき場所を間違えるとすぐにダメになってしまいそうな感じもあるし、延ばすときに断面が菱形《ひしがた》になるよう、チートをフル活用して端を薄くしないと、とんでもないことになりそうだ。なので、叩くこと自体に相当の集中力を要する。

そうなると作業するには時間をかける以外にないが、それも叩いた時の音がとても澄んでいるので割と楽しい。三人もこの音は気に入ったようで、

「綺麗《きれい》な音がするんだなぁ」

「楽器みたいだよね」

「サーミャもリケも気に入ったのね。私もだけど」

口々に音を褒めている。勢い、叩く速度も上がる。その分ほんの少しだけ延ばすスピードも上がるのだった。

間に昼飯を挟んでも、まだ延ばす作業は終わっていない。更に叩《たた》いて延ばしていく。

「飽きないか？」

ずっと作業が続いているので、俺は三人にそう聞いた。

「いや？　見てると結構楽しい」

「私はこれも勉強になりますので……。それにミスリルの鍛造なんて実家でも見たことないですし」

「そうそう。音も綺麗だし、叩いて少しずつ延びていくの見てると飽きないわ」

三者三様に否定の言葉が返ってくる。

「そうか。それなら良いんだ」

俺は再び鎚をミスリルに振り下ろす。やがて、一番太いところで幅が二・五センチほど、長さ一メートルほどの、断面が菱形で先端が少し細くなった板に、棒状の握りが付いたミスリルの棒が出来上がった。

板部分の先端は剣の切っ先になるので、更に少し叩いて鋭くなるように調整をする。これで基本の形自体は完成した。

そこからいきなり研ぎを入れていく。鋼であれば焼き入れや焼き戻しが必要になるが、ミスリルにはいらない。これは十分な強度と粘り強さをミスリルが元々兼ね備えているからだ。異世界産の素材、恐るべしと言うほか無い。

この性質なら、十分な加工設備と一定以上の腕前があれば、量産に向いている気はする。

実際には原材料の流通量が十分でないし、加熱もシビアなので前の世界のようにコンピュータ制御が可能ならまだしも、流石《さすが》にまだそこまでは文明が進んでいないこの世界では、バンバン量産できるものでもないだろう。

普通の砥石《といし》で果たして研げるのか不安だったが、チート最大活用でなんとか研ぐことが出来ている。これもほんの少しでも角度やなんかがズレたりしたら、一発で刃がダメになってしまいそうな感触が指先から伝わってきた。

集中を切らさないようにゆっくりゆっくりと研いで、剣身に刃をつけていく。

砥石の上で剣身が動く度に、シャランと涼やかな音が流れ、見学者達の耳を楽しませている。忍び足をするようにそろそろと剣身を動かして、たっぷりと時間をかけてやっと刃をつけることができた。

「よし、これで剣身はできたな」

「もう振るえるの？」

ディアナが頬《ほお》を紅潮させて聞いてくる。

「握りに革も巻いてないし、護拳もつけてないが、振るうだけなら」

「やってみてもいい？」

「スッポ抜けると危ないから、外でな」

「うん、分かった」

俺はディアナにミスリルのレイピアを渡す。

「わ、軽いわね」

「〝羽毛のように軽い〟とまで言われることもあるが、そこまではなくても、鋼と比べたら棒っ切れみたいに軽いよな」

「ええ。この軽さなら突きも素早く繰り出せるわね」

「だろうなぁ。じゃあ外に出よう」

俺達はゾロゾロと外に出た。みんな一様に目が輝いている。当然ながら俺もミスリルなんてものを見るのは生まれて初めてだ。ワクワクが抑えられない。


まずは何もない状態でディアナがレイピアを振るう。基本的には前後左右に動き回って突きを繰り出す動きだ。軽いからか、それなりに鋭く突いているのに、すっぽ抜ける様子はない。突きの速度もショートソードとレイピアの違いがあるとは言え、相当に速くなっているように見える。さながら舞を舞っているようで、サーミャとリケは動きに見入っていた。

レイピアは「斬り」も出来る武器なので、「斬り払う」というほど大きくは動かさないが、突く動きに斬る動きも織り交ぜてディアナが動いている。この動きも、いつもの稽古の時よりも随分と速いように思う。

「武器が軽いからか、だいぶ動きが速いな」

「やっぱり？　なんだか身体《からだ》自体が軽く感じるし、レイピアが軽いから体力の消耗も少ないみたい」

「なるほどなぁ」

武器は軽いに越したことはないよな。重さ自体が武器のハンマーなんかはともかくとして、斬る、突くの武器はそこまで重さはいらないからな。

「じゃあ次は的ありでやってみるか」

俺は材木を立ててみるだけの的を用意した。

「これを突いたりすればいいの？」

「うん。倒れるかも知れないから気をつけろよ」

「分かったわ」

ディアナは剣を的に突きつけるように構え、スゥッと息を吸い、ゆっくりと吐く。辺りをただ風の渡る音だけが覆う。おそらくは数秒ほどの時間が数分以上にも感じたとき、

「ハッ！」

気合一閃《いっせん》、ディアナが持てる力の全てをレイピアに注ぎ込むかのように突きを放つ。

レイピアは狙い過《あやま》たず的の材木にその切っ先を埋《うず》める。音はしていない。傍《はた》から見ていると、材木がレイピアを呑《の》み込《こ》んだようにも見える。ディアナは突きを放ったときに負けず劣らずの速度で、レイピアを抜く。

そこにはレイピアの切っ先の形の穴が穿《うが》たれていて、さっき突き刺したように見えたのが、「そう見えただけ」ではないことを俺達に雄弁に物語っている。

「これは……凄《すご》いわね……ほとんど手応えがなかった」

「さっき何もないところに突きを放っていたときと感覚的には変わらない？」

「そうね。ほぼ同じだわ」

「なら、上手《うま》く行ってるな。貸してみろ」

俺はディアナからレイピアを受け取ると、先端部分を矯《た》めつ眇《すが》めつして確認するが、歪《ゆが》みも刃こぼれも皆無である。剣身はこれで完成と言っていいだろう。

だが、俺は一つあることを思いついた。ディアナにレイピアを戻すと、作業場から縄と板金を持ってくる。それをさっき的にした材木にくくりつけた。

「よし。今度はこいつを突いてみろ」

「うん。分かった」

ディアナは素直に頷《うなず》くと、再び構えて、今度はさっきよりもやや気楽な感じで突きを放つ。チリンと軽やかな音が辺りに響いて、くくりつけられた板金にはやはりレイピアの切っ先の形に穴が空いている。再びレイピアを確認するが、やはり歪みも刃こぼれも、傷すらもついていない。

「これはちょっと、とんでもないものを作ってしまったかも知れない」

俺がそう言うと、見ていた三人は神妙な面持ちで頷くのだった。

ミスリル製レイピアの剣身は完成したが、これを世に出す、ということについては若干の躊躇《ちゆうちよ》がある。これ一本で世の中が大きく変わるとは思っていない。そこらの鍛冶屋が打った数打ちのショートソードであっても、それで一〇〇人から襲いかかられたら、さすがに無事では済まないだろう。

だがしかし、これで例えば道を塞ぐ岩を砕くことが出来るとなれば（そしてそれは可能だろうと思う）、通れなかった道を通ることが出来るようになり、それは戦の結果を大きく左右しうる、ということである。

それを世に出してしまっていいのだろうか。ヘレンのショートソードは材質自体はただの鋼だったし、エイムール家の家宝になった剣も、滅多《めった》なことで外に出る品ではない。

作ったのはレイピアだから、おそらくは戦場の最前線で積極的に活用されるものではないと思うので今回はいいと判断したとしても、今後もこういうものを作るたびにいちいち悩むのか、という話はある。そろそろこの話には決着をつけないといけないだろうな。

「なぁ、みんな」
「なんだ、エイゾウ」
「なんでしょう、親方」
「なぁに、エイゾウ」

俺が話しかけると、三者三様に返事をしてくれる。

「俺はこいつを世に出していいんだろうか。これは下手をしたら色々なところに災いを招くかも知れない。折れず、曲がらず、しかして切れる。切れ味はとどまるところを知らず、岩をも砕くだろう。そんなものを世に出してしまうのが、俺は正直怖い。その先にあるものを、俺は果たして背負いきれるだろうか。俺はそれが不安で不安でたまらないんだ」

俺は素直に今の心境を打ち明ける。精神的には四十を超えた大の男が、とは自分でも思うが、これ以上は俺が耐えられそうにない。

そんな俺を三人はじっと見ていた。誰か俺を見限ってここから出ていくかも知れない。そうなったらそうなっただ。俺の器はそこまでだったということでしかない。

庭に静寂が訪れる。再び聞こえるのは風の渡る音だけだ。


「ふふっ」

次に俺が耳にしたのは笑い声だった。

「エイゾウも人間だったのねぇ。凄いものを作るから、そんなことには無頓着なのかと思ってたわ」

ディアナが微笑《ほほえ》みながら言う。

「私も親方は人間離れしてらっしゃるので、気にしないかと思ってました。そういうのは使い手の問題で、作る方は気にすることじゃないですよ。私はそう教わってきましたし、鍛冶屋は大体みんなそうです。親方くらい凄いものを作るとなると、気をつけたくなる気持ちは分かりますけどね」

リケもニコニコしている。

「そうそう。作ったものが護国の剣となるか、侵略の顎《あぎと》になるかは結局最後に入手した人がどう使うかなんだから、その結果の責任まで取ろうとしなくていいのよ。エイゾウは律儀ねぇ」

「どうしてもエイゾウには重い、っててんならアタシたちにも担がせてくれよ。〝家族〟なんだろ」

サーミャが肩をバシバシ叩きながら言ってくる。その痛みも不思議と心地良い。

「みんな、すまんな。ありがとう」

俺はみんなに頭を深く下げて、目からこぼれ落ちるものをそっと拭う。その頭を誰かがそっと抱いてくれる。すると、今度は足元に抱きつかれ、続いて後ろから抱きすくめる感触があった。

森の中の四人家族は、しばらく一つの塊になっているのだった。


「よし！」

俺は頭を上げると、パン！　と自分の頬を張った。もう迷わない。俺のこの世界での仕事は作りたいものを作って、それを世に出すことで、誰かのためになることだ。

「おっ、いい顔になったな、エイゾウ」

「俺はもともと格好《かっこ》いいだろ」

「えっ」

「えっ」

そして四人で笑う。この家族なら大丈夫。やっていける。

「今日はこの辺にして飯にしよう」

「やった。飯だ飯だ！」

「こらサーミャ！　はしたないって言ってるでしょ！」

はしゃぐサーミャをリケがたしなめ、ディアナが微笑ましそうに見ている、いつもどおりの光景が戻ってくる。俺は晴れ晴れとした気分でその様子を眺めていた。

◇　◇　◇

翌日は鍔《つば》と護拳を作る。ここはミスリルにはせずに鋼にしておく。レイピアの鍔は籠形というか、複雑な曲線の組み合わせで出来ている。

曲線の一本一本は細いので、そいつをミスリルでちまちま加工するのは難しいし、さすがのミスリルといえども激しく使えば歪みが出るかも知れないことを考えれば交換ができたほうが良いだろう、と考えたからだ。

鋼なら細工師に頼めば高いが作ってもらえると思うし、それなら俺の手を離れた後も大丈夫そうだ。今日はリケたちは一般モデルの製作で、見学はしない。

全体の作業を開始する前に、剣身の根元の、鍔で隠れる部分に、我が工房のマークである〝座る太った猫〟をタガネで彫り込む。タガネはミスリルに負けないように、焼き入れと研ぎ直しをしておいたので、多少力は必要だったが、なんとか彫刻することができた。

板金を熱して細い棒状にしていく。昨日はミスリルの加工を一日中していたので、やけに加工しやすいように感じる。チートも活用はしているが、それでもかなり速いペースで細い棒が出来る。

それをある程度の長さで切って、∫や§のような形にしていく。そのあと、それらを組み合わせて球状にする。イメージ的には前の世界の公園にあった〝地球儀〟の遊具みたいな感じである。

……あれも俺が向こうの世界からいなくなる頃には大分減ってたな。

ともあれ、そのような感じで剣身の根元から、握りを握った手がガードされるように組み合わせた籠のような護拳を完成させた。

護拳部が完成したので、それに組み合わせる鍔を作製する。護拳の棒と同じような太さのものを作り、それの両端を球状にする。鍔が出来たら護拳に組み合わせて一旦は手元が完成した。

手元の部品を組み合わせる前に、革を握りに巻いていき、柄頭に留めて握りを仕上げた。これを先にしておかないと護拳で面倒くさいからな……。握りも出来たので、鍔と護拳を剣身に組み合わせる。

組み上がってみると、優美としか言いようのない細剣が出来上がった。これならどこに出しても恥ずかしくない出来だ。

そして、俺はこれを世に出すかどうか、もう迷いはしなかった。

7章　新たな依頼

　レイピア本体が完成した翌日、まだ出来ていない鞘《さや》を作ることにした。特に指定がなかったし、とりあえずで作って気に入らなかったら別に誂《あつら》えてもらうことにしよう。リケ達は今日も一般モデルの作製だ。

　外の材木置き場から適当な長さの板を二枚切り出して、作業場に持っていく。後の作業は今までの鞘作りと変わらない。型を取って大まかに切り出し、貼り合わせて、削る。今回は鞘の先端と、日本刀の鞘で言うところの〝鯉口《こいぐち》〟の部分に鋼の板で補強を入れてみた。見た目には白木の鞘に補強が入っているような感じだ。凝るならここに鹿の皮でも張ったり、彫刻を入れたりするのだろうが、今回はこのまま納品することにした。

　鞘一本程度を作るなら大して時間はかからない。ましてや今回のは「間に合わせ」の鞘だしな。残りの時間は一般モデルの作製途中のもの――型から取り出しただけのショートソードやロングソードをいくらか分けてもらって、高級モデルの製作にかかる。

　こうやって見てみると、以前に見たときよりもサーミャが鋳造したのも、ディアナが鋳造したのも、どちらも品質が上がっている。以前よりも一般モデルは勿論《もちろん》、高級モデルにするための労力が少なくて済みそうだ。

二日ほどかなり集中して剣を打っていたからか、ついつい集中してすべてのムラを消しこんでしまいそうになる。だが、それをしてしまうと特注モデルになってしまう。

「作りたいものを作って世に出す」ことに躊躇はないが、それとこれとは話が違うのだ。そもそも一本金貨一枚はする代物（値段は俺の気分次第ではあるが）が、おいそれと売れるわけもないので、当面は高級モデルがこの工房の量産品としては最高級となる。

想像通り、元の型から出たばかりの品が良かったので、早くに高級モデルが仕上がった。そのうちディアナにも、もうちょっとだけ鎚《つち》を持たせても良いかもなぁ。

この日も十分な数の在庫が確保できた。この調子なら明日ナイフを作れば、卸しに行くのに十分な数を確保できそうだ。明後日《あさって》は久しぶりにゆっくりと休みにしても良いかも知れない。

前の休みの後、エイムール家のいざこざがあって全然休めてなかったからな。ミスリル製のレイピアの作製は色々と大変だったし、ちょっと休みたい。

そして、その日の夕食のときに翌々日を休暇にする提案をすると、満場一致で可決された。

◇　◇　◇

翌日は休みに備えてか、サーミャとディアナが狩りに連れ立って行った。ディアナは最初こそ帰ってきたら完全にバテていたが、ここ何回かはまだ余裕が残っている。森の中を歩いて走ってだから、さぞかし体力がついていることだろうなぁ。

それは日々の稽古にも顕《あらわ》れていて、日々少しずつではあるが、前より俺の打ち込みに対応できる時間が延びてきている。

詳しくは分からないが今のままでも、もしかしたら普通の兵士程度であれば、体力を尽きさせて勝つことが出来るかも知れない。このまま行けばこの地域一もあるかも知れないなぁ……。


俺とリケの鍛冶場組はナイフの製造に取り掛かる。リケが一般モデル、俺が高級モデルである。ここらはほぼ流れ作業のようなもので、お互いにサクサクとナイフを作っていく。心なしかリケの製作速度が上がっているようにも思う。流石《さすが》に俺の速度には勝てないが、割といい勝負が出来そうなタイミングもあった。みんな少しずつ腕を上げてきているんだなぁ。


そのスピードで黙々と作り続けたので、卸すには十分すぎるほどの数を確保でき、夕方前にはその日の作業を終えることができた。そこへ、鍛冶場の鳴子が鳴ってサーミャとディアナの帰宅を教えてくれる。

「お、ちょうど良かったな」

「そうですね。私ここ片しちゃいますね」

「おう、頼む」

俺とリケはテキパキと鍛冶場を片付けて、家に戻る。そこには帰ったばかりのサーミャとディアナが弓矢を含む荷物を下ろしているところだった。

「おかえり。どうだった？」

「ただいま。おう、大物の鹿を仕留めたぜ」

「そうか、それは明日引き上げるのが楽しみだな」

「おう、期待しててくれ！」

サーミャが胸を張って得意そうにしている。一方、ディアナは少し惚《ほう》けたような感じになっている。ほわほわとした光を顔を中心に纏《まと》っているような、と言えば分かるだろうか。

「おい、サーミャ。ディアナはどうしたんだあれ」

「ああ、あれな……」

サーミャはやれやれといった感じでため息をつく。

「鹿を仕留めて腸《はらわた》を抜いてるときに、狼《おおかみ》の親子と出くわしてな。子狼も一緒にいたもんで、それが可愛《かわい》いって言ってからずっとああなんだよ」

「ああ、なるほどな……」

パタパタと尻尾を振る子犬のような子狼の姿を想像してしまうと、そりゃ可愛さでメロメロになるのも頷《うなず》ける。

「その親子はどうしたんだ？」

「抜いた腸をやったら咥《くわ》えてどっか行ったよ。アタシ達が狩りしてるの知ってて待ってたんだな、あれは」

サーミャは「心臓はちゃんと埋めたけど」と続ける。つくづくこの森の狼は賢いな。しかし、この様子だと上手いこと餌付けしたら飼えるかも知れないって知ったら、ディアナは飼うと言って聞かないだろうな……。それだけは耳に入れないようにせねばいかん。はぐれの子を見つけてしまった場合はともかくとして、そうでない子はちゃんと親がいるしな。俺とサーミャは目線だけでそれを伝え合い、お互いに頷くのだった。

◇◇◇

ディアナが、子狼がいかに可愛かったかを夕食の間中力説した翌日、朝の日課を終えた俺達は、デカい鹿を引き上げるべく森を歩いていた。

さっきからディアナがソワソワしているのは、今日も子狼がいないかどうか気にしているのだろう。俺も前の世界では野良猫の親子を見かけたら、しばらくはその付近を通るときにいないかどうか注意するようにしていたから、気持ちは分かる。だが、そうやって探していると滅多《めった》に現れないものなのだ。俺が野良猫を探したときもそうだった。

果たして、狼の親子は発見できずに湖に着いた。ディアナのテンションが目に見えて落ちているが、人はそうやって学んでいくのだ……。

前にサーミャ達が仕留めた猪《いのしし》もかなりの大きさだったが、今回の鹿もかなりデカい。これ体長二メートルくらいあるんじゃないのか。

「これは仕留めるのに苦労しただろ？」

「エイゾウ特製の矢じりだったし、今回は当たりどころが良かったんだろうな、ほとんど即死だった」

「おお、それは凄《すご》いな」

「いやぁ、普通の矢じりだったら、帰るのは日が沈みきるかどうかのギリギリになってたと思う」

サーミャが遠回しに褒めてくれたので、素直に「ありがとよ」とお礼を言っておいた。

リケには大きめの木を伐《き》ってもらうよう頼んでおいて、残る三人で頑張って引き上げる。最初は多少の浮力があってその分は楽だったが、岸に近づくにつれて重くなってくる。

サーミャ（と今は俺にディアナ）の筋力が、普通の人間よりはかなり強いからなんとかなっているが、これは普通の人間が二人だけだったらちょっと厳しいのでは、と思わせる重さだ。こないだの猪と合わせて、肉の貯蔵量がかなり増えるだろう。

大きめの木で作った運搬台に、四人で引きずりあげる。このときも、いつもより苦労して引き上げた。もちろん、引っ張るのも運搬台が大きいこともあるが、鹿の重さも相まって、帰りにはいつもより時間をかけることになってしまった。

家に戻って吊《つる》すのも一苦労はしたが、その後はあまり変わらなかった。切れるナイフでササッと処理できているのもあるにはあるが、手慣れてきているのも大きいだろう。ほぼ毎週捌《さば》いてるからな。肉と今回はサーミャの要望で腱《けん》をとってある。腱は後で弓の弦にするらしい。

塩漬けにするのも限界があるので、今回はかなりの量を干すことになった。鍛冶場のあちこちにぶらんと肉が吊り下げられて、なんだか肉屋のようである。やはりどこかで燻製《くんせい》小屋兼用の貯蔵庫を作る必要があるな……。


昼飯は鹿肉のソテーである。そして、ここからは完全に休暇なので、昼間からワイン（リケは火酒《ブランデー》）も出した。世界が違っても、昼から飲む酒は美味《うま》いな。

元々こっちの世界でも昼から酒というのはままあることではある（水の代わりに飲むということはほぼないが）ので、俺以外の三人も肉と酒を楽しんでいた。

午後からは三々五々、それぞれの好きなことをする。サーミャは弓の手入れ、リケは細工物の作製、ディアナは剣術の稽古だ。

俺は中庭に作ろうとしていた花壇兼家庭菜園の整備の続きである。前からほったらかしになっていたので、土はある程度の柔らかさを保ってはいるものの、雑草は生えまくっていた。これは耕し直すか。

作業場からクワをとってきて、耕し始める。前よりは大分楽なので、三人の手伝いは特に必要ない。

やってることはある種、鍛冶の仕事に似ているが、こちらは売り物でもなんでもないので、気楽さが段違いだ。身体《からだ》を動かすのは嫌いではないし、畑仕事もたまにはやっていかないとなぁ。

なんとか一人でも中庭を耕し終えた。土が結構フカフカになっている。本当ならここで土をふるいにかけたりしたほうが良いのだろうが、今後どれくらい手をかけてやれるかも分からんからな。再びここが雑草畑にならないようにだけ気をつけていこう。

夕食は鹿肉のワイン煮込みにしてみた。ワインは明日また仕入れるから、気にせず使ってしまう。こういうのがあると休日だったたって感じがあるな。この日は話も盛り上がり、明日からの英気を十分に養うことが出来たのだった。

◇　◇　◇

翌日は街へ商品を卸しに行く日なので、荷車にみんなで荷物を積み込んで、森の中を行く。俺は金貨を二枚持っていくのも忘れない。森の道中は、時折鹿なんかの動物に出くわすくらいで、特に危険はなかった。……ディアナが必要以上にキョロキョロしてたのは子狼を探してたのだろう。

街道も警戒は怠らないが、いつもどおりの、のどかな風景が広がっている。サーミャとディアナにちょくちょく確認しても何事もない。そのまま街に着くことができた。

今日の立ち番は前の帰りに見た衛兵さんだ。マリウスの同僚氏はどうしたんだろうな。あの人も俺の製品を買ってくれたから、少し気になる。マリウスのときみたいなことになってないと良いんだが。そんなことを思いながら、会釈して街に入っていった。

カミロのところに着いたら、いつもどおりの流れである。ただし今日はミスリルのレイピアを荷車から下ろして直接持っていく。流石にこれを置いたままには出来ないからな。

商談室で待っていると、これまたいつもどおりにカミロと番頭さんが現れた。カミロは部屋に入ってくると、俺の持っているものに目をつける。

「おお、出来たのか」

「なんとかな。一苦労も二苦労もしたよ」

俺は持ってきたレイピアをカミロに渡す。受け取ったカミロはレイピアを鞘から抜く。俺の打ったレイピアは、それ自体が淡く発光していて、護拳と相まって我ながらなかなかに神々しい。カミロは剣身を見て満足そうに頷くと、

「確かに。やはりお前に頼んで正解だったよ」

「そうか。気に入ってもらえたんなら良かった」

俺は表情には出さないように努めながら、内心でほっと胸をなでおろす。

「それで、言ってた〝アポイタカラ〟なんだがな」

「ああ、どうなった？」

「確実に入手できる算段が整った」

「おお、やったじゃないか！」

「まぁな。ただミスリル以上に貴重なものだから、手続きやらでもう少しかかりそうだ」

「そうなのか。まぁ、それなら仕方ないな」

「すまんな」

「アンタのせいじゃないんだ、気にするな」

俺はそう言って、懐から金貨二枚を取り出す。

「とりあえず、こいつは持ってきちまったから今払っておくよ」

そう言ってカミロに渡し、受け取ったカミロはいい笑顔で、

「まいどあり」

そう言うのだった。


特殊な内容がちょっとあった以外は、いつもどおりの取り引きだ。番頭さんがうちの荷車に積み込む内容を伝えに部屋を出る。

「ああ、それでハルバード五本だが」

「どうなった？」

「〝伯爵閣下〟に快くご購入いただけたよ」

「まぁ、買わないとはあんまり思ってなかったが」

「それで、〝伯爵閣下〟からのご依頼なんだが」

「ほほう。なんだ？」

「あのハルバードをもう三本ほど売って欲しいらしい。屋敷の衛兵に持たせるんだと」

「なるほど。承った」

特注モデルの製作依頼なら本人にうちまで来てもらう必要があるが、そうでないなら単に依頼を

受けるだけだ。帰ったら忘れないうちに作ってしまおう。

その後は、世の中の情勢についてなんかの話だ。今のところ、俺が世間の動きの話を聞く唯一の機会である。前の世界ではインターネットで世界の裏側の暴動の話をキャッチできていたことを考えると、たった一人から週に一度限られた地域の話を聞いているだけ、というのは落差が凄いな。何か他にもそれなりの手段を確保したほうが良いのだろうか。急ぎではないから、ゆっくり探っていくとしよう。

特にどこかで大きな戦争があるとか、大きな討伐（竜《ドラゴン》とか巨鬼《オーガ》とかだ）のための出兵があるとかいった話はないようなので、俺に急ぎで数打ちの用命はなさそうだ。あっても受けるかどうかは別だが。

ただ、確定情報ではないものの、きな臭い話というか、辺境域で小規模な魔物との小競り合いや、国境や水利権を争う小競り合いなんかは発生したり、しそうだったりするそうだ。いずれも大規模にならなければいいが。

カミロの店を出て街の入り口までやって来た。そう言えば、立ち番の人はハルバードをまだ装備してないが、訓練にも相応の時間がかかる。すぐには配備できなかったのだろう。再び会釈だけして通り過ぎた。

街道でも森でも特に大きな事は起こっていない。警戒は常にしているが、いつもどおりのんびりしたものである。そのまま家について、みんなで荷物を運び入れ、今日の街へ行く目的は完了した。

◇◇◇

翌日からは鍛冶の仕事だ。板金《いたがね》を作り、俺はハルバードを、リケたちはその他の武器を製作する。ハルバードは以前も作ったし、さして苦労なく三本を作りあげた。

ここまでにかかった時間はおおよそ二日半、三日目にあたる今日は、残り半日が空いている。屋敷の衛兵に持たせるという話だったので、空いた半日でハルバードに彫刻を施していく。

前にミスリルに彫刻を入れるため、タガネを強化したのが功を奏したのか、スイスイと彫刻を施すことができ、三本のハルバードは完成した。儀仗《ぎじょう》用に使うにはいささか無骨に過ぎるが、屋敷の衛兵が門を守るために持つには、十分にハッタリが効いている。

注文品の製作を終えたので、翌日からはカミロの店に卸す品の製作に移る。リケは引き続き一般モデルの製作、サーミャとディアナは狩りに出かける。肉は十分にあるから、半分は森のパトロールのようなものだろう。そうして〝いつも〟の日常が始まった。

明日はサーミャたちが狩りを休むだろうから、今日はナイフの方を製作する。俺とリケでそれぞれ板金を熱して叩《たた》き、ナイフを作っていく。鍛冶場にゆったりとした炎の音と規則的な鎚《つち》の音が響く。合間に焼き入れの時のジュウッという音や、シュリシュリという研ぐ時の音が混じる。昼飯を挟んでそれを夕方前まで続けたのち、それはやってきた。

ある種の音楽のように響いていた音に、別の音が混じる。それは作業場兼売り場の扉をノックする音だ。ヘレンの時のように遠慮のない感じではなく、おずおずといった感じだ。いや、ヘレンの扉が壊れるかと思うようなノックと比べたら、大概が大人しいことになってしまうな。

「はいはい、今行きますよ」

俺は「どっこいしょ」と立ち上がり、扉に向かう。声が聞こえたのか、ノックの音は止《や》んだ。

扉の閂《かんぬき》を外して開けると、そこには女性が立っている。リケよりも背は高いが、サーミャよりは少し低い。全体的にほっそりとした体型を旅装に包んでいる。切れ長の目に肩辺りで切りそろえられた白銀色の細い髪も印象的ではあるが、何より目を引いたのはその耳だ。細く長く尖《とが》った耳。

俺の前の世界で得た知識と、インストールでの知識が同じ答えを返してくる。彼女はエルフだ。

エルフの彼女は細い声で言う。

「こちらがエイゾウさんの工房で間違いないですか?」

「ええ、ここが私、エイゾウの工房です」

「良かった。お願いしたいことがございまして参りました」

「なるほど。ここではなんですから、どうぞ中へ」

「はい。ありがとうございます」

俺は彼女を中に案内する。彼女は素直に従って入ってきた。リケが手を止めてこちらの様子を窺《うかが》っているので、俺は大丈夫だと手振りで合図して、水で割ったワインを持ってきてもらうよう頼んだ。

「どうぞそちらにおかけください」

エルフの女性は頷《うなず》くと、荷物を下ろし、スッと音も立てずに椅子（丸太だが）に座る。一応簡単なテーブルも設《しつら》えてあり、そこにリケが持ってきた飲み物をそっと置くと、女性は軽く頭を下げて感謝を示した。

「それで、私に頼みたいこととは？」

「これです」

下ろした荷物の中から布で包まれたものを取り出し、テーブルに広げた。俺は中に包《くる》まっていたものを見て目を見張る。

「貴方《あなた》には、こちらを修復していただきたいのです」

女性は乞うような目でこちらを見て言った。

テーブルの上には、いくつもの破片になった、ミスリルの剣身が置かれていた。

8章　エルフの剣

「なるほど……」

俺は広げられた破片を前に唸《うな》る。バラバラなので多少分かりにくいが、やや幅広だが普通のロングソードと大差ないような、薄身の剣身だったようだ。

「それで、どの程度の修復をご依頼でしょうか」

元のまま、完全に見分けがつかないほどの修復なのか、形さえ同じであれば良いのか。後者なら明日にも出来るかも知れないが、前者なら苦労することは明らかだ。前の世界であった素人がやらかしてしまったフレスコ画の修復のようなことにはしないが。

「勿論《もちろん》、完全に元のとおりにしていただけるなら、それに越したことはありません」

鈴の鳴るような、という形容が正しく似合う声で、依頼者の女性は言う。

「ですが、それが不可能であれば、可能な限りでも構いません」

つまり、俺に出来る限界まではやって欲しいということだ。実際には大したキャリアではないが、そう言われると職人の血が騒ぐのも確かである。

「あともう一つ、ここへはお一人で来られたんですね？」

「ええ。一人です」

サーミャがいないから詳しくは分からないが、少なくとも周囲に気配はなさそうに思うし、嘘《うそ》もついてなさそうだ。あの条件は一から作る時の場合の話でもあるから、とりあえずは良いか。

受けようかどうか考えていると、女性は少し早口で、

「あの、道中で身隠しの魔法を使いましたけど、それではいけなかったでしょうか？」

と聞いてくる。俺が考えているのを、一人で来た、というほうだと思ったらしい。身隠しの魔法なんかあるんだな。

「いえ、手段はともかく、お一人で来られたなら問題はないですよ」

俺は微笑《ほほえ》んで答えた。あれもそんなに厳密なつもりはないからなぁ……。それを聞いた女性は心底ホッとした様子である。

「本当ですか⁉」

「それではこのご依頼お引き受けいたします」

ガタンと立ち上がって大声を出す女性。今結構な音量だったな。

「あ、す、すみません……」

打って変わってシオシオと椅子に座り直す。一瞬だったが、たぶん今のが地なんだろう。そうでないと、こんなところに来ようとは思わないだろうしなぁ。

「いえ、お気になさらず。それで、いつ頃までに完成させればよろしいでしょうか？」

「早ければありがたいですが、遅くても二週間ほどでお願いできますか？」

「分かりました」

二週間か。それなら割といいところまで持っていけるようには思う。

「あの、それでですね、大変申し訳無いんですが、修復の間は毎日様子を見せていただきたいんです」

「というと？」

「エイゾウさんを信用しないわけではないんですが、ものがものですので、万が一があると……」

「ああ、なるほど」

ミスリルであるのも勿論そうだが、パッと見に由緒のありそうなものでもある。万が一にも俺がこれを持って逐電でもしてしまうと、大変なことになるのは火床の火を見るより明らかだ。

「それは構わないんですけど、毎日通うの大変じゃないですか？」

「いえ、この庭の一角を貸していただければ大丈夫です」

当然といった風に言ってくるが、家のそばとは言え、森の中で女性が寝泊まりって問題なのではなかろうか。盗賊のたぐいはいないだろうが、狼《おおかみ》や熊は普通にいる。

「この辺り、凶暴な獣も出ますよ？」

「え、この家の周囲の魔力の濃さなら多分近づいてこないですよ？」

「え？」

初耳である。そう言えばうちには魔法関連に詳しいのがいない。

「〝黒の森〟は魔力が他より多い土地ですが、この家の辺りは特に魔力が濃くて、それで木が生えてないんですよ。それで、そういうところは普通の獣なんかは近づかないんです。ご存知《ぞんじ》でこの場所を選んでらっしゃると思って感心していたのですが……」

「いえ、全く知りませんでした」

そもそも選択の余地はなかったのもあるしな。しかし、どうりで狼がたまたま通ったり、リスが材木でくつろいでたりといったことがないわけだ。

「私がこの場所を聞いたのも、貴方の打ったミスリルのレイピアを見て、魔力を綺麗《きれい》に織り込む技術があると確信してのことですが、もしかしてそれも……」

「職人の勘です」

チートです、とは言えないからな。とはいえ、意識して打っていたわけでもない。それを聞いた女性はガクンと肩を落としている。すまんな。

しかし、これで二つのことが分かった。このエルフの人がここに来たのは、俺が打ったレイピアをおそらくは納品して二〜三日以内に見て、その後カミロのところに行き、うちの場所を聞いてだろうということ。

もう一つは、俺の打った特注モデルの性能と、都で同じことをしても何故《なぜ》ダメだったのかの理由だ。この人の言うことから考えると、魔力を織り込んで作った製品はより強くなる、ということなのだろう。

この場所は魔力が濃いから、存分に製品に魔力を込めることが出来るが、都だと魔力が薄くて十分に込めることが出来なかったのが、あのとき起こったことだ、と推測できる。

十分に魔力を含んだ俺のナイフを混ぜることで、上手《うま》くいったのだと考えれば、全ての話の辻褄《つじつま》が合う。

「その話は一旦おいておいて、大丈夫だとしても、女性を外に置いておくわけにもいきませんし、幸いうちには客間があります。何かと不便もあるかと思いますが、そちらにご滞在ください」

肩を落としていた女性は少しは立ち直ったのか、その言葉を聞いて、

「よろしいのですか？　奥方が三人もいらっしゃるのでしょう？」

「……家族は女性が三人いますが、妻はおりませんので、どうぞご遠慮なく」

この情報の出処《でどころ》はカミロだな。今度会ったら覚えとけよ。

「では、お言葉に甘えまして」

エルフの女性は少し戸惑っているようだったが、やがて頭を下げた。ヘレンは遠くに出かけるって言ってたし、しばらくは来客もないと思うから大丈夫だろう。

そこにカランコロンと作業場の鳴子が鳴った。サーミャとディアナが帰ってきたのだ。二人にどう説明したものかと思いながら、俺は家に通じる扉を見やった。

思ったとおり、サーミャとディアナが帰ってきていたようで、程なく作業場と家を繋《つな》ぐ扉が開いた。

「ただいま……お客さん？」

「ああ。えーと……」

ディアナに聞かれたが、そう言えば名前を聞いてなかった。

「リディと申します」

エルフの女性——リディさんは立ち上がり、お辞儀をした。

「こちらは剣の修復の依頼をしにいらした方だ」

俺が補足する。すると、

「ディアナと申します。エイゾウ工房に身を寄せておりますので、どうぞお見知り置きを」

ディアナは狩りの時の動きやすい服のまま、ヒラリと貴族の礼をした。服装はともかく、ああいうの様になるよな。ガチの伯爵令嬢なんだから当たり前だけども。エイムールの家名まで言わなかったのは警戒してるのかな。それなりの身分だったことは今の挨拶でバレているとは思うが。

「アタシはサーミャって言う……ます？」

サーミャはなんだか変なことになっているが、おいおい覚えればいい。ディアナに任せようか……。

「私はエイゾウ工房に弟子入りしております、リケと申します」

リケはそつなくペコリとお辞儀をする。一番普通なのがリケかも知れない。見た目が幼いから、ものすごくアンバランスな感じはするが。ともかく、これが我がエイゾウ一家の面々だ。

「それでだな、リケは聞いてたから知ってると思うが、この剣は大事なものなので、修復の間はうちに逗留《とうりゅう》されるそうだ」

「不躾《ぶしつけ》なお願いで申し訳ございませんが……」

リディさんがそう言うと、ディアナは喜色満面で、

「まぁ、エルフの方と一緒に暮らせるの⁉」

と盛り上がっている。何歳か聞くのは忘れたままだが、好奇心についてはサーミャよりも遥《はる》かに上だ。

「いや、あくまで監視のようなもので、暮らすのとはちょっと違うぞ」

「でも生活は一緒なのよね？」

「そりゃまぁ、うちにいるからな」

「じゃあ、ちょっとの間でも暮らせることには変わりないじゃない」

せっかく喜んでいるし、これ以上反論して水を差すこともないか。

「まぁ、そういうわけで、晩飯を作ってる間に、ディアナとリケで客間の準備しといてくれ」

「分かったわ」

「分かりました」

ディアナとリケは頷《うなず》いて家の方に戻っていく。

「サーミャたちは今日は何を捕まえたんだ？」

「木葉鳥だよ。五羽ほど」

サーミャが俺に持ち上げて見せたのはカラスくらいの大きさの、羽が木の葉に似た色と形をしている鳥だ。

やはり肉の貯蓄は十分と見込んで小さめの獲物を狩ってきたんだな。とは言え、一人一羽もあれ

ば十分に腹は膨れるから都合は良いか。

「じゃあ、俺とサーミャは急いで羽根をやっつけちまおう」

「おう」

俺とサーミャが家に戻ろうとしたとき、

「あの……」

か細い声で引き止められる。

「私も手伝いましょうか？」

そう申し出てくるリディさん。申し出はありがたいと言えばありがたいが、お客さんだしなぁ。

「鳥を捌《さば》くのは里でもやってましたから、大丈夫です」

そうなのか。リディさんには肉を抜いた何かを用意しないといけないかもと思っていたが、この世界のエルフは普通に肉も食うということらしい。

まぁ、野菜しか食わないとか言われても、うちには干した根菜くらいで、この森の奥で新鮮な野菜は供給もままならないから助かる。

果物なら多少はなんとかなるが、女性とは言え大人が満足に一食分食えるだけの量ではないからなぁ。次カミロのところに行くときは、野菜を多めに仕入れておくべきか。

「すみません、助かります。お願いできますか」

「はい」

俺がお願いすると、リディさんはここに来て初めて、笑顔を見せてくれたのだった。

俺とサーミャとリディさんで鳥の羽根を毟《むし》る。大鍋に湯を沸かして、そこに鳥をくぐらせ毟っていく。そこそこの時間がかかって毟り終えたら、ナイフで捌いて部位に切り分けて肉にしていく。そこで客間の準備ができたので、リディさんには荷物を客間に入れておいてもらう。リディさんと俺以外の面々は使った道具の手入れをしたりしている。俺はその間に夕飯をこしらえるのだ。

今日はリディさんも来たし、チキンソテーのワインソースでちょっとだけ豪勢にした。ワイン（とリケは火酒《ブランデー》）も出して、「いただきます」と「乾杯」の両方をする。

リディさんは最初戸惑っていたようだったが、こうやってワイワイ賑《にぎ》やかに、その日あったことの話とかをして夕食（朝飯も昼飯も似たような雰囲気ではあるが）をとるのが、うちの流儀だと言うと納得はしたようで、途中からちょくちょく会話に加わっていた。

二週間くらいはここで過ごしてもらうことになるかも知れないわけだし、少しでもここの生活に馴染《なじ》んでくれれば幸いである。

◇◇◇

翌朝、水汲《みずく》みを終えて身の回りを整える。やはり洗《あら》い桶《おけ》五人だと若干狭い感じがするが、ヘレンがいたときと違うのは、身体《からだ》の大きさの違いだろうか。あの時ほどの狭さは感じない。

それらが終わると朝食をとる。いつもの根菜と塩漬け肉のスープに無発酵パンのメニューだが、リディさんは特に文句はないようで、俺はこっそり胸をなでおろすのだった。生活環境が変わったときに、何で一番心を折られるかって、飯が口に合わないことだからな……。少なくとも俺はそう思っている。

朝食が終われば、その日の作業の予定を立てる。俺は言わずもがな、リケは俺の作業の見学で勉強してもらうとして、サーミャとディアナにどうするか聞いたところ、二人も直すところを見ておきたいらしい。別に断るようなことではないので、リディさんの許可を得た上で、俺も許可した。リディさんも当然ながら俺の作業の見守りである。つまるところ、今日は全員が俺の作業を見学する日、と相成った。

まぁ、特にそれでなにか問題があるわけでもない。俺は全員を引き連れて作業場の扉を開けた。


作業場に入り、まずはパズルだ。やや幅広で薄身の剣身が大小八つほどの破片になっている。まずはこれを元の形に組み立てる。

当然ながらこの作業に鍛冶の腕前は関係ない。リディさんも含めて五人で賑やかに剣身パズルを組み立てた。最終的にはこの形に組み上がるということになる。

ミスリルなので気を使わなくていい部分が多い。鋼の場合は再加熱すると焼き入れして硬くなった成分の結晶が崩れたりしてしまうので、接合した後に元のとおりの硬さや粘り強さにするための調整が大変だ。

ミスリルだとそれがないが、そもそも接合すること自体が大変なので、手間としてはどっちもどっちか。鋼はチートで接合後の調整もなんとかできそうなので、ミスリルのほうが大変かも知れないな。

鋼を再調整でどうにか出来る辺りが、まさにチートではある。

まずは剣身の柄《つか》に近い側からくっつけるので、火床に火を入れる。勿論《もちろん》魔法だ。

「そう言えば、エイゾウさんは魔法が使えるのですね。昨日もかまどに魔法で着火してらっしゃいました」

その様子を見ていたリディさんが指摘する。うちの恒例行事のようなもんではある。

「使えると言っても、今はこの着火と、少し風を起こすくらいですけどね」

「それだけでもそれなりの修練は必要でしたでしょうに、魔力についてはほぼ知識がない、というのがなかなか不思議ですね」

リディさんはニッコリと笑いながら言ってるが、笑顔が怖い。魔力について知らない、ということについては全く信用してないんだろうなぁ。

俺の魔法は「最低限」ということで貰《もら》ったもので、修練とかはしてないし、サーミャは勿論、リケもディアナも魔法は全く使えない。

強いて言えばディアナが他の二人よりは魔法について知っているくらいで、伯爵家令嬢レベルが魔力については知らないのだから、よほどの専門家でもないと知るはずもない……いや、待てよ。

「ディアナは魔法については詳しくないのか？」

「わ、私はそっちの勉強はあんまりしなかったから」

目を逸《そ》らしながらディアナが答える。これはサボっていたな。使えると色々便利ではあるが、使えなくても困らないという状態で、お転婆《てんば》娘が剣術の方を重要視したのは容易に想像ができる。

「そうか。別に怒ったりしてるわけじゃないから、気にするな」

「そ、そう？」

あからさまにホッとするディアナ。でも、こういう妹がいて、エイムール家はさぞや明るい家庭だったんだろうな。

「というわけで、私も詳しくないですし、うちの者も詳しい者がいないので、その辺りについては不明を恥じるばかりなんです」

「なるほど……」

リディさんは考え込んでいる。俺は着火した火が十分に回ったので剣身の柄側と、そこに一番近い破片をやっとこで掴《つか》んで火床に入れ、風を送って加熱する。リディさんは考え込みつつ、俺のその様子をじっと見ている。魔法周りの話はあんまりツッコまれても「何となく使えるようになっただけで、特に何か意識してるわけではない」以上の情報は出せないけどな。


チートを使ってギリギリの温度を見極め、二つを同時に取り出す。接合する部分とその周囲の温度が上がっているので、リケにも手伝ってもらい、くっつけて鎚《つち》を振り下ろす。これが鋼ならホウ砂なんかがいるところだが、ミスリルはありがたいことにこれでなんとかくっつきそうな気配がある。ただ、普通に打ち延ばしたときよりも温度も鎚の働かせ方もシビアだ。ミスリルの武具を新造するよりも、こっちが出来る鍛冶屋はなかなかいないのではなかろうか。

三回ほど打っただけで、もう適正な温度から外れてしまった。ギリギリくっついてはいるので、そのまま火床に入れ、接合部分だけが加熱されるよう、炭の位置を調整して風を送る。

「これはなかなか骨が折れるな」

俺は思わず呟《つぶや》いた。

「なんとかなりそうですか?」

不安げな様子でリディさんが尋ねてくるが、思いの外近い距離からの声でビックリした。実際に顔が結構近い。ちょっとドギマギしながら答えを返す。

「まぁ、難しいですが、元には戻せると思いますよ。ただ、やたらと時間がかかりそうですね。二週間あればギリギリなんとかできるかとは」

「そうなんですね。ありがとうございます」

「いえ、仕事ですから」

俺は再び火床に目を戻す。そろそろいい温度になってきている。再びピッタリの温度で取り出し、鎚で叩《たた》く。丁寧に、隙間ができてしまわないよう、このキラキラしたものが崩れないようにだ。三回叩けば少しくっつく、というのがチートで分かる。

出来れば少しペースを上げていきたいところだが、それで崩れたら元も子もないからなぁ。再び火床に入れて加熱を始める。

「エイゾウさんはやはり魔力の流れが見えてますね」

今度は少し離れた場所からリディさんの声が聞こえる。

「そうなんですか?」

「ええ。ちゃんと流れが途切れないように叩いてますよね?」

「いや、なんというか、キラキラした粒みたいなやつがバラバラにならないように、と」

「それですよ!」

ズイッとリディさんが近寄ってくる。視界の大部分が、長いまつ毛に縁取られたサファイア色の瞳に占拠される。荒い鼻息を肌で感じそうなくらい近い。俺が気圧《けお》されて動けないでいると、リディさんは居住まいを正した。

「コホン。失礼しました。ともかく、それが魔力です。やっぱりエイゾウさんは感知できてたんですね。それとは知らなかっただけで」

「みたいですね」

鋼を打つ時は他にも組織の偏りみたいなものも見えているが、そっちは黙っておこう。

「これで私の中の疑問が一つ解消しました」

ニコニコと上機嫌なリディさんを見て、

「それは大変ようございました」

俺はぎこちなく返し、火床から剣を取り出すと、再び鎚を振り下ろすのだった。

そのまま、昼過ぎまでかかって破片の一片をくっつけた。くっつけた箇所のチェックをする。キラキラした粒子みたいなもの——リディさんが言う魔力は崩れてはいないものの、接合部分で一旦途切れている。

指でなぞってみたが、特に継ぎ目は感じない。ということはこれは物質的な継ぎ目ではなく、純粋に魔力がここで途切れているということだ。

そんな感触ではなかったが、もしかすると内部では完全に接合できてない可能性もある。

この状態で使い続ければ、いずれ何らかの問題が起こるだろう。いくつかの破片になるほど酷使されていたものだ、修復したら再び酷使されるだろう。武器なのだし、そこで問題が起きたら命に関わる可能性が高い。

「リディさん、ここ分かります？」

今接合した部分を指し示しながら、リディさんに見せる。リディさんはしばらく目を凝らしてじっと見ていたが、やがて、

「なるほど、ここで魔力の流れが切れていますね」

と呟いた。

「リケは分かるか？」

俺はリケに剣を渡す。リケはリディさん以上の時間をかけてチェックしていたが、

「なんとなくは分かりますが、接合部が綺麗《きれい》にくっついてる方に目が行きますね」

と剣を返してきた。なんとなくでも分かるなら上々だと思う。このまま成長していって欲しい。

他の二人は鍛冶も魔法も専門ではないので言わずもがなである。それでも少しは見えるようなのは、ミスリルの性質なのか、二人が時々鍛冶仕事を手伝っていたからなのか。

「リディさん、これがこの状態なのはマズいですよね」

聞くまでもないことだとは思うが、一回壊れたので儀礼用にするから、見た目だけ整っていればいい、なんて話なら別だ。

「そうですねぇ。可能な限りは元のとおりに、が希望ですので……」

「ですよねぇ……」

俺は腕を組んで考えた。真っ平らになるほど叩けばちゃんとくっつくかも知れないが、今度はそこから戻す必要がある。

うーん、だとすると、もういっそ根元に残っている部分の上に破片を積んで〝積み沸かし〟のようにして、鍛接した塊を作ってしまい、そこから延ばしたほうが綺麗に行きそうな気はする。

元の形に戻せる自信は……ある。チート頼みではあるが、この力ならおそらくは平気だろう。

そうなると、問題はリディさんがそれを許してくれるかどうかになってくる。構成している材料は全く同じだが、ほぼ新造と変わらなくなってしまう。〝テセウスの船〟の逆のような状態ではあるが、「果たしてそれは同じものか？」という問題の本質は同じだ。

ただ、そもそも「くっつけるだけ」と言っても、壊れたときに細かな破片までは回収されていない可能性が高い。字義通りの完全な「元通り」はそもそもが不可能なのだ。

それを考えたら、くっつけるのも、打ち直すのも大差ないように感じなくはない。要は見た目は完璧に修復できるから、物体としての連続性か、性能のいずれを選択するかなのだ。

　俺はそのようなことをリディさんに説明した。形は完璧に元に戻せるだろうことは特に念入りに説明しておく。

「つまるところ、破片をそのままくっつけるか、新しく打ち直すかの二択です。見た目はどちらも全く同じものとして修復出来ることは保証します」

　その言葉を聞いて、リディさんは悩んでいる。多分打ち直しても二週間あれば間に合うだろう。細剣《レイピア》の時と違って、好き勝手に形を作れないし、あの時よりも今回のほうが剣身の幅が広いから、その分の時間はかかるだろうが。

　ただ、他にどんな問題で時間を取られるかは分からないので、間に合わせたいなら決断は早いに越したことはない。理想はもちろん、今すぐである。

　とは言っても、打ち直すとなってから「やっぱやめた」というわけにはいかないので、ホイホイと決断できるようなものでもない。


　静かに火床で炭が燃える音が作業場に流れる。決して時間が止まってしまったのではないことを、その音だけが教えてくれている。俺達は静かにリディさんの決断を待った。

　リディさんは俯《うつむ》いたままだったが、やがて顔を上げる。真剣な顔がそこにはあった。

「打ち直してください」

「後戻りできませんが、構いませんね？」

「ええ。お願いします。元のように使えることが一番なのです」

「分かりました。それではお任せください」

俺はリディさんのややもすれば悲壮ともとれる表情とは対象的な、朗らかな笑顔で請け負った。

リケやサーミャ、ディアナもほっと胸をなでおろしている。


「さてと、それじゃあ再開しますか」

頬《ほお》をパンと張って気合いを入れる。リディさんの覚悟に負けないような仕事をしないと、エイゾウ工房の名折れというものだ。

剣身の形状そのものはスタンダードなロングソードだ。その幅と長さ、厚みを記録するのに、外から材木を持ってきて、剣身の破片を一つ一つ木に宛てがって削り、元の形（と思われるもの）を再現した。これなら途中で宛てがいやすいかなと思ったのだ。

破片のくっついた根元部分を火床に入れて加熱していく。やがて加工できる温度まで上がったので、鎚で叩いてくっつけた辺りを四角くまとめていく。細剣のときよりも更に硬さを感じる。内部に隙間が残っていたら大事《おおごと》なので、しっかりと丁寧に叩いてまとめる。

何回か繰り返すと、剣の途中から小さめの四角い板がついているような姿になった。その板の上に、崩れないように破片を載せていく。それを藁縄《わらなわ》で覆うようにくくりつけて、火床に入れて加熱。

鋼のときと違って酸化皮膜に全く気を使わなくていいので、ほんの少し楽が出来る。

ミスリルの外側がやや融《と》けるくらいの温度まで上げて火床から取り出し、鎚でサササッと藁縄の燃え残りを払って、一瞬待って温度をほんの少し下げてから叩いてまとめていく。流石《さすが》に一回でまとまりきった感じはない。先程の硬い手応えも相変わらずだ。

加熱、叩く、延びてくるので折り返す、加熱、叩く、折り返すを数度繰り返したが、まだまだ完全にまとまっている感じがチートでも感じられない。

ふと気づけば、もう大分日が傾いてきている。このミスリルは思ったよりも時間がかかりそうだぞ、そんなことを思いながら、俺は今日の仕事を終えることをみんなに伝え、夕食の準備に取り掛かるのだった。

◇　◇　◇

翌日、今日の見学者はリケとリディさんだけで、サーミャとディアナは「エルフの人がいるから」と果物やなんかを採取しに行った。こっちの世界でも何となくそういうイメージあるんだな。昨日の晩もリディさんは普通に肉食ってたのに、イメージというのはそうそう頭から離れないものである。

まだまとまりきっていないミスリルの塊付き剣を、火床に突っ込んで加熱する。頃合いになったら、取り出して叩く。心なしかどんどん手応えが硬くなってきているようにも思う。その分まとまってきた感触もあるのだが、キラキラした粒子——魔力も少しずつ増えているような……。

「リディさん」

「はい。なんでしょう？」

「これ、魔力が増えてませんか？」

「増えてますね。さすがはエイゾウさん、魔力を織り込むのが非常に巧みです」

ああ。これがそうなのね。鋼のときにもこんな感じの粒子がちょっと見えてたな。

「心なしか硬くなってきている気もするのですが」

「でしょうね。やはり貴方《あなた》に頼んで正解でした」

うんうんと、ただ一人満足しているリディさん。説明は特にない。リディさんはあれか、自分が知ってることは相手も知ってると思っちゃうタイプの人か。前の世界で勤めてた会社にもいたな。

ともあれ、硬くなってきているのを否定しないということは、もしかして、この世界のミスリルは魔力を含むと硬くなるのだろうか。でも、細剣を作った時はこんなことなかったけどな……。

とりあえずはそのことは頭から放り出して、魔力を含むと硬くなるということだけを考える。チートの力を集中して、鍛接が上手《うま》くいかないようなことがないように、丁寧に叩く。

今まで意識はしていなかったが、どうやら俺はこのときに魔力を注ぎ込んでいるらしい。鎚《つち》を振り下ろすごとに当たった時の手応えが、ほんの僅《わず》かずつだが重くなっている。その分叩く力も増やしていく必要があるので、なかなかの重労働だ。

作業を何度か繰り返す。その度に手応えが重くなっていったが、やがて重くならなくなった。もしかすると「魔力を織り込む」限界にきたのかも知れない。

これ以上重くなると加工に苦労しそうだったが、ミスリルに限界まで魔力を織り込むことができたのは素直に嬉《うれ》しい。修復の途中であろうとも、素材の力を全て引き出せたということなのだから。


結局、鍛接が終わるのに昼過ぎまでかかってしまった。これはこの後の作業が大変そうだな……。少し遅めの昼食を三人で摂《と》って、午後からは続きだ。

ここからは本腰を入れる必要がある。火床で加熱をして、叩《たた》いて延ばす。鋼のときと工程、内容としては何一つ変わりはない。だが、難易度が格段に違う。破片の接合の時もそうだったが、魔力を維持したまま加工可能な温度と、鎚を入れて大丈夫な箇所が非常にシビアで、大して延ばせないうちに再加熱が必要なのだ。

「これは細剣の時以上に骨が折れるな」

俺は思わず愚痴る。

「親方でも大変ですか」

「ああ。高いところに渡した細いロープの上を、全力疾走しろと言われてるようなもんだ」

リケの言葉に俺は素直な心情を返した。ミスリルでこの調子だと、アポイタカラが来たときにどうなることだろうか……。

ふと見ると、リディさんが心配そうにこちらの様子を窺《うかが》っている。いかん、クライアントがいる前でこういうことを言うのは、職人としての自覚が足りんな。

「時間はかかりますが、しっかり元には戻しますからね」

俺はできるだけにこやかにリディさんに向かって言う。リディさんの表情が見るからに安堵《あんど》している表情になった。よし、頑張ろう。


この日、結局出来たのは三分の一ほど延ばすことだけだった。まだ剣の形には程遠い。これでリケの勉強になっているだろうか。明日は街に行く日だから、明後日《あさって》から剣を延ばし終わるまでは、リケには製作をしてもらったほうが良いかも知れないな。

ついでに、次に行くのは二週間後にさせてもらおう。リスクヘッジは多少過剰なくらいでちょうどいい気がする。生活資金ならまだまだあるし、そっちは焦ることもあるまい。


採集に出かけていたサーミャとディアナが採ってきたのは、ブルーベリーのような果実と、ペパーミントっぽい匂いのする葉がたくさんだった。夕食の前に、小さい瓶に火酒を入れて、よく洗ったブルーベリーを漬け込んでおく。いくらかは今日の夕食の時のソースに使おう。

ペパーミントっぽい匂いのする葉も、よく洗って少しかじると、前の世界のペパーミントよりも葉の匂いが強めにするが、ほぼペパーミントなので、明日の朝にでもこの葉っぱでミントティー風にするか。

夕食のソースも、ブルーベリーそのものも、リディさんは勿論《もちろん》、全員に好評だった。火酒にブルーベリーを漬け込んでいるので、そのうちみんなで呑《の》もう、と言うと、そちらもみんな目を輝かせていた。

こういうところはリディさんも含めて全員女の子だな。中でもリケが飛び上がらんばかりだったのは、とりあえず目を瞑《つぶ》っておこう。こういうところはドワーフだなぁ……。

「そう言えば、エルフの方々も肉を食べるんですね。野菜や果物しか食べないとばかり思ってました」

「ええ、私たちの森でも鳥や鹿は獲《と》れますので」

「なるほど」

「でも、畑で採れた芋や野菜の方が多いですかね。お肉はどうしても獲れる量が一定しないので……」

「それはそうでしょうねぇ」

鳥も鹿も獲り放題なんてところがそうそうあるわけないしな。

「アタシはエルフって果物しか食べないのかと思ってたよ」

サーミャが遠慮なく思っていたことを口にする。リケとディアナの二人もうんうんと頷《うなず》いているから、この世界でもエルフは菜食主義だという認識があるらしい。

「皆さんそう思っていらっしゃるようで、外に出ると野菜だけが出てくるときはありますね」

「でしょうねぇ……」

俺も危うくそうするところだったしな。

「でも、好き嫌いはないですし、里の外のお肉が食べられる折角《せっかく》の機会に野菜だけだと寂しいので、こちらではお肉を食べられて嬉《うれ》しいです」

「それは良かった。本当に」

さて、明日は街へ行く日だ。明後日からの作業もあるし、頑張らないとな。

◇◇◇

翌朝の朝食時、いつものメニューにミント（っぽい植物）を熱湯に入れたミントティーみたいなものもつけてみる。やや草っぽい味もするが、口当たりが爽やかでいいな。こういうのならお茶代わりにするのはありかも知れない。ちょっと考えておこう。

「私達は今日は街へ商品を卸しに行くんですが、リディさんはどうします？　ついてきていただくのは構いませんよ」

リディさん一人置いていっても多分やることないしな。男一人に女性四人、しかも三人は獣人にドワーフにエルフ。目立つことこの上ないが、あの〝伯爵閣下〟が頑張ってくれているうちは、大したことにもならないと思う。気がかりなのはミスリルの剣だ。

これは置いていっても大丈夫なもんだろうか。これを守るために、ここにリディさんが残るというなら別にそれでも良い。パパッと盗まれて困るようなものは特にない。金貨はまた稼げばいいしな。

強いて言えば鍋釜のたぐいは持っていかれると飯食うのに困るから勘弁して欲しいってくらいか。

「私もついて行きます。剣はここなら安全でしょう」

「分かりました。それじゃあ、準備だけお願いします」

「ええ、分かりました」

リディさんは頷くと、客間に消えていった。意外なほどあっさりと同行を希望したな。俺が知らなくて、リディさんには分かっていることが、この場所にはまだまだありそうな気がする。……まぁ、そういうのはおいおい分かっていけばいいか。俺は自分の部屋に入って出かける準備に取り掛かった。


荷車を引くのは俺とリケの仕事だ。流石にリディさんに頼むわけにもいかない。聞いてみると目は良いようなので、サーミャとディアナと一緒に周辺への警戒をお願いすることにした。

しかし、このままいつまでも人力で引くのも考えものかも知れない。そのうち荷物が増えるとは思うし、何より目立つのだから多少でも機動力は高いほうが良さそうだ。と、なると餌の問題はあるが、どこかの段階で馬の導入は考えていくべきか。だがこれも後々の話だな。

緑の光の中に、黒っぽい縦の線――木の幹がそびえる中を進んでいく。ざわざわと木の葉が騒ぎ、心地よい風が流れていく。こういった木々の声はリディさんには聞こえているのだろうか。流石にそれはエルフという種族に夢を持ちすぎか。

ディアナは相変わらずキョロキョロしている。気持ちは凄《すご》く分かるぞ。すると、サーミャがピタリと足を止めた。

「ヤバいやつか？」

俺も足を止めてサーミャに聞いてみる。

「いや……うーん」

サーミャの耳がピコピコ動き、鼻をヒクヒクさせている。意識を集中して、何がいるのかを探ろうとしているのだ。

「ああ、これはアレか」

耳と鼻を動かすのを止《や》めて、サーミャはゴソゴソと自分の懐をまさぐっている。すぐに何かを取り出すと、少し離れたところにある茂みの付近へポイと放り投げた。目を凝らしてみれば、それは干し肉である。

すぐにガサリと茂みが揺れて、小さな影がピョコッと飛び出す。茶色い子犬のような姿の獣、つまりは狼《おおかみ》の子供だ。

「――――！」

ディアナが大きな声を出して驚かさないようにキャーと叫んでいる。器用だな。

しかし、なるほどこれは愛らしい。ほぼ子犬のようなものだ。パタパタと尻尾を振りながら、干し肉をガフガフと食らっている。

確かにこれはやたらと可愛《かわい》いな。思わず俺の目尻も下がる。いつの間にか隣に来ていたディアナが俺の肩をバンバン叩いてきた。普通に痛い。何に感動しているのかは分かってるから落ち着け。

やがて食い終わった子犬、ではなく子狼がこちらに向かって尻尾をふりふり、

「わん！」

と鳴いた。また肩にバンバンバンバンバンと衝撃が来る。落ち着け。

子狼はちょっとこっちに来そうになっていたのだが、いつの間に近づいたのか、スッと大きな狼が現れた。状況的にアレが母親だろう。すると、子狼は一目散に母狼に向かって駆け出し、じゃれ付き始める。それはそれで、とても心なごむ光景だ。

母狼はあやすように鼻先で子狼をあしらうと、茂みの向こうに親子連れ立って去っていった。

「なるほど、前にサーミャが言ってたが、あれは確かに可愛いな」

「でしょ!!!!」

ディアナがもうほとんど咆哮《ほうこう》と言っていいほどの大声で叫ぶ。耳が物理的に痛い気がする。

「あれを探したくなる気持ちが分かるくらいには、可愛いのは間違いない」

「でしょでしょ！」

「でも、母親がいるのを引き離してくるのは可哀想《かわいそう》だからなぁ」

「ああ、そうねぇ……」

少し肩を落とすディアナ。

「たまー—に親から見放されたり、はぐれたりしてるのがいるから、そういうのなら良いんじゃねえの」

サーミャがポロッとそう漏らす。それを聞き逃さなかったディアナがすごい勢いで復活する。

「そうよね！　よーし、そういう子がいたらすぐ助けてあげなくちゃ！」

鼻息も荒く、ぐぐっと握りこぶしなんかも作って決意を固めていらっしゃる。

俺とリケ、リディさんは顔を合わせ、思わずため息をつくのだった。


道中で大きなハプニングもあったが、他には特に問題なく森を抜け、森の中とは違う危険が待ち受ける街道に出た。俺達はあからさまに目立つから、森の中以上に警戒する必要がある。

サーミャが五感全てで警戒し、ディアナはさっきまでとは違う視線を周囲に向けている。リディさんも少し遠くを見やったりして警戒してくれている。やはり目が増えると安心感も増すな。

ゴタゴタはあったものの、エイムール家の統治がちゃんと行き届いているのか、街道で特に大きなトラブルに遭うことはなかった。ここでなんかあったらディアナは気が気でないだろうし、ほんの僅かでも何かが起きないでいて欲しいものだ。

街の入り口には今日も同僚氏でない人が立っていた。得物はまだ短槍《たんそう》で、ハルバードではない。この人の顔もちょっと覚えてきたな。聞いてみるか。

「こんちは」

「おお、あんたらか。こんにちは」

衛兵さんは愛想よく、だがしっかりとリディさんの方を見て挨拶を返してくる。

「つかぬことをお伺いするのですが、マリウスさんと仲の良かった方は、どこかへ移られたのですか？　あの方にも私の剣をお買い上げいただいているので、その後の調子などはいかがかと思いまして」

「ん？　ああ。ヤツはマリウスに呼ばれて都に行ったよ」

「なるほど。それでお見かけしなかったんですね。ありがとうございます。また都に赴いた際にでも尋ねてみることにします」

「おう、そうしてやってくれ」

そう言って俺たちは会釈をして通り過ぎる。今の衛兵さんの話だと、伯爵に呼ばれて行ってるのだから、栄転と言っていいのだろう。しかし、街の衛兵さんもまだ「マリウス」呼びなのか。ここらは規律が緩んでいるととるべきか、それとも衛兵時代からの付き合いからの親愛ととるべきかは、ちょっと難しいところだな。


ざわざわと色んな人でごった返す通りを進む。やはりエルフであるリディさんが珍しいのか注目を浴びており、時折不躾《ぶしつけ》な視線を隠そうともしない輩《やから》もいる。ただ、不思議なことにちょっかいをかけてくる奴《やつ》は誰一人としていない。エルフに迂闊《うかつ》なことをすると酷《ひど》い目に遭う——それが真実かどうかはともかく、希少性とも相まってか、少なくとも巷間《こうかん》には広くそう思われているようだ。自分が知っていることを相手も知ってると思う癖も含めて、割と普通の人（エルフだが）なんだけどな。

しかし、これほど注目を集めてしまうと気が重くないだろうか。俺はそこだけが心配だった。

やがてカミロの店につく。ここからは屋内だし、リディさんも少しは気が休まるだろう。いつものとおりに倉庫に荷車を入れて、商談室に向かう。今日はいつもより少し時間がかかってからカミロがやってきた。

「おう、忙しそうだな」

「まぁぼちぼちな」

そう言えば、カミロはいつ来ても普通に自らやってきて相手をしてくれる。人や物の管理に集中して実務は全くやってないからなのだろうか。だとしても打ち合わせやら何やらと被《かぶ》ることはあるだろうに。その辺を聞いてみると、

「お前らが来るタイミングは大体決まってるから、その辺りの予定を空けてあるだけだよ」

「もし来なかったら?」

「それはそれでやることがあるから、別に困らない」

「なるほどね」

俺としてはなにか負担になっていると良くないと思ったのだが、どうもそんなことはないようなのでひとまずホッとした。

「それで今日の取り引きだが」

「ああ、まずはこいつだな」

カミロが番頭さんに視線を送ると、番頭さんが手にした布の包みをテーブルに置いた。そこその大きさがある。番頭さんが包みをとると、縞状《しまじょう》に青い部分の入った鉱石が転がり出てくる。

「これが？」

「そう、アポイタカラだ」

これがそうか。なかなか手応えがありそうだ。今はミスリルに集中しているから、実際に扱うのはちょっと先にはなるな。

「手間を掛けさせてすまんな」

番頭さんが再び包んでくれたそれを受け取る。

「その分はちゃんと貰《もら》ってんだ。気にすんな」

カミロは笑いながらそう言った。

「欲しいものはいつもどおりで良いのか？」

「ああ。今回は納品の数が少ないから、万が一足りなかったら言ってくれ。その分は貨幣で払うよ」

今までの実績から言えば、今回の納入量でも十分に賄えるはずだが、何らかの商品が値上がりしてたりするかも知れないからな。一応いくらかはお金も持ってきている。

「先週の半分もあれば余裕だから大丈夫だろ。足りなかったら次の納品から合わせて差し引くから貨幣はいらんよ」

「すまんな、助かる。それとだな。今は特注に取り掛かってるから、来週は来ないことにしようと思う」

「ああ、そうだったな。分かった。じゃ、うちの品も多めにしておこう」

「おう、ありがとう。さっきお前が言ってたとおり、足りなかったら次から引いてくれ」

「言われなくてもそうするよ」

こうして今回の商談も無事に終了した。都の様子やそれ以外の様子をカミロから聞く。マリウスは元気にやっているようだ。ディアナもそれを聞いて安心したようである。

ただ最近は辺境の魔物の動きが活発化しているみたいで、討伐軍が編成されるかも知れないそうだ。

エイムール家騒動のときの、カレルが言った魔物が湧いているというのはどうも嘘《うそ》だったらしいが、それが現実になりつつあるわけか。大変だな……。

そうなった場合に、カミロを儲《もう》けさせるためにはキッチリ納品していく必要があるな。なるべく増産できるようには準備していこう。


その後も益体もない話をいくらか交わし、俺達はカミロの店を出た。

カミロの店を出てから家に着くまで、リディさんが街の連中の注目を集めていた以外は特に何事も起きなかった。そもそもが美人だしなぁ。

それがエルフだからなのかはよく分からないが、リディさんがトラブルに巻き込まれるのが一番困る事態だったので、何もなくてホッとした。

家に着いたら、みんなで荷物を運び込む。アポイタカラも作業場へ入れてしまう。リディさんも根菜なんかの軽めのものを家へ運び込むのを手伝ってくれた。

運び込みが終わったら、いつものとおり休暇である。休暇と言っても、街に出た時は思い思いの作業をするような感じだ。今俺は特注モデルを受注している身ではあるが、リディさんに断って、いつもどおりに過ごさせてもらうことにした。

折角《せっかく》なのでアポイタカラを触ってみることも考えたが、鍛冶仕事になるし、さすがにこれは後回しにすることにして、作業場に欲しかったものを作ることにする。

作業場内にある、鞘《さや》なんかを作った余りの木材をかき集めてくる。そこそこの大きさのものもあって、俺の作りたいものには足りそうだ。

ナイフの切れ味に任せて、材木からパーツを切り出していく。この切れ味も魔力が関係していたんだなぁ。今度から特注の時はもっと意識してみるか。釘《くぎ》を使わずに、なるべく噛《か》み合わせなどだけで組み上がるように切り出したので時間がかかったが、なんとか組み立ての時間を確保できているので、そのまま次の作業にうつる。

やがて不格好だが、ミニチュアの家のようなものが完成した。手のひらサイズである。形式については詳しくないのでそれっぽく作っただけだが、本来収まるべきものがこの世界にはいないと思う（少なくともインストールされた知識には該当がなさそうだった）ので、とりあえずは良しとする。

木材から切り出した板で棚を作って壁に取り付け、その上にミニチュアの家のような形のものを置いたら、〝かんたん神棚〟の完成だ。元日本人としては、こういう場所に神棚がないのが何となく落ち着かなかったので作ってみた。本当は家の方に作ったほうがいいのかも知れないが、個人的にはこういう作業場にあるのが似つかわしい。

この世界の神様的にありなのかなしなのかは分からないが、大目に見て欲しいところである。収まるべき神様がこの世界にいるのかも分からないしな。

台所から小さい皿と小さいコップにそれぞれ塩と水を入れて、一緒に棚に置いておく。朝の日課にこれの交換も加えないといかんな。俺はかんたん神棚に一礼したあと、柏手《かしわで》を打って、夕食の準備に取り掛かった。

◇　◇　◇

翌朝、水を汲《く》んできた俺は先《ま》ず神棚の水と塩を下げてきて、新しいものに入れ替えた。捨てるのはもったいないので朝食のスープに使ってしまったりする。後の行動は朝食が終わるまでは大して変わらない。

朝食が終わって今日の作業分担を話し合う。俺は当然ミスリルの剣の打ち直しを続けるが、今日からしばらくはリケ、サーミャ、ディアナは一般モデルの製作をしてもらう。二週間後ではあるが、それなりの納品数は必要だしな。リディさんは俺の作業の見学というか、見張りというか、まぁそんなようなことをすることになった。

作業場に入ると、俺は神棚の前に行き、二礼二拍手一礼をして今日の作業の安全を祈る。この祈りを受け取る先がいるのかどうかは分からないが、やっぱりこういうのがあると、意識の切り替えがスムーズに行く気がする。これだけでも作った甲斐《かい》があるというものだな。

俺が拝礼（のようなものだが）をしていると、リケが話しかけてくる。

「親方、今何をしてらしたんですか？」

「北方の我が家に伝わる、神に祈る儀式だ」

「あの変わったお家《うち》のようなものは？」

「あれはそうだな……各家庭に設置する簡易神殿のようなものだよ」

「へぇ、北方はそういう風習があるんですね」

「うちの家だけかも知れないし、どれくらい効果があるかは知らないけどな」

興味を持ったリケの質問に答えていく。

「エイゾウさんは家名をお持ちなのですか？」

その会話を聞いていたリディさんにも質問される。そういえば言ってなかったな。

「ええ。ただ、こんなところに住んでいることからもお分かりかとは思いますが、ちょいと〝わけあり〟でして」

「なるほど、それで普段は名乗っておられないのですね」

「そういうことです」

リディさんはふむふむ、と頷《うなず》いている。気になったことは確かめずにいられない性格なのだろうな。

「親方、さっきやってたのって私達もやっていいですか？」

「ん？　ああ、構わんぞ。別に秘儀とかでもないし」

リケがおずおずといった感じで聞いてきたが、こういうのは家族全員でやった方がいいので、俺は快諾した。「私もいいですか？」とリディさんが言うので、こちらも快諾しておいた。

四人に二礼二拍手一礼を教えて、俺はさっきもやったがもう一度やる。獣人とドワーフと人間とエルフ。出身も種族も違う人々がこうやって同じことをしているのは、「いただきます」の挨拶のときも思ったが、グッと来るものがあるな。

こうして我が家にまた一つ、〃いつも〃が増えるのだった。


みんなで拝礼をしたら、作業に取り掛かる。火床に火を入れ、風を送って温度を上げ、上がってきたらミスリルの剣を突っ込んで加熱する。それとは別に炉の方にも火を入れておいた。こっちはリケ達が作業する分だ。

ミスリルの温度が上がって、加工可能な範囲内でも最も高い温度になったら取り出して鎚《つち》で叩《たた》く。ガラスのような澄んだ音が鍛冶場の中に響き、キラキラと光が舞う。一回でも多く叩けるように素早く叩いていく。

しかし、ここで適当に早く叩けば良いというものでもない。少しでも手元が狂えば、その分織り込まれた魔力が抜けてしまうのだ。

そうならないよう慎重に、しかして素早く叩くという二つを同時にこなさないといけない。確かにこれは扱える人間は限られるだろう。

大半が魔力を理解しない鍛冶屋ではなおさらだ。俺も魔力を真に理解していたかと言われれば怪しいが、それでもちゃんと魔力の流れは見えている。

そして、ちゃんと魔力の流れが見える人は、鍛冶屋なんてせずに魔法使いになれば、それだけで人生安泰だ。この世界では魔法が使える人間が相当限られているからな。

結果「人間の鍛冶屋でミスリルを正しく扱える者はほとんどいない」という状況になるというわけだ。

おそらくはほぼ限界まで魔力を溜《た》め込《こ》んだミスリルは、澄んだ音はするが手応えは非常に重く、延びが悪い。数回叩く間に加工可能な温度から外れてしまう。

俺は再び剣を火床に入れて加熱し、取り出し、叩く。俺がミスリルを叩いたときのガラスのような音と、リケが一般モデルを作るのに剣を叩く金属音が作業場に大きく響く。

その傍《かたわ》らでは、サーミャとディアナが型を作り、炉で溶かした鉄を流している。

火と風と鎚と人とがそれぞれの音を出して、それぞれの仕事をしている。この空間がとても心地よいもののように、俺には思えた。

それはそうとして、ミスリルが全然延びてくれないので、進捗が非常に悪い。それでも二週間の期限には間に合いそうなのが救いだが。

結局この日は、三分の一を残すところまで延ばすことが出来た。

多分これでも普通の鍛冶屋に比べれば相当早いはずだが、いつもの鋼の剣よりも進捗が遅いのが、なかなかにストレスになる。打った時の音が綺麗《きれい》なのが救いだ。正直あれがなかったら、更に進捗が遅れていたかも知れない。

だが、これからアポイタカラやその他のまだ見ぬ鉱石を考えると、ミスリルの打ち直しでへこたれているわけにもいかない。これを乗り切って自信にせねば、だ。

◇◇◇

翌日、昨日の進捗を考えれば、今日も俺は日がな一日ミスリルを叩き続ける日である。新しく日課にした神棚の水と塩の交換、拝礼も忘れない。リケは今日も一般モデルの製作だ。サーミャとディアナは狩りに出ていった。

「なんかデカいのがいる気がする」

とはサーミャの弁である。

リディさんも今日も変わらず俺の作業の見学をすることになっている。とは言え、俺が鎚でミスリルを一日ひたすら叩いて延ばしているところを見ているだけなのだが。

「リディさん」

「なんでしょう」

火床にミスリルを入れて加熱しながら聞くと、相変わらずのクールで透き通るような声でリディさんは答えた。

「見てて楽しいですか？」

「そうですね。普通の作業なら丸一日見ていると、どこかでつまらないと思うかも知れませんが、エイゾウさんの作業は普通ではないので」

「それはどうも」

おそらくリディさんなりに褒めたのだろうと判断してお礼を言う。実際普通ではないしな。

「それに、エルフの寿命は長いので、人間よりも一日を短く感じるのです」

理知的だが、どこかのんびりした雰囲気だなぁと思っていたら、なるほど、感じる時間が違うのか。待てよ、だとするとサーミャの五年間って一日が相当長かったんじゃなかろうか。残念ながらチートを貰《もら》っていても人間の身である俺には絶対に分からない感覚である。

「音もいいですね。ここまで綺麗な音が出せる鍛冶屋は私の里にも、他所《よそ》の里にもいませんでした」

「鎚を打つ人によって音が違うんですか？」

「ええ。効率よく魔力を込めれば込めるほど、ミスリルはいい音を出します。エイゾウさんのレベルで出来る人は、エルフの鍛冶屋でもそんなにいないと思いますよ」

「ほほう」

視界の端でリケがウンウンと頷いているのを気づかないふりをして、熱されたミスリルを鎚で叩きながら、俺は相槌《あいづち》を打つ。叩かれたミスリルは綺麗な音を響かせた。

「ここまでの音となると、ミスリルの精錬度も影響しますけどね」

「そうなんですか？」

「ええ。鋼はそうはいかないでしょうが、ミスリルは純粋に近づくほど魔力を蓄えやすく、打った時の音も綺麗になります」

「ははあ、なるほど」

俺はそのなかなか鳴らないらしい音を鳴らす。これで前にミスリルの細剣を打った時と感触が違う理由は分かった。あの時のミスリルは〝精錬度〟が今回のものよりも低い——つまり、不純物が多かったのだろう。その分魔力を込められず、より少ない労力で打つことが出来たというのは、そうズレた想像ではあるまい。

そのうち精錬度を上げる方法も探っていこう。ガラスのような綺麗な音を聞きながら、俺はそう思うのだった。


結局ミスリルを延ばしきるまで、延べ三日かかってしまった。勿論《もちろん》、このままではただの握りのついた棒でしかないので、次からは形を作っていく作業が必要になる。

しかし、今日はここまでだ。根を詰めて徹夜してもいい仕事は出来ないからな。前の世界で好きだったアニメ映画でもそう言っていた。

作業もいよいよ大詰めか。キリもいいところだし、英気を養うためにもここらで休日と洒落込《しゃれこ》んでも良いかも知れない。まぁ、それもクライアントの意向次第ではあるが。


「リディさん、二週間は絶対に守らなければいけないですか?」

その日の夕食の時間、俺はクライアント——リディさんに休暇の計画を切り出した。

「なるべくそうしていただければと思いますが、どうなさいました?」

「いえ、次からいよいよ作業が大詰めですし、明日と明後日を休みにして、英気を養おうかと思うんです」

「なるほど……」

リディさんは細いおとがいに手を当てて考え込んでいる。だが、すぐに俺の目を見て言った。

「二週間以内でないと絶対にダメというわけでもないですから、構いません」

「ありがとうございます!」

仕事の納期の延長は普通ならば良いことでもないのだろうが、今回は大仕事だし、休むのも仕事のうちだ。

「とはいっても、何をするかは決めてないんだよな」

今度は俺がおとがいに手を当てて考える番だった。

「じゃあ、また魚釣りにいこうぜ」

すると、サーミャがそう提案してきた。

「まるまる二日じゃなくてどっちかだよな？」

違うとは思うが、ガチのキャンプも出来ないわけじゃないから、一応確認しておかないとな。

「もちろん」

「じゃあ、明後日はみんなで釣りに行くか」

「やった！」

大喜びするサーミャ。こういうところは肉体年齢よりも、実際の年数っぽさがある。忘れそうになるが、年数だけで言えば五歳だからな。

「じゃ、明日と明後日は休み。と言っても、明日の朝は獲物の回収だけど」

「おう」

「分かったわ」

だとすると、明日の午後は釣《つ》り竿《ざお》作りかな……。流石《さすが》にリールは作れないが、ディアナとリディさんの分の竿と針がいるし。リケは練習でナイフか何かを作るだろうと思うので、それならどのみち鍛冶場に火を入れることになるし都合がいい。

別に鍛冶の仕事が嫌になったわけではないが、同じことだけしてても気が滅入《めい》る瞬間はどうしても出てきてしまうし、こうやって休日の予定を考えるのは、前の世界でもそうだったが頑張ろうという気になってくる。

やはり休みは大事なのだ。定期的な収入の確保は出来てきているし、今後はもう少し余裕を持って休日も定期的に取り入れていきたいところだな。

「そういえば、今日の成果はどうだったんだ？」

「デカめの鹿だよ」

サーミャが得意げに返してくる。デカいなら腱《けん》なんかも置いておけば使えるな。そうサーミャに聞いてみると、

「そうだなぁ。そろそろディアナにも弓を持たせてやりたいし、今度頼んでもいいか？」

とのお言葉だった。

「弓ですか。エイゾウさんは弓も作れるんですか？」

目からキラーンという擬音が聞こえてきそうな勢いでリディさんが身を乗り出す。

俺は鍛冶屋ではあるが、鞘《さや》なんかを作ることが出来ることから分かるように、弓も作ること自体は可能である。勿論チートを使っての話だし、鍛冶で作るもののように特級品というわけにはいかないが。

「え、ええ、まぁ。折を見て作ろうかなと」

動物の角や骨なんかを組み合わせた複合弓もインストールの知識だと、もうこの世界でもあるらしいのだが、作るのは一手間どころでなく時間が掛かる。

もし俺が作るとしたら木製の単弓だな。貼り合わせなんかを試すかどうかは別にして。

どのみち狩りに出るならディアナにも弓がいるよなとは思っていたし、渡りに船ではある。アポ

イタカラの着手が延びるかも知れないので、一旦そこまでに特性だけでも確認しておいたほうが良いかも知れん。

「ありがとな、エイゾウ」

「私からもお礼を言うわ。ありがとう」

「なに、弓はそんなに作ったことがないし、これも勉強だ」

「親方って武器はもちろん、料理から家具からなんでも作れるんですねぇ」

「まぁなぁ。色々手を出していたら、色々作れるようになってしまった、ってとこだな」

俺はリケに返すが、これはほとんど嘘《うそ》だ。俺が貰ったチート能力で一番優先されたのは勿論鍛冶だが、残りのポイント（のようなもの）で貰えるうち、優先されたのはこの世界の言語と生産と戦闘である。

それで貰った戦闘能力が熊と戦って勝てたり、おそらくは当代随一であろう傭兵《ようへい》と渡り合えたりといったことを考えれば、特化してないとは言え全般的な生産の能力もある程度知れるというものである。

つまりはそこらの普通の人間と比べれば大幅に上回るものが作れるのだ。俺の鍛冶仕事で言うところの、高級モデル一歩手前の一般モデルまでは作れる。その「生産」の意味する範囲がどうもかなり広く、おおよそ〝作る〟ことに関しては概《おおむ》ね適用されるらしい。

だから色々作れるだけであって、色々手を出してきたわけではない。俺の作るメシが美味《うま》いのも実はチートのおかげなのだ。

ただし、逆に言えば、その道の達人には到底かなわない。ヘレンとお互いに真正面から打ち合う分には長いこと凌《しの》げるが、ヘレンが完全に俺の命だけを狙いに来た場合には多少耐えられたとして、結局討ち果たされてしまう、というのと同じだ。

ついでだが言語の能力については、今のところ〝共通語〟とも言うべき、この世界でいろんな種族が一般的に使っている言語しか喋《しゃべ》ったりしていないので、どこまで適用されるのかは分からない。

少なくとも狼《おおかみ》達と会話できるようなものではないのだが、もっと意味のある、例えば存在するのかは分からないが、地方のリザードマンが話すリザードマン西方弁、なんかだと理解できる可能性はある。

ともあれ、そんなチート能力を使って、今度の休みに弓を作る前に、明後日の釣りに向けて明日は釣り竿と針を作らねば。

◇　◇　◇

翌日、五人で鹿を引き上げてきた。なかなかのデカさだ。今までの中でも指折りの大きさなので、腱なんかも結構な長さが期待できるな。ほぐして糸状にしてから撚《よ》り合わせたりするので、長いに越したことはない。その工程はサーミャが知っていたりするので実際の作業は任せてしまおう。

いつもどおり手早く解体し、肉と皮と骨に分ける。

骨は使えなくもないのだが、加工の難しさの割にはさほど良いものも出来ないので捨ててしまう。

皮の方は腱と同じくサーミャが処理を知っているのでそっちに任せている。サーミャ以外の人間は肉の保存作業だ。勿論傷まないうちに食べる分は別にとってある。今回の昼飯ではシンプルに焼くだけにしたが、毎度凝らずにこういうのでも十分に美味い。

昼飯の後は翌日に備えて竿と針を作る。糸は前回と同じくうちにある一番細い糸を利用するので作らない。

竿にする枝を森の中で探す。程なく探し当てることができた。

「エイゾウは何を得意げにしているの？」

「見てくれよ、竿にするのに良い感じの枝だろう？」

「確かにそうですが……」

ディアナとリディさんにはこのロマンが理解出来ないか。女の子だもんな。一方の俺はオッさんだがかつては男子なので「なんかいい感じの枝を探す」スキルを習得済みなのだ。

いや、実際にそういうスキルがあるのかは分からんが、男の子ってそういうの見つけるの得意だよな。前に使った竿もあるので、今回は二本ほど〝いい感じの枝〟を調達してきて、ナイフで形を整える。

ここでいい感じにしなるように加工するのがポイントだ。もちろんチートで加工するので抜かりはない。

竿が出来たら今度は針だ。普段は剣やナイフを作っているが、こういう細かい作業のほうが集中力を要する。三十歳に若返った恩恵か老眼が始まってないのが救いだろうか。

もしかしたら筋力を増強してくれているのと同じで、視力も増強されているのかも知れない。近いところを見るのは眼球の筋肉が関係してるって前の世界で聞いたことあるし。

リケはと言うと、今日も真剣にナイフ作りを練習している。

彼女の腕前は上達していて、一般モデルであれば俺よりはまだ遅いものの、その辺の鍛冶屋と比べたら驚くほど早く仕上げられるようになっている。これは確かにそろそろ高級モデルが作れるようになりたいだろう。

リケにとって今が一番の試練の時かも知れない。そこらの鍛冶屋よりは相当腕前がいいが、ある程度以上の腕前にはまだ到達できてはいない。

それが分からないような才能や腕前であれば逆に気にならないのだろうが、リケはそれが理解できるだけの才能と腕前を持っているから、もう一つ上に至るために何が必要なのか、必死にもがいて探していることだろう。

そういうところを親方の俺がしっかり指導できればいいのだろうが、なんせ俺のはチート仕込みの技術なので教えることが出来ない。

自分が何をしているのかも、半分くらいは分かっていないのだ。俺もちゃんと自分の技術を理解して教えられるようにはしていかないといけないな。

休みでナイフ作りの練習をしているリケのキンという派手な音に、小さなチッチチッチッという音が混じって作業場に流れる。聞きようによってはハイハットを刻んでいるように聞こえるかも知れない。リズムだけでメロディーはないから音楽というにはいささか足りないものが多いが、こういうセッションは悪くないな。

こういうものにチートを使ってしまうのはどうかと思う瞬間はあるが、針の出来が釣果に影響するかも知れないことを考えると、使わざるを得ない。仕事にはそれなりの力を、趣味には全力を、だ。

こうして、俺の持てる全ての力をつぎ込んだ釣り針八本（予備含む）が完成し、翌日の釣りの日を待った。

◇　◇　◇

翌日、今日は皆で近くの川へ釣りに行く日だ。今回は前回と違って俺の他にボウズ候補が二人いるということである。

ディアナは貴族のお嬢さんだから釣りには慣れていないだろうし、リディさんも森の中に住んでいるということは、もしかすると不慣れかも知れない。

別に競い合っているわけではないが、こういうのは仲間がいてくれたほうがいいからな……。

火口や昼食を入れたバスケット、それに湯を沸かす用のポットやその他諸々《もろもろ》を背嚢《はいのう》に入れて俺が持った。さて出発だ。

今日も釣りに行く川はうちから少し離れたところにある川だ。サーミャとディアナにも確認したところ、一番大きな川がここから更にうちから離れる方向にあるらしい。

ここは支流というか、湖から流れ出ている川のうちの一つなのだとか。大きな川まで行くとちょっと遠くて、ほとんど街に行くのと変わらない時間がかかるらしい。

確かにそれは遠いな。それに大きな川は水深もあるだろうから、渡るのには苦労しそうだ。一度見てみたくはあるが。

釣りに適していそうなポイントを五人で探す。前に釣りをした辺りも良さそうだが、他にも良いポイントが無いかを探る。

やがて釣りをするのに良さそうなところがあったので、そこの川原に敷物を敷いて、そこに昼食の入ったバスケットを置いて陣取る。

そこらの石をひっくり返して餌を確保したら、いよいよ釣りの開始だ。

ディアナ、リディさんも普通に餌の虫を針につけることができた。もう少し騒いだりするのかと思ったが、全然そんなこともなく拍子抜けした。聞いてみたところ、ディアナについては、

「だって、子供の頃兄さん達とこういうので遊んだし」

とのことである。そう言えばそうだったね……。父君のご苦労をちょっと偲《しの》んでしまうところだ。

一方リディさんは、

「うちの近くにも川がありますので……」

という答えだった。森の中で水源と言えば泉か川だろうから当たり前か……。これはボウズ仲間のあてが外れたな。

五人で散らばって川面《かわも》に糸を垂らす。ちょうど日が照ってキラキラと光っている。

流れはそんなに速くもなく、風もそよいでいてのんびりするにはとても良い場所だ。

こういう落ち着いた休日もいいな、と考えていると、パシャッと水が跳ねる音がした。サーミャが早速釣り上げたらしい。

「おー、デカいな！」

俺は思わず声を上げる。一五センチくらいの川魚が糸の先で暴れまわっている。糸が切れないか少し心配になったが、サーミャはスムーズに手元へ引き寄せると手早く針を外した。

「どうよ！」

釣ったばかりの魚を掲げて誇らしそうにするサーミャ。デカいからそうしたくなる気持ちが凄《すご》く分かる。

俺達は竿《さお》を小脇に抱えて「おー」と拍手をした。一番槍《やり》はサーミャだったが、俺達も負けてはいられない。

夕食に一品増えるかどうかでもあるし、これで全員ボウズで痛み分けという話は無くなってしまったからな。

その後は釣り上げたことで魚が警戒したのか、それとも騒いだのがいけなかったのか、なかなかアタリが来ない。

「ちょうどいい時間だろうし、一旦休憩して昼飯にするか」

俺がそう言うと他のみんなも同意したので、準備に取り掛かる。

折れて落ちている枝を探してきて焚き木《たぎ》にし、火を焚いて川の水を汲《く》んだポットに湯を沸かす。摘《つ》んでおいたミントの葉っぱを煮出したら、木製のカップに注いで昼食を開始した。

前の世界で、こんな感じで女の子がキャンプするアニメとか見たなぁ。今は一人オッさんが混じってしまっているし、あんまりゆるくもないけども。

昼飯を食べながらワイワイと話をする。既に一匹釣れたサーミャは、余裕の表情で釣り方の講釈を垂れていた。

一人で暮らしてた時は木の皮で作った目の粗い網みたいなので獲《と》ったこともあるらしい。

今うちに網はないし、食うためだけではないから、のんびりと竿釣りをしているが、食うために漁をするなら網か延縄《はえなわ》（縄というほど太いとダメだとは思うが）にしたほうが良さそうである。延縄の方はちょっと製作を考えてみようかな……。


昼食も終わって落ち着いたら、再び思い思いのところに陣取って釣り糸を垂らす。太陽の位置が変わっているからか、朝とは川面の光り方が違って見える。川魚も眩惑《げんわく》されて餌を食ってくれればいいのだが。

「キャッ！」

小さく悲鳴を上げたのはディアナだった。どうやら魚が食いついたらしい。サーミャがすぐ横で

色々と指示を飛ばしている。ディアナはその指示に従って魚を無事に釣り上げた。稽古で日常的に剣を振るっていることと関係があるのかは不明だが、指示を聞きながらだった割には動きに無駄がない。釣れた魚はすんなりディアナの手に収まった。

「ほらほら、どう？」

喜色満面の笑みで俺に釣った魚を見せてくる。サーミャが釣り上げたものよりは一回り小さいもののの、サイズとしては十分な大きさだ。

「やるじゃないか。おめでとう」

俺は素直にディアナを褒《ほ》め称《たた》えた。前の世界だったら確実にスマホで写真を撮る場面だが、あいにくこっちの世界にスマホはおろか写真もなさそうだ。類似の魔道具か魔法はあるかも知れないけれども。

魔剣打つから譲るか教えるかしてくれって言ったらそうしてくれそうな人に、今後出会えるといいのだが。

その後、リケも一匹を釣り上げ、釣果なしは俺とリディさんだけとなってしまった。前の時はここから気合いが空回り気味だったので、そこらは抑え気味に粘る。

粘っている間にサーミャが更にもう二匹を釣り上げて、これで我が家のノルマは達したとばかりに近所を散策している。

いや、アレは自分がいないほうが釣れる確率が上がるだろうという、サーミャなりの優しさなのだ。きっとそうだろう。

やがて、そろそろ帰らないといけなくなってきた頃、最後にもう一投だけしてみることにした。

ここまで釣れていないのはリディさんと俺の二人だ。このままならボウズが俺一人ではなくなるので、ありがたいと言えばありがたい。

しかし、可能なら二人とも釣り上げて帰りたいところだ。と、そこでリディさんが立ち上がった。見ればバシャバシャと水の中で暴れる影がある。

俺がそっちに意識を向けた瞬間、竿がぐんと引かれる感覚があった。

「おっ！」

上手《うま》く合わせてフックさせようとした時、スッと手応えが無くなった。バレたのだ。俺はガクーンと膝から崩れ落ちる。どうやら生産のチートは釣りには効果がないらしかった。当たり前か。

一方のリディさんはというと、見事に釣り上げたらしく申し訳なさそうに魚を持って立っていた。

「ま、まぁ数は十分なんだから良いじゃない。ねえ？」

ディアナがサーミャとリケ、そしてリディさんに同意を求める。

「お、おう。一番デカいのはエイゾウにやるし！」

「そうですよ。こういうのも家族で助け合いですよ、親方！」

「こ、こういうのは時の運もありますし！」

「みんなありがとうな……」

みんなのフォローが胸に沁《し》みるぜ。俺は傷心のまま、さっさと片付けて家に帰ることにする。

その日の夕食は、なんとなくいつもよりしょっぱい気がした。

◇◇◇

翌朝、水汲みから戻ってくると、リディさんが家の外に出て、木の幹に手を置いていた。

「おはようございます。外に出てると危ない……ことは基本ないんでしたっけ」

危ないですよ、と言おうとしたが、そんなことはないと言われたのを思い出して言い直す。

「ええ。これだけの魔力なら普通の獣は近寄りません」

鈴の鳴るような、しかし透き通った声でリディさんが答える。

「それは何か危険を察知するとかそういう？」

「そうですね。魔力が濃いところは魔物がいることが多いので」

俺はそれを聞いてギョッとした。

「この辺りは魔力が濃い、ということは、もしかして突然魔物が湧いたりするんですか？」

「いえ、そんなことは滅多《めった》にありません。この森でも場合によっては獣が魔物になるかも知れませんが、基本的には元の獣と性質は変わらないですからね。ごく稀《まれ》に凶暴化したりする時もありますが」

それはそれで厄介な話だ。魔物になった獣はきっと魔力の濃い薄い関係なく、ここに来るんだろうなぁ。

待てよ、前に仕留めた熊はもしかして魔物になってたんじゃなかろうか……。サーミャが怪我《けが》した時（もう随分前のことのように感じる）はまだそこまでじゃなかったとして、その後で魔物になってたから、俺がヤバいと感じた、というのはありそうだ。

あれがヤバくなっていたとして、最終的にどんな魔物になっていたのかは未知数だが、早めに片付けることが出来てよかった。ん？　待てよ。

「それじゃあ、ここで動物を飼うのは……」

「あまりおすすめは出来ませんね。ただ、エイゾウさんもディアナさんも二人でされている稽古を見ていると、剣の腕は相当に立ってらっしゃるようですので、万が一があったときに対処できる、というなら良いんじゃないでしょうか。先程も言いましたが、元の獣と性質はそんなに変わらないので、あの賢い狼《おおかみ》たちは基本的には賢いままですよ」

本当の最悪の場合は、とんでもなく悲しい別れになるということか……それは辛《つら》いものがあるな。滅多にそんなことにはならないから大丈夫、という考え方もあるか。これぱっかりは運命の巡り合わせだ。それにもし馬を飼うとしても大丈夫そうなのは安心した。

「洞窟なんかだと魔力が澱《よど》んで、そこから魔物が生まれたりするんですけどね。これは逆に基本的に凶暴です。原因は分かってないらしいですが」

サラッと魔物誕生のメカニズムを教えてくれるリディさん。そうなのか。この付近で洞窟があったという話はサーミャやディアナからも聞いたことはないが、もし見つけたら近寄らないように言っておこう。

「そう言えば、外に出て何をなさってたんですか？」

ひとしきり納得した俺がそう聞くと、リディさんの目がスゥッと細められた。

「あ、これお尋ねして大丈夫でしたかね。問題あったら今の言葉は忘れてください」

リディさんの反応を拒絶と受け取った俺は、慌てて発言を取り消そうとする。

「いえ、大丈夫です。魔力を取り込んでいただけですから」

「魔力を？」

「ええ。食事は食事で必要なのですが、エルフは魔力も必要とするので」

「なるほど」

それで街中ではあまり見ないのか。都にいなかったのも、魔力が必要だが街や都では魔力が取り込めないからと考えると、当然であるとは思う。これ以上は聞くだけ野暮《やぼ》というものだと思い、俺はふむふむと頷《うなず》くと、水を汲んできた水瓶《みずがめ》を再び担いで家に戻ろうとする。

「エイゾウさんは」

そこへリディさんが声をかけてくる。

「これ以上聞かないのですね」

ほとんど表情の感じられない顔と声だ。俺は答えた。

「私も男ですから、リディさんみたいなとんでもない美人に興味はありますが、聞かないほうが良いこともたくさんある、と知っているだけですよ」

そしてわざとらしくニヤッと笑うと、家の中に入った。ちょっとかっこつけすぎだったかな。

鍛冶場に入って拝礼をし、炉や火床に火を入れる。ここまではいつもどおりだ。

ここからは少し違う。作業そのものはミスリルの剣の修復作業の継続だが、いよいよ仕上げの作業に取り掛かるのだ。

「よし、こっから踏ん張らないとな！」

俺は顔を両手で張って気合いを入れた。

「今日からはそんなに大変なんですか？」

その様子を見ていたらしいリディさんが話しかけてくる。

「ええ。三日前までは延ばすことに集中すれば良かったんですが、今日からは打ち直す前にとった木型と比べながら打つ必要がありますからね」

「なるほど」

リディさんは何やら思い詰めた顔で思案を始めた。

「不安にさせてしまってすみません。仕事はきっちりやらせてもらいますから、ご安心ください」

「ここまでの作業で特に不安は……いえ、よろしくお願いします」

しっかりとした目で俺を見据えてリディさんは言った。それだけ大事な剣なのだろう。さっきよりさらに気合いが入るというものだ。

しかし、チートがあるとは言っても、当然その分は作業の進捗も悪くなる。いかにしてそのストレスを少なくしつつ作業ができるか。それがこの先の鍵になっていくだろう。

ミスリルを熱して取り出し、金床に置いたらその横に参考にするために置いた木型を見ながら鎚《つち》で叩《たた》く。チートを使ってどこを叩けばいいかを探りながらだ。鎚の一振りごとに澄んだ音と綺麗《きれい》な火花が鍛冶場に現れる。

俺の横ではリディさんもその様子を見ている——のだが、今日はなんかちょっとだけ距離が近いな。

作業もいよいよ詰めの段階に入ってきたのは確かだし、興味を持ち始めたのだろう。それはそれで良いことだな。俺はそう思いながら、火床にミスリルの剣を突っ込んだ。

ミスリルの剣を加熱して鎚で叩いて、僅かに形を変える。基本的にはこの繰り返しだ。打ち直し前の型と見比べ、チートをフル動員してその形になるように鎚を操る。

今日も一日中、作業場に澄んだ音が響き渡ったのだった。

この日に出来たのは剣の形を整える工程の三分の一くらいだ。やや剣の形っぽいかな？ と思えるようにはなっている。ということは、また三日ほどかかって整え、その後の仕上げで三〜四日ほどかかるわけか。二週間にはやや余裕を持って間に合うが、卸す商品の製作は間に合わない感じだな。一週分納品をスキップしておいて良かった。このペースなら間に一日休暇を入れることも可能だろうし。

◇　◇　◇

翌日、水汲《みずく》みから帰ってきたが外にリディさんの姿はなかった。朝飯のときに他の三人にそれと分からないように聞いたみたところ、要約すれば「別に毎日でなくても大丈夫」という答えが返ってきた。まぁ、そうじゃないとここに来るまでの間にも魔力が補給できなくて難儀しただろうし、当たり前か。

今日の作業も基本的には昨日と同じである。昨日の朝もやったことを今日も行い、作業を開始する。火と鎚《つち》の音が作業場に響く。作業中、リケ、サーミャ、ディアナの三人は黙ったまま作業しているわけではない。なんだかんだ話しながらである。時々リケが集中しないといけない場面で黙る時はあるが、それ以外では繕い物なんかのここでの日々の生活の話や、ディアナの都での話なんかを結構なことしている。

別に俺の集中もそれで途切れるわけでもないので、特に何も言ってはいない。前の世界みたいにスマホで音楽を流しながら作業、というわけにもいかないから、ラジオ代わりみたいなものだ。

俺の方はというと、リディさんにちょいちょい話しかけたりもしている。大抵は食べ物の話で、俺が喋《しゃべ》ってリディさんが答えたり、頷いたりである。今日は以前から気になっていたことを聞いてみた。

「答えるのに差し支えなければで良いんですけどね」

「はい」

蒼《あお》の瞳に紅《あか》く熱したミスリルを映しながら、リディさんが相槌《あいづち》を打つ。

「そもそもこれってなんで壊れたんですか？」

俺のチートでもそこそこ難儀する代物である。元から相当の業物であっただろうことは想像に難くない。で、あればちょっとやそっとで壊れるようなものでもないだろう。それが大小様々な破片に砕かれるほどの事態とは一体なんなのか、俺が気になっていたのはそこなのである。

何をすれば業物のミスリルソードを砕けるのか。俺で再現可能であるなら、その工程を再現して、それでも砕けないものを作ってみたい。純粋に職人としての興味が湧いての質問だった。

リディさんは少し目線を下に向ける。多分答えて良いのかどうか考えているのだろう。ややあって目線を俺に向けた。

「魔法に関わることなので、あまり詳細は教えられませんが、ミスリルの武具はある手順を踏むことで、その魔力を引き出して魔法に使うことができるようになります。その剣の役割はそのためで、いざというときのために、里の大事な物として保管されていたのです。里であることが起きて、それを使わないといけなくなったのですが、限度を超えて引き出してしまうと……」

「壊れると」

俺が後を引き取ると、リディさんはコクリと頷いた。なるほど、「元に戻して欲しい」かつ、それを「魔力を織り込むのが上手」な人に頼んだ理由はそれか。

ある程度以上魔力を込められる人間（エルフでもドワーフでもいいが）でないと、〝魔力電池〟としての役割が果たせない。かと言って、電池の役割さえ果たせれば良いのかというと、里の重要な文化財なのだろうし、適当な作りに修復されたものを置いておくわけにもいかない、とそういうわけだろう。

「なるほど……」

俺はそう言いながら鎚をミスリルめがけて振り下ろし、そのあと火床に入れた。ちょっと当てが外れたな。今リディさんの言った方法で壊すことは俺たちには出来ないし、そもそも壊れるのを防ぐ方法もない。

例えるなら〝オランダの涙〟のようなものだ。俺たちはオタマジャクシの頭を叩くことは出来るが、それによって尻尾を折ることは出来ないし、尻尾を折れば全体の破砕を防ぐ方法はない。

だからと言って、今の話が無意味だったわけではなく、ちゃんと収穫はあった。魔力を引き出す方法はごまかされたので、恐らくは里か種族としての秘伝なのだろうが、ミスリルが魔力電池として使えるという事実だけでも、十分に有益な情報である。他にも里で起きた出来事についても、リディさんは具体的な内容は語ろうとしなかった。

無理に聞き出すような話でないことは容易に想像できるので、俺は「よく分かりました。ありがとうございます」と礼を述べて、それきりこの話についてはしないことに決めたのだった。

更に翌日、ようやく大まかな形が整った。勿論《もちろん》細かい部分での違和感はまだ残っているものの、木型と比べてもほとんど遜色のないところまでは完成している。あとはこいつをどこまで完璧に仕上げられるか。俺はより一層気を引き締めてかかるべく、顔を両手でパンと張るのだった。

今日からはいよいよ仕上げに取り掛かっていく。作業前にじっくりと剣を眺めて修正点を見極める。最初の頃から比べて随分と剣の形になったなぁ。何度か繰り返し確認したが、特に魔力の損失などはないようである。この状態を保ったまま、最後の仕上げをしないとな。

剣を火床に入れ、加工したいところだけが熱されるように、チートを使って炭の置き方や、風の送り方を調整する。加工可能な温度まで上がったら、取り出して鎚で叩く。思ったように叩けたら、木型と比べてちゃんと同じになっているか確認する。これの繰り返しだ。

今日はサーミャとディアナは狩りに出ている。なので作業中の会話は、俺とリケとリディさんの三人で、剣と木型を比べている間などはリケとリディさんの二人で話している。リケの作業は一般モデルのナイフ作りだ。

最初の頃はこの二人での会話もぎこちなかったが、もう一週間ほど一緒に暮らしているからか、打ち解け始めているようには見える。

「私は親方みたいに魔力の流れを掴《つか》むのが得意ではなくて……」

「ドワーフの方は魔力よりも、鉱石そのものの状態を掴むことに長《た》けておられる方が多いとは聞きます」

「少しでも親方みたいになるにはどうすればいいんでしょうか」

「あの方はどうも常人の器を大きく超えているようなので、目指すのは大変かと思いますが……」

「それは分かっているんですけど、コツのようなものだけでも良いんです」

「……では、私も長くはここにいないのですが、その間、練習しましょうか」

「良いんですか？　いえ、お願いします！」

リケが頭を下げ、リディさんが少し困ったように微笑《ほほえ》んだ。前に俺もあんな表情になったな。

ドワーフとエルフ、俺の前の世界の知識だと反目し合うこともある種族同士が教えたり、教えられたりする仲になるというのは良いものだ。

こうしてしばらくの間、リケの作業中にリディさんが魔力周りについて教えることになった。俺の作業の監督は「エイゾウさんの腕前はもう分かっているので、別にいいと思います」ということで免除になった。

ただ、その後も時々はこっちをチラチラと見ていたので、最低限の確認はしてくれているらしい。それなら俺も自分の作業に自信が持てる。ある程度まで作業したあとで、ここが違うあそこが違うと言われるのが一番面倒だからな。前の世界で何度煮え湯を飲まされたことか……。悲しくなるからこのへんでやめておこう。時々俺の方でリディさんに確認をしてもらえばいいだけの話ではあるし。

この日も予定していた程度の進捗で作業を終えることが出来た。リケの方は魔力を見る練習なんかもあって、進捗はあまりよろしくなさそうではある。しかし、次の納品はまだまだ先だし、そもそも納品量を確約しているわけでもない。

それよりも、リケが成長して高級モデルを作れるようになってくれることの方が大事だ。それが出来るようになれば、例えば一般モデルは俺が速度優先で量産し、高級モデルをリケが作る、などの分担も可能になるし、今回みたいに俺の都合で納品に行けないということもなくなるだろう。そうして少しずつでも「実家の工房に帰れる」という自信をつけていってもらいたい。

作業場を片付けていると、サーミャとディアナが帰ってきた。

特に何も持っていないので、大物の方を仕留めたのだろう。尋ねてみると、やはり大きい猪《いのしし》を仕留めたのだという答えが返ってきた。今日もディアナが勢子《せこ》を務めたようだ。

こっちも役目を入れ替わったり、同じ役目が出来るようになった方が、選択肢が広がる。弓の練習自体は空いた時間に二人でやってるみたいだし、そのうちディアナにも弓を作ってやらんといかんな。

蛇足ながら、子狼《おおかみ》には会えなかったとディアナが嘆いていたことを申し添えておく。

◇◇◇

次の日の朝、前日に仕留めた猪を回収したあと、昼飯を食ったら午後の作業を開始する。当然俺はミスリルの剣の仕上げ、リケはナイフ、リディさんはそれを見ながら魔力の訓練に付き合い、サーミャとディアナは庭で弓の練習だ。

もうかなり木型に近くなってきた剣を火床に入れて加熱する。もちろんチートはフル活用だ。温度が上がったら取り出して、何度か鎚で叩いて少しだけ形を変えたそれと木型を見比べて思い通りになっているか確認。

その繰り返しを今日もやる。地道な作業なので、全く同じことをしているようにも思えてきたが、ちゃんと木型と見比べたりすると、それに少しずつではあるが近づいている実感がある。

ミスリルが加工できるベストな温度域から外れたら再度加熱するが、その合間にリケ（とリディさん）の様子を見てみると、ほんの僅かずつだが上達はしていっているようだ。

なんとなしに打っているナイフにキラキラしたもの、つまり魔力が増えているように見える。……勿論、そう見えているだけで、実際どうなのかはあとでじっくり見てみないことにはだが。

このままリケが上達して魔力をふんだんに込められるようになったら、高級モデルは二つの意味を持つことになる。

一般モデルは普通の加工のみを行い、魔力もほとんど込められていないものだが、高級モデルはその素材を最大限に加工したものと、加工自体は普通だが魔力がかなり込められているものの二種類だ。特注品はその両方ということになる。

ただ、できればリケにはまず、素材のみで最大限に加工した高級モデルを作れるようになって欲しい。そっちの方が魔力が込められるだろうし、魔力の薄いところでも応用が利く技術だからだ。

実際、俺が打ったエイムール家の家宝の剣は、魔力入りにする前でも、鋼の剣としては自分で言うのもなんだが相当の業物だった。リケには先《ま》ずそこを目指してもらい、そこから更にもう一歩を考えて欲しいのだ。

だが、俺ではチート頼りで具体的に教えることが出来ない。リディさんがいる今のうちに、覚えさせてもらえることは覚えさせてもらって、素材を引き出す方はその後で俺がちゃんと見てやれば良いようには思う。

一連の作業をしつつ、俺はそんなことを考えた。

サーミャがここにいたら「エイゾウが真剣に考え込んでるぞ」と言われかねないな。俺は苦笑して、以降は作業のみに集中することにした。

◇◇◇

翌日も俺とリケ、リディさんの作業は同じ内容だ。サーミャとディアナは採集に行くらしいので、あるものを持ってきてもらうように頼んでおく。みんなで神棚に二礼二拍手一礼して、作業と採集の間の安全を祈る。さあ、今日の仕事開始だ。

作業自体は全く昨日と変わらない。光景も音もだ。リディさんがリケに魔力について教えている。リディさんはそこそこ身長があって、リケは低めである。パッと見には母親が娘に手ほどきをしているように見えなくもない。その幸せは俺は前の世界ではとうとう掴めなかったが、これはこれで掴めたと言えるのかも知れない。

このところ同じ作業で集中を続けようと固まっていた俺の心がほぐれるような気がした。

この日の作業でほぼほぼ完成と言っていい出来になってきた。木型と比べてもほとんど差が分からない。これで完成と言っても遜色のない出来ではあるが、チートを使って確認すれば、まだそこに至っていないことがよく分かる。完成は明日だな。

作業場を片付けていると、サーミャとディアナが帰ってきた。今日の収穫は木イチゴみたいなやつと、桃っぽいやつ、それと、

「頼んだやつ採ってきてくれたのか」

「おう、これで良かったんだろ？」

「ああ。ありがとうな」

サーミャが出してきたのは、この間採ってきたミント、ただし根っこごとまるまる一株である。

今日のところは水につけておいて、明後日にでも中庭に植えるのだ。もしミントと同じなら、それだけで放っておいてもそれなりに繁茂してくれるに違いない。

前の世界で水耕栽培したがエラいこと生い茂ったからな。しなかったらしなかった時考えよう。もしこれで栽培できたら、気軽にミントティーが飲めるようになるから楽しみだ。

◇　◇　◇

次の日の朝、朝食を終えた後。

「今日がミスリルの剣修復、最後の作業だ」

いつもなら今日の予定を打ち合わせる時間に俺は皆に言った。

「おー、とうとうか！　気合い入れてやれよ！」

「いよいよですね、親方！　頑張ってください！」

「楽しみね！」

「本当にありがとうございます」

皆口々に今日の完成を願って励ましてくれる。で、他の四人は自分の作業を止めて、俺の作業の見学をするということになった。

全員で神棚にお詣《まい》りする。俺はさっきまでの高揚した、あるいはどこか浮かれた感じの気分は消《き》え失《う》せ、そよ風の吹く湖面のような心持ちで、神棚に相対する。

それから作業の無事と、今日の完成を祈っての二礼二拍手一礼。心の湖面に吹いていたそよ風も止《や》み、静まりかえっている。

いつもは適当に火がつけばいいやと思っていた火床も、今日はどこかしら命の息吹を吹き込むような、そんな心持ちで準備を進めることができた。

そうして一心不乱に作業を進めていく。完全に思うとおりには進まない部分もあるが、もうイライラは感じない。落ち着いた心で鎚《つち》を振るい、ミスリルはそれに応えるように少しずつ形を変えていく。

昼をやや過ぎ、もうほとんど修正するべきところも無くなった。最後に木型と比べながらチートで見極め、完全に仕上げた。

これでもまだ最後の工程がある。研ぎだ。形はもう既に元の剣だが、これでは刃がついていないので斬れない。これもチートを活用して慎重に慎重に刃をつける。

研ぐと当然その分は磨り減《すへ》るし、魔力が抜けてしまうかも知れないので、今ある集中力の全てを使って研ぐ。硬い剣身の感触が手を伝い、ガラスのようなシャランという音が聞こえてきて、鎚《つち》で叩《たた》いたときとは別の音が耳を楽しませてくれた。

最後にもう一度シャランと音をさせて、研いだ剣身を見定める。空気すら斬ってしまいそうなその刃を見て、俺は頷《うなず》く。

それを見てとったのだろう、リディさんから鍔《つば》と柄がスッと差し出された。俺はそれを恭しく受け取ると、慎重に、それこそ分子一つ分のズレも許されない作業であるかのようにそっと組み合わせていく。

最後にそれらを一つに留めるピンを鎚でたたき込む。

俺は組み上がったそれを押《お》し戴《いただ》くようにそっと持ち上げる。そして、端から端までじっと眺めて言った。

「……完成だ」

その瞬間、リディさんも含めた四人がわっと歓声を上げる。改めて出来たものを見るが、この剣の元々の形はこうだったと確信できる。

「リディさん」

「はい」

「完成いたしました。お確かめください」

「はい。それでは」

剣を渡すと、リディさんはそれこそ剣の組織一つ一つを見るかような視線でチェックを始める。

大丈夫だという確信はあるが、今回は依頼が依頼だけにどうしても固唾を飲んでしまう。

リディさんが悪いわけではなく、元のもの、というのは多分に本人の思い込みも入っているからな。それにそぐわないなら、それはそれで失敗だと俺は思っている。そうなったら当然やり直しもあるだろう。

そう考えるとますます身体《からだ》が縮こまる。うちの三人娘も同じような気持ちなのか、チェックをするリディさんを射抜かんばかりの目でじっと見つめている。その気持ちは非常にありがたいが、あまり見つめるとリディさんがチェックしにくくなるかも知れないから、程々にしときなさいよ。

リディさんが剣を台に置いた。チェックが終わったのだ。流石《さすが》に俺もリディさんをじっと見つめる。四人からの視線にリディさんは一瞬だけたじろいだようだったが、すぐに気を取り直すと、

「ありがとうございます。求めていた以上の仕上がりになっています」

とそう言った。

「やった！」

サーミャが大喜びで立ち上がり、リケ、ディアナと抱き合っている。俺も嬉《うれ》しいが、一つだけ気になる点があった。

「あの、求めていた〝以上〟とはどういうことでしょうか……？」

怒りなどではない、悲しみでもない、純粋に聞きたいことを、俺は口にしていたのだった。

「求めていた〝以上〟」とリディさんは言った。普通に考えれば良いことではあるはずなのだ。クライアントの求めるレベルよりも良いものが作れたのだから。

ただ、今回は修復を求められて、「元と同じもの」とご希望だったのだから、元を超えるのが良かったことなのかは疑問だ。

この辺についてはちゃんと的確なレベルで抑えるということが出来るようになっていかないといけないな。

果たして疑問の答えはすぐにリディさんから返ってくる。

「ええ。依頼としては元の姿に戻していただくことでしたが、元の姿なのは勿論《もちろん》、織り込まれている魔力の量は元よりもかなり多くなっています。あの使い方の場合は持っている魔力が多いに越したことはないので、正直なところ助かります」

あの使い方ってのは魔力電池のことか。確かに一定以上引き出すと壊れるならそこまでのマージンは多いに越したことはない。とりあえず余計なことをしたのではないと分かったので、一安心だ。

元の魔力の量がどれくらいだったのかは分からないが、それなりに多かっただろう。それを使い果たして剣が壊れるような事態が何だったのかは少し気にかかるところではある。

どう考えても聞いていいような内容ではなさそうなので聞かないが、また壊れたら直してあげようと思う。

「それで、代金なのですが」

ああ、そう言えばそういうものが必要だったな。いろいろ勉強にはなったので、格安でも良いのだが、とりあえずはあの基準で言うか。

「一人でいらした場合は、お客さんの言い値で構わないことにしているのですよ。なので、リディさんの思う金額をお支払いください」

「そうなのですね。うーん……」

細いおとがいに手を当てて考え込むリディさん。顔が小さいし物静かな印象のある人なのでそういう仕草がすごく似合うな。

……最後に家に来た客がヘレンという真反対の人間だったからというのもあるとは思うが。


しばし考えた後、「ちょっとお待ちを」と言ってリディさんは家に戻っていった。その合間に復元（＋α）したばかりのミスリルの剣を構えてみる。作業中に実感していたことではあるが、ミスリルだから凄《すご》く軽い。同じ重さの鋼だと、肥後守《ひごのかみ》は言い過ぎにしても、ナイフかもう少し大きいくらいの刃物しか出来ないだろうな。

振り回してみるのは、お客さんの品物なので止めておいた。新たに打ったものなら試し斬りの名目で振ることも出来るが、これは修復品だからなぁ。

ほんの少しの時間のあと、リディさんが小さな布の袋を持って戻ってくる。多分あれが財布というか、まとまったお金が入っている袋なのだろう。

「お待たせしました」

その袋の中から、金貨と見慣れない薄い板を取り出してきた。金貨は五枚程度だが、薄い板の方はよく見れば宝石のようである。それが二枚。相場があまり分からないが、おそらくはかなりの値段になっているはずである。

「本来であれば、これだけの魔力を持ったものを打っていただいた場合、もっとかかるのかも知れませんが、お支払いできる限界がこれなので」

うーん、やっぱりなんか多い気もするな。材料は持ち込みだったし、リケが色々教えてもらったのもあるし、俺も勉強になったことはいっぱいある。ああ、そうだ。

「えーと、それじゃあですね」

そう言いながら、俺は金貨を一枚リディさんの手に戻した。

「この金貨一枚分の、リディさんの里で育てている野菜の種を、この家の場所を聞いた商人に届けてもらえませんか？　エイゾウ宛だって言えば通じると思いますので。もちろん、里の方々のご迷惑にならない分だけで結構です。もし余ったら種を季節ごとに分割して、とかで結構ですので。あ、もしかしてエルフの里の野菜とかって門外不出だったりします？」

「いえ、そんなことはありません。普通に人間の商人に売ることもあります。ですが、よろしいのですか？」

「ええ。街に行った時にご覧になったかと思いますけど、あの商人とのやり取りと同じ感覚ですので」

これだと値引きにはなってないが、リディさんの住むエルフの里に金貨一枚分の金が帰っていくので、とりあえずはそれで自分を納得させることにするのだ。

……ヘレンの剣や、エイムール家騒動のときに貰《もら》った金の話をしたら、リケとディアナに「キッチリ貰っておかないと、自分の腕を安く売ることになるし、それだと他の鍛冶屋の立場もないだろう」と怒られたので、直接的な減額は控えることにした。

今回も本当は金貨三枚位貰えたらいいなーと思っていたくらいなのだ。怒られた時、サーミャもよく分かっていないようだったが、あれは多分金額が大きいので実感が無かっただけだな。日用品の相場は普通に知ってるし。

リディさんはまたも考え込んでいるようだったが、ややあって、

「それではお言葉に甘えまして」

と渡した金貨を袋の中に戻してくれた。もう一枚くらいリケの授業料と称して戻しても良かったかも知れないが、それで多すぎると固辞されたら意味ないしな。

ひとまずこれで今回の依頼については万事収まりがついた。

夕食は家にある酒と肉を大量に動員して、リディさんの送別会みたいにした。

お客さんなので、送別会というのもおかしいのかも知れないが、それなりに生活を共にしてるからなぁ。

そう言えば、滞在費も払ってくれようとしたのだが、その辺りはリケに魔力周りを教えてくれた

ことと相殺、ということにした。

人間だと家名持ちでも無ければ魔法が使えないこの世界で、魔力の知識というのはなかなかに貴重な情報だとは思うので、これで相殺になっているかは若干怪しいが、リディさんの中では剣の修理代は若干足りてないいって感じっぽいし、それも含めてお互いにそれで納得しているので良しとする。

「今回は非常に興味深いものがたくさんあって、正直に言えば、楽しかったです。修理の依頼はそんなに来ないほうがよいとは思いますが、また他にも頼みたいことがあれば、ぜひともこの工房にお任せしたいです」

リディさんが送別会の最後にそう言ったので、

「ぜひ、エイゾウ工房をご贔屓《ひいき》に」

俺も笑顔でそう返した。

◇　◇　◇

翌朝、今日はリディさんが森から魔力を吸収していた。「帰りに使う身隠しの魔法の分」だそうだ。エルフは強力な魔法を扱えるようだが、それでも一人旅は危なかろうと思うので、リディさんはよっぽど剣の腕も立つのかと思いきや、街道なんかでは身隠しの魔法を使って見えないようにして、街のすぐ近くとかで解除するといった方法でやってきたので、一通りの護身以上のことは出来ないらしい。森に入ってからうちに来るまでもその魔法使ったって言ってたしなぁ。

ということで、朝飯をリディさんも含めた五人で食べ、リディさんが出立の準備を終えたら、森の入り口までみんなで送っていくことにした。こうすれば少しでも魔力の消費を抑えられるだろうし。

サーミャを先頭に、俺、リディさん、リケ、ディアナの順に並んで移動する。今日は荷車がないので、俺は熊を倒した時に使った槍《やり》も念《ねん》の為《ため》持ってきている。

よくよく考えれば、今日納品とかにして、街までリディさんを送っていける体制にしたほうが良かったな。迂闊《うかつ》だった。もし次があればそうしよう。

森の入り口までは特に何も起きなかった。鳥やらの小動物には出くわしたが、彼らが危害を加えてくるようなことはない。

リディさんがエルフなので、もしかしたら森の動物と会話とかそういうことがあるかと、ほんの少し期待したが、別段そういうこともなかった。魔力が必要かつ扱いに長けていて、長命である以外の基本的なスペックは人間と変わんないしな……。

「皆さんには本当にお世話になりました」

リディさんが右手を差し出す。

「こちらこそ。またいつか来られることを、あの家でお待ちしています」

そう言いながら、俺はその手をそっと握る。

「またな！」

「今度来るまでに、魔力の扱いの練習しておきますね！」

「今度来る時は、エルフの剣術とかも教えてね」

三人もリディさんの右手を取って別れを惜しんでいる。

「それではまた！」

リディさんがそんな声量で声が出せたのか、と驚くほどの声で別れを告げる。俺達は互いに手を振りながら、姿が小さくなるまで見送った。


「行っちゃったなぁ」

ぼそりとサーミャが言う。元々は一匹狼《いっぴきおおかみ》（虎だけど）だったサーミャではあるが、一旦気を許した相手にはそれなりに寂しさを覚えるらしい。

「まぁ、なんか作って欲しいものがあればまた来るだろ」

「そうね。エイゾウしか作れないものもいっぱいあるみたいだし」

俺がフォローすると、ディアナが後を引き取った。そうして俺たちは森の中へ戻る。

明日からはまた〝いつも〟が始まるのだ。

エピローグ　とある森のエルフの村にて

「昔々、ここことは違う森に私達のご先祖様は住んでいました」

母親が子供に昔語りを聞かせている。古今東西、どこの家でも見られる光景だ。

普通と違うのはこの村が森の奥にあり、そして母親も子供も尖《とが》った耳が特徴的なエルフ族であるということだ。

エルフ族は魔力も摂取して生きているためか長命である。彼らの言う「昔々」が一体どれほど前のことになるか、普通の人間では想像もつくまい。少なくとも二〇〇〇年ほどは前になる。


この森には一つの言い伝えがあった。

その昔、この森とは違うところに村があり、そこで暮らしていた頃、とある一人の鍛冶屋の手により、今は村の守り神として祀《まつ》られてもいるミスリルの剣は生まれ変わった。

それまでよりもより強く、より美しく。

そうして生まれ変わった剣は幾度となくこの村の危難を救った。「時の護《まも》り手」とまで呼ばれたその鍛冶屋が乗り移ったかのごとく。

この話は剣が生まれ変わるまさにそのときの話だ。

「そうして、宝剣が壊れ、困った村の人々は、相談した結果、ある女の人を鍛冶屋へと送りました」

「エイゾウさま？」

「そうね」

母親は子供に微笑《ほほえ》みかける。彼女はその姿を直接見たことはない。だが、彼女の祖父母は見たことがあると言っていた。

夏の日の木漏れ日のような、鋭くも優しげな人であったと言っていたが、果たしてどうだったのだろうか。

礼拝堂に安置されている宝剣を見た限りでは、その話は正しいように思える。そのエイゾウ様が修復したという宝剣は凛《りん》とした中にもどこかホッとする空気を漂わせていた。

エイゾウ様の容姿が分からないのは、銅像は勿論、一幅の肖像画も残っていないからだ。歴史の間に消えていったのではなく、「勘弁してくれ」と本人が作らせなかったと聞いた。

その話をすると、子供は目を輝かせて言った。

「エイゾウさまみたいになりたい」

「あらあら。じゃあ、勉強しないとね。お爺《じい》様たちが仰《おつしや》るには、エイゾウ様は知恵に優れるお方だったそうよ」

「えー」

母親は子供の頭を撫《な》でた。外から子供を呼ぶ声がする。母親が頷《うなず》くと、子供は走って家を出て行った。

そんな村の様子を礼拝堂の中から、ミスリルの宝剣はそっと見守っていた。まるで微笑むかのように、外からの光を照り返しながら。

出会いの物語③　悪役でない令嬢、逃亡す

「ごめんね、こんなことをお願いして」

「いえ、お嬢様の頼みでしたらお安い御用です」

女性がひと目見てそれと分かる豪奢《ごうしゃ》な服装を、こちらもある意味ひと目見て町娘と分かる服装に着替えている。町娘の服は彼女のものではない。使用人に頼んで借りているものだ。

少しの時間で女性の服装はすっかり町娘に近いものになった。その上から胸甲などを部分的に装着していく。あまり目立ちたくはないが、今後の道行きを考えれば仕方の無いことであった。

この後、女性――エイムール伯爵家令嬢はこの家から脱出するのだ。


エイムール伯爵家の当主と後継者、つまりディアナの父親と長兄が身罷《みまか》ったあと、残った二人の兄達が争いを始めた。

本来であれば、順当に後継者としてエイムール家を受け継ぐはずであった次兄だったが、正確にはエイムール家の本流では無かったことで、その道筋からは外れてしまった。

父親と長兄が身罷った辺りからだったろうか。カレルの様子が少しおかしくなったのは。書に親しみ、いつも慈しみを湛《たた》えた笑みを絶やさなかった次兄は、微笑むこともしなくなり、家に寄りつ

かなくなった。

そして、それを心配して末の兄であるマリウスから事情を聞いたディアナには、次兄のカレルに理があるとは思えなかった。

それと前後して、カレルは策謀を巡らせ始めた。やがて、その手はディアナにも及び始めたため、マリウスと二人で相談し、今のところ後継者争いには直接関係の無いディアナは身を潜めることにしたのだ。


その話の最中に、マリウスは呟《つぶや》いた。

「それにしても不思議だな」

「なにが？」

「犯人だよ。まあ十中八九カレル兄さんだろうが、全く尻尾が掴《つか》めない」

「それだけ用意周到だった？」

「それはそう思うけどね。あのカレル兄さんが、こんな容赦のないことを平気で考えられると思うかい？　それに、よしんば思いついたとして実行には金も人脈も必要になる。カレル兄さんはどこからそれを調達したんだろうな……」

「別の誰かが関わっているってこと？」

「おそらくね。誰なのかは見当も付かないけど」

マリウスはそう言って肩をすくめた。情勢としてはこんなに緊迫しているのに、こうした事を忘れない。おそらくはディアナを気遣ってのことだろう。二人とも神経をすり減らすような毎日を送っている中、そんな兄の気遣いがディアナにはありがたかった。

「さて、それでディアナが身を潜める先だけど」

「心当たりがあるの？　私達が行きそうなところって大体カレル兄さんにはバレてるんじゃ？」

「そうだね。こういうとき身内が敵というのはやりにくい。手の内をほとんど全て知られているからね。でも、今回は心配いらないよ」

「じゃあ」

「心当たりはある」

「そこなら大丈夫なの？」

「ああ。なんせ〝黒の森〟の中だ。そこに居を構えている鍛冶屋がいてね」

「そんな人がいるの？」

ディアナは驚きを隠さずに大声で言った。〝黒の森〟と言えば、王国どころか世界中が知っている危険地帯だ。なんでも凶暴な狼や熊はもちろんのこと、魔物もうろついていて、入れば帰ってくることはできないと言われているところ。

そこに出入りしているだけでも驚愕《きょうがく》であるのに、居住しているとなればなおさらである。

だが、マリウスはニヤニヤと笑いながら言った。

「いるさ。この剣を打った男だ」

そう言ってマリウスは腰に帯びている剣を指した。街で衛兵をしたときに入手したもので、見た目は至って普通の剣なのだが、とても良いものであるらしい。

「自称じゃなくて？」

「うん。その後とある商人のところに商品を卸すようになったんだが、そいつに居所を伝えていったそうだし、俺も何度か会って知ってるが、つまらない嘘《うそ》をつくような奴《やつ》じゃないなあれは」

「そうなのね」

「ああ。で、身を潜めるなら、王国中……いや、世界中を見渡してもあそこが一番だろうな」

「でしょうね。〝黒の森〟ですもの」

「それでだ。さっきも言ったが、カミロという商人だけが住処《すみか》を知っている。ここに手紙を認《したた》めてあるから、持っていって渡してくれ。彼なら良くしてくれるはずだ」

「分かったわ」

マリウスが出した手紙を受け取る。封蝋《ふうろう》で留めてあるが、エイムール家の紋章は入れられていない。万が一の場合に備えてなのか、マリウスはまだ正式に継承したわけではないということなのか、ディアナには分からなかったが、兄のことだ、考えがあってのことだと思うことにした。

「早速で悪いが、もう今のうちに出てしまった方がいい。向こうがどこまで準備できているかは分からないが、早ければ早いほど不意をつけるからな」

「そうね。カテリナ達に言って準備をしたらすぐに発《た》つわ」

「頼んだぞ」

本来マリウスにとっては自分が生き残れば、後継者争いには勝利したと言ってよい状態ではある。

しかし、それでは〝半分〟しか勝てていない。ディアナが無事であることは勝利条件に含まれている。出来れば兄も無事であればいいのだろうが、それは虫のいい話だろう。

マリウスかカレルか、どちらかが破滅には至らずとも、少なくとも表舞台に出ることがかなわなくなる程度の傷を負うはずだ。それが自分の側にはなりたくない。ある種の決意を込めて、マリウスはディアナの肩に手を置いた。


使用人の服に着替え、最低限の装備を身につけた上で旅装になったディアナは、早速家の裏口から抜け出し、幼少の頃、兄達と一緒に遊び回った秘密のルートを通って都から出る。あまり人目に付かないそのルートは遊びに行くときは重宝したわけだが、今回もそれが功を奏した。

それが良かったのか悪かったのか、今のディアナには分からない。思い出をこんな風に使ってしまって、楽しかった思い出を汚したような思いも少しある。

しかし、ディアナはその後ろめたい思いを都に残して遠ざかった。今はそれよりもマリウスが事態を迅速に解決できるよう、後顧の憂いをなくすべく、自分が素早く身を隠すことが大事だ。違和感が無い程度に、しかし、厄介ごとには巻き込まれないように足早に街道を進んでいった。


翌朝、ディアナは街道脇で目を覚ました。前日の日暮れ頃、運良く女性だけの一団と出くわし、一緒に野営をしたのだ。女性達は傭兵《ようへい》団であるらしく、これから都に行って仕事を探すのだと言っていた。

自分とは逆方向だし、万が一自分の厄介ごとに巻き込まれることがあってもいけないと思い、彼女達とは朝食を一緒に食べた後にすぐ別れた。

街道にはのんびりとした空気が流れていた。天気も良いし、渡る風は気持ちが良い。もし今抱えている事情が無く、ただの旅であればどんなに良かったことだろう。

ディアナは〝剣技場の薔薇《ばら》〟とまで呼ばれていた。つまるところ、一般的な女性と比べてはるかに体力があるし、運動能力が高いということだ。

だが、その健脚をもってしても、野盗や〝黒の森〟から出てくるかも知れない獣たちを警戒しながら進んでいては、速度が限られる。走って目立つわけにいかない。そうすれば追っ手がかかっていた場合に不利になりかねない。

結果から言えば、その努力は徒労に終わった。ディアナの耳が人の走ってくる音を捉え、振り返った時にはもう既にある程度の距離を詰められていた。今から走っても逃げおおせることはかなそうにない。

ディアナは腹をくくって、腰に佩《は》いていた剣を抜き放った。〝黒の森〟を背に、最悪の場合はそちらに逃げ込めるようにしている。

追っ手は三人の男。彼らの得物は短剣だ。ディアナは長剣なのでリーチで勝っている。上手《うま》くやればあしらえるだろう。その間に誰か助けが入ってくれればよし、そうでなければ一《いち》か八《ばち》かにかけることになる。

「くっ」

ディアナは襲いかかる男達をなんとかいなし続ける。しかし、一対三では分が悪いのは目に見えている。

そろそろ一か八かに出るところか、とディアナが決意し始めたところで、追っ手の一人が妙な動きをした。直後、ビュンという音がして、矢が男のいたところを通り過ぎる。

「助太刀するぜ！」

若い女の声がして、ディアナが一瞬だけ目をやると、そこには獣人の娘が弓を手に立っていた。さっきの矢は彼女が放ったものらしい。

彼女は少し離れた位置から矢を的確に放ち、ディアナの隙を狙う男の牽制《けんせい》を続けた。それを見てディアナはふと疑問に思う。彼女はこの状況を積極的に終わらせるために無理をするよりは、ディアナが怪我《けが》を負わないように牽制を優先しているようなのだ。

それはまるで、誰かが来れば事態は好転すると信じているようでもあった。誰を待っているのだろうか。

その答えは思ったよりも早く判明した。

「何してんだ手前《てめえ》らぁ‼」

そう叫ぶ男の声が聞こえ、助太刀してくれた獣人の娘がホッとした顔になったのが分かった。であれば、男はどうやら自分の味方であるようだ。

必死に刺客と斬り結びながらも、ディアナは安堵《あんど》感を覚えていた。不思議と力が湧いてくるように感じる。どうやら助かりそうだ。

そして、このときの彼女はまだ知らない。彼こそ、彼女の運命を大きく一変させる人物であるということを。

あとがき

一巻をお読みいただいた方にはお久しぶり、余りおられないとは思いますが、この巻からお読みいただいている方にははじめまして、遅咲き兼業ラノベ作家たまるでございます。

前巻から若干間が開きましたが、大変なご好評をいただき、無事にこうして二巻のあとがきを執筆できております。ありがとうございます。

前巻では紙幅の都合でほぼ謝辞のみになってしまいましたが、今回はページをいただくことが出来ましたので、少し作品についてのお話などもしたいと思います。

もちろん、この巻のネタバレも含みますため、割とその存在を確認している「あとがきから読む派」の皆様におかれましてはご注意いただきたく思います。

ふと思い立って本作を書きはじめたことは前巻あとがきにてチラッと書いたとおりですが、内容についてはあまり決めないまま進めてきました。今も割とそんな風に書いてはいますが。

例えば当初の予定では最初に出てきてメインを張るヒロインは、この巻に出てくるディアナの予定でした。貴族のお嬢様という設定もほぼ今のままです。

そのヒロインがエイゾウと合流するまでの間、森での暮らしに精通している人物が生活する上で必要ではなかろうか、ということでサーミャを出したところ、そこの整合性のために彼女に関する話がどんどん膨らんでいき、お読みいただいたような内容になったというわけです。

そして、人気が全く出なければ本作は今回のエイムール家騒動の辺りで終わるつもりで、もしかすると、エルフのリディは生まれていなかったかも知れません。

本作のエルフの設定はかなりオリジナルの部分も含みますが、違和感なく理由付けが出来たのではと自画自賛したりしております。

そんな本作ですが、この巻でようやく本来のメインヒロイン登場と相成りました。書き下ろしもエイムール家総出となり、これから活躍の場が増える……はずですが、その後については乞うご期待ということで何卒《なにとぞ》。

ただ、恋愛方面の進展についてはWeb版では既に語っている理由にてエイゾウは手を出さないわけなので、じれったく思う方もおられるかも知れませんね。いつの日にか手を出す可能性はあるのか？　については、未《いま》だWeb版ですら語られていない（はずの）ところにはなってくるのですが。

あれ？　もう一人の出会いの物語は？　ヘレンにもあったよね？　となった方は次巻以降（出ればですが）にご期待ください。

なお、本作は書籍化するきっかけとなったカクヨム様（本作は第4回カクヨムWeb小説コンテストで異世界ファンタジー部門の大賞を受賞して書籍化しました）にてWeb版を連載中です。

書籍版とは少し話の流れが違っていたりしますが、ほとんど同じ内容ですので、先が気になる方は是非ご覧いただけると大変嬉《うれ》しいです。

また、皆様がこれをご覧の頃には、WEBデンプレコミック様、コミックウォーカー様、ニコニコ静画《せいが》様にて本作のコミカライズも始まっているかと思います。

こちらは日森《ひもり》よしの先生に手がけていただき、ひと味違ったエイゾウ達の姿を楽しんでいただけると思いますので、こちらもお楽しみください。

以下は謝辞になります。今回も素敵なイラストを担当してくださったキンタさん、コミカライズを引き受けてくださった日森よしの先生。素敵な絵を拝見させていただき、改稿作業に元気をいただけました。

またまた作業にお付き合いいただいた編集のSさん、今回もありがとうございました。

これまた執筆中に元気をもらった友人達、実家の母と妹、猫のチャマとコンブにも感謝を。

そして最後になりましたが、もちろんここまで読んでいただいた読者の皆様には最大級の感謝を捧《ささ》げたいと思います。

もし、お会いできましたら三巻のあとがきにて三度お会いいたしましょう！

参考文献

阿部謹也『中世を旅する人びと―ヨーロッパ庶民生活点描』（筑摩書房、二〇〇八年）
角田徳幸『たたら製鉄の歴史』（吉川弘文館、二〇一九年）
河原温・堀越宏一『図説　中世ヨーロッパの暮らし』（河出書房新社、二〇一五年）
永田和宏『人はどのように鉄を作ってきたか　4000年の歴史と製鉄の原理』（講談社、二〇一七年）
マーティン・J・ドアティ（著）、日暮雅通（訳）『図説　中世ヨーロッパ武器・防具・戦術百科』（原書房、二〇一〇年）

カドカワBOOKS

鍛冶屋《かじや》ではじめる異世界《いせかい》スローライフ 2

2020年7月10日　初版発行
2020年11月5日　3版発行

著者／たままる
発行者／青柳昌行
発行／株式会社KADOKAWA
〒102-8177
東京都千代田区富士見2-13-3
電話／0570-002-301（ナビダイヤル）
編集／カドカワBOOKS編集部
印刷所／大日本印刷
製本所／大日本印刷

Printed in Japan
ISBN 978-4-04-073696-9 C0093

カドカワBOOKS
自由に暮らしてるだけなのに、
最強村に大発展！
しかも
俺が村長!?

無敵の万能要塞で快適スローライフをおくります
～フォートレス・ライフ～
鈴木竜一
ill. LLLthika
「洋裁職人」の適性職《ジョブ》診断を受け、聖騎隊を去ったトア。だが、廃棄された巨大要塞を見つけた時、真のジョブはこれを自在に改造できる、超便利な「要塞職人」だったことが判明する！　しかし、戦争なんて全然興味ないトアは、要塞をマイホームとして有効活用することに。最高級の家具を量産し、農地を拓き、風呂を造って快適ライフを満喫！　しているうちに、いつの間にやら脳筋エルフや伝説の人狼一族、救国の魔女など、最強の種族たちが次々と住み着いてきて……!?

講談社マンガアプリ『マガポケ』にて
コミカライズ
連載決定！
漫画：吉村英明
神様にもらったチート神器で、
便利アイテムから
最強装備まで
自前で調達！

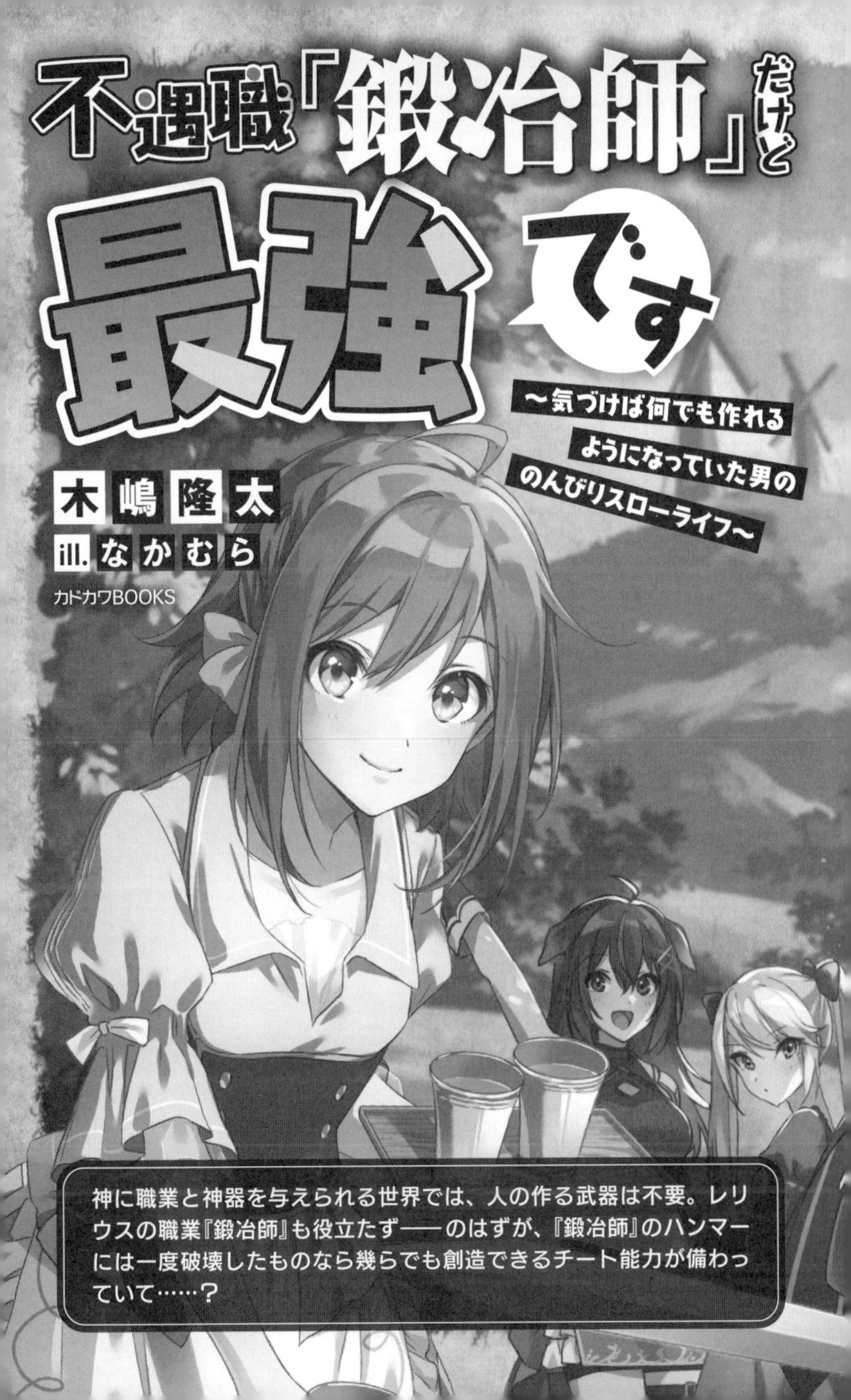
不遇職「鍛冶師」だけど最強です
～気づけば何でも作れるようになっていた男ののんびりスローライフ～
木嶋隆太
ill. なかむら
カドカワBOOKS
神に職業と神器を与えられる世界では、人の作る武器は不要。レリウスの職業『鍛冶師』も役立たず――のはずが、『鍛冶師』のハンマーには一度破壊したものなら幾らでも創造できるチート能力が備わっていて……？

目覚めたら
最強装備と宇宙船
持ちだったので、
一戸建て目指して
傭兵として
自由に生きたい
リュート
ill. 鍋島テツヒロ
カドカワBOOKS

凄腕FPSゲーマーである以外は普通の会社員だった佐藤孝弘は、突然ハマっていた宇宙ゲーに酷似した世界で目覚めた。ゲーム通りのチート装備で襲い来る賊もワンパン、無一文の美少女ミミを救い出し……。自分の家をもってミミとのんびり暮らすため、いっちょ傭兵として稼いでいきますか。

聖女さま？
いいえ、通りすがりの
魔物使いです！
～絶対無敵の聖女はモフモフと旅をする～
異世界コミックにて
コミカライズ連載開始!!
漫画：飯田とい

チートパワーはモフモフのため！ 転生聖女は自重しない！

犬魔人　ill. ファルまろ

聖女になるはずのカナタが選んだ職業は最弱の魔物使い。だって転生した目的はこの力をフルに使ってモフモフを可愛がることだから！　しかし、そんな行動の数々がついでに助けられた人にとっては聖女そのもので……。

カドカワBOOKS

建築、農業、
ついでにテイムもおまかせ！
異世界で
村おこし始めます！
カドカワBOOKS

元ホームセンター店員の
異世界生活
KK
ill ゆき哉
~称号《DIYマスター》《グリーンマスター》《ペットマスター》を駆使して異世界を気儘に生きます~
仕事に疲れ玄関で寝落ちした真心は気付くと異世界に。保護してくれた獣人の双子のため何か出来ないかと思っていると、突如スキルが目覚め!?
ホームセンター店員ならではのスキルを使い、スローライフを楽しみます!